R.K. Lilley

Mile High

Nas alturas · livro 2

Mile High - Up In The Air Novel#1
Copyright© 2012 R.K.Lilley
Copyright da tradução© 2017 Editora Charme

Todos os direitos reservados.
Nenhuma parte deste livro pode ser reproduzida, digitalizada ou distribuída de qualquer forma, seja impressa ou eletrônica, sem permissão. Este livro é uma obra de ficção e qualquer semelhança com qualquer pessoa, viva ou morta, qualquer lugar, evento ou ocorrência é mera coincidência. Os personagens e enredos são criados a partir da imaginação da autora ou são usados ficticiamente. O assunto não é apropriado para menores de idade.

1ª Impressão 2017

Produção Editorial: Editora Charme
Capa: Verônica Góes
Foto: ShutterStock e Depositphotos
Tradução: Monique D'Orazio
Revisão: Ingrid Lopes

Esta obra foi negociada por Agência Literária Riff Ltda em nome de Dystel & Goderich Literary Management.

Este livro segue as regras da Nova Ortografia da Língua Portuguesa.

CIP-BRASIL, CATALOGAÇÃO NA PUBLICAÇÃO
SINDICATO NACIONAL DE EDITORES DE LIVROS, RJ

Lilley, R.K.
Mile High / R.K. Lilley
Titulo Original - Mile High
Série Up in the air - Livro 2
Editora Charme, 2017

ISBN: 978-85-68056-47-9
1. Ficção erótica norte-americana

CDD 813
CDU 821.111(73)3

---

www.editoracharme.com.br

R.K. Lilley

Mile High

Nas alturas livro 2

Tradução
Monique D'Orazio

Editora
Charme

Capítulo 1

Respirei fundo, depois estremeci. Eu estava tentando aproveitar o sol de Miami, mas ainda me sentia um pouco dolorida. Já fazia um mês que tinha sofrido meus ferimentos. Estava apta a trabalhar a essa altura, mas, quando me movia ou respirava meio errado, ainda recebia pequenos lembretes ocasionais do que tinha acontecido comigo.

Meu celular tocou para avisar da chegada de uma nova mensagem de texto, e estremeci novamente. Eu precisava me lembrar de deixá-lo desligado, pois me ajudava a adiar o inevitável. Estendi a mão para o concreto abaixo da minha espreguiçadeira à beira da piscina, peguei o celular e fiquei segurando o botão de desligar até ele apagar.

Apenas alguns segundos depois, ouvi a música do Kings of Leon começar a tocar: era o toque do aparelho do Stephan. Ele deu um suspiro pesado de sua cadeira ao lado da minha, depois se levantou e seguiu para o bar do hotel, que ficava mais próximo da piscina. Se antes eu não tivesse certeza de que minha mensagem era do James, agora eu tinha. Ultimamente, esse era o padrão. Ele ligava para o Stephan depois de não conseguir falar comigo. E, por algum motivo estranho, Stephan se sentia obrigado a atender às chamadas. Essa situação tinha se tornado a causa de uma tensão nova e incomum que vinha crescendo entre nós.

Uma figura diferente assomou acima de mim, um momento depois, lançando uma sombra, a partir do assento que Stephan tinha acabado de desocupar.

— Se importa se eu me juntar a você, Bi? — Damien perguntou em seu forte sotaque australiano. Não abri os olhos por trás dos óculos escuros, mas reconheci a voz com bastante facilidade.

Dei um murmúrio que significava que eu não me importava, e ele se acomodou ao meu lado.

Stephan e eu tivemos que cobrar vários favores de outra equipe para conseguirmos chegar a Miami durante nosso intervalo entre voos. Mas meu desespero era tanto para evitar Nova York esta semana que Stephan teve que dar um jeito.

De alguma forma, o capitão Damien e o copiloto Murphy tinham conseguido fazer o mesmo, depois que Stephan casualmente mencionou em uma mensagem que não iríamos comparecer à nossa viagem de Nova York naquela semana. De início, achei que eles estivessem meio que nos perseguindo, mas, cada vez mais, os dois estavam caindo nas minhas graças.

Damien não tinha feito nenhuma insinuação. Ele era, de fato, uma ótima companhia para uma pessoa que só queria paz e sossego. Ele não tinha problemas em ficarmos sentados em um silêncio confortável, de vez em quando fazendo comentários alegres que me tiravam da melancolia. E passava mais tempo acompanhado do Murphy do que sozinho. Murphy podia fazer qualquer um rir. Até mesmo eu, no estado deprimido que me perseguia ultimamente.

— Essa saída de banho vai te dar um bronzeado interessante — Damien comentou em um tom brincalhão.

Eu usava uma saída de banho preta que chegava às minhas coxas. Estava sobre meu biquíni comum preto. Era transparente, mas escura o suficiente para disfarçar os leves vestígios dos hematomas que ainda faziam desenhos no meu tronco em uma lembrança gritante da violência à qual eu tinha sobrevivido apenas algumas semanas antes. Já tinham desvanecido consideravelmente, mas ainda eram escuras o bastante para precisar de cobertura. Eu chamaria atenção indesejada se mostrasse minha pele. Já recebia o suficiente desse tipo de atenção ultimamente. Hoje em dia, os paparazzi usariam qualquer desculpa para fazer de mim uma manchete; e eu não estava com vontade de encorajá-los.

— Ninguém quer ver o que está debaixo dessa saída de banho. Acredite em mim — respondi, ainda sem abrir os olhos ou mesmo me mexer.

Ele deu uma tossidinha que me deixou desconfortável. Eu era perspicaz o suficiente para saber que Damien estava bem interessado em mim de uma forma romântica. Qualquer lembrete disso era indesejado.

— Lamento discordar — ele disse em voz baixa, e eu me senti franzindo a testa.

— Desculpe, desculpe — ele se apressou em acrescentar, antes que eu pudesse falar. Deixei pra lá. Contanto que ele soubesse que eu não estava interessada em nada além da sua amizade, eu não pretendia cutucar onça com vara curta.

Damien era bonito, divertido e uma ótima companhia. Ele também era um mulherengo sem vergonha. Achei que era fácil e natural para ele tentar mostrar interesse em qualquer mulher que estivesse nas imediações. E também era natural para ele flertar com qualquer mulher que lhe desse uma abertura. Eu era geralmente mais cuidadosa em lhe dar essa abertura.

— Está tudo bem entre você e o Stephan? Nunca vi vocês dois assim antes. Andam tão secos um com o outro. Estão brigados?

Senti um aperto no estômago. As coisas pareciam estranhas entre nós, e eu não sabia como melhorá-las. Achei que ele devia estar pelo menos um pouco ressentido comigo por fazê-lo perder sua semana com o Melvin. Não que eu o tenha forçado a vir. Mais de uma vez eu falei que entenderia se ele quisesse ir para Nova York mesmo assim. A tripulação com quem trocamos teria concordado em alterar apenas uma pessoa, mas Stephan tinha insistido para ficarmos juntos. Ele estava preocupado comigo, eu sabia.

Eu gostava do Damien. Até pensava nele como um amigo. Um dos meus poucos amigos pilotos. Mas não poderia me imaginar discutindo minhas dificuldades com Stephan com ninguém. Eu me sentia quase desleal.

— Ele só está preocupado comigo, eu acho. Desde o ataque, estamos meio no limite — expliquei. Era tudo verdade, mas não toquei no motivo para nosso estremecimento.

Damien deu um murmúrio neutro no fundo da garganta.

— E quanto àquele tal de James? Vocês dois estão bem? Vi um pouco do circo que a mídia armou em volta dele. Você se cansou de tudo aquilo e o dispensou? Você poderia ter qualquer homem que quisesse, sabe.

Respirei fundo. Damien geralmente era muito bom em não fazer perguntas como essas. Foi por isso que ele tinha sido boa companhia ultimamente.

— Eu não quero falar sobre isso — eu disse, em tom frio.

Ele entendeu a dica.

— Caramba, desculpa. Estou numa sequência invicta de enfiar os pés pelas mãos, hein?

Mostrei um meio-sorriso, finalmente olhando para ele. Assenti de leve e ele deu risada.

— Bem, acho que agora estou te devendo uma. Quer me fazer alguma pergunta grosseira e intrometida sobre a minha vida pessoal? — perguntou. Ele tinha um ótimo sorriso, com dentes certinhos e brancos e um humor autodepreciativo. Teria sido difícil não sorrir de volta. Eu nem tentei.

— Não — respondi sem hesitar.

Ele riu novamente, como se eu fosse muito mais engraçada do que realmente era.

— Acho que, quando você responder sim a essa pergunta, eu vou saber que te tenho onde eu quero.

Apenas torci o nariz e virei o rosto para o outro lado.

— Quer dar uma volta na praia? — ele perguntou, após vários minutos de silêncio.

Percebi, para minha surpresa, que eu queria mesmo levantar e me mexer um pouco. Eu andava muito inativa ultimamente por causa dos ferimentos.

— Não é um passeio romântico nem nada do tipo, é? — perguntei com cautela.

Ele sentou-se, sorrindo para mim. Ele realmente era um homem bonito. Estava usando apenas uma sunga preta com a cintura bem baixa. Era bronzeado e musculoso. Seu cabelo escuro e olhos castanhos cálidos eram coisa de astro de Hollywood. Eu realmente não entendia por que empenharia tanto tempo em uma garota nem tão bonita assim e que não estava nem remotamente interessada nele. Tentei usar essa caracterização como prova adicional de que ele estava apenas sendo amigável, embora permanecesse desconfortável com a sua companhia.

Levantei fazendo movimentos lentos. Ainda estava rígida, embora tivesse me recuperado muito bem, considerando tudo. Eu não tinha sido liberada do hospital até ter feito inúmeros exames, por isso estava livre de danos graves.

Comecei a andar, e Damien acompanhou meu passo. Ele parecia saber que não devia me ajudar. Encontrei o caminho de madeira que levava do nosso hotel até a praia e o cruzei resoluta.

Andei quase na beira da água, antes de começar a caminhar pela praia. Meus pés descalços molharam, mas me senti bem depois de ficar tomando aquele sol quente na espreguiçadeira. Até entrei alguns passos na linha onde as ondas chegavam antes de começar a acompanhar a orla, passando por vários hotéis de frente para o mar. Eu contava os hotéis conforme passávamos, acompanhando sem prestar muita atenção.

— Algum maluco acabou de tirar uma foto nossa — Damien me disse enquanto caminhávamos.

Por dentro, falei um palavrão. Por fora, dei de ombros.

— Quer que eu vá bater nele e pegar a câmera? — ele perguntou.

Dei risada.

— O dano está feito — falei. Eu nem podia imaginar o que iriam publicar a meu respeito esta semana. Achei que não importava o que fosse, não podia ser pior do que a canseira que eles tinham me dado um mês atrás.

Tinham me chamado de cada nome depreciativo que existia. Eu estava me tornando imune rapidamente. Achei quase uma surpresa agradável como eu estava me tornando indiferente a ser insultada publicamente. Algum dia, eu poderia até sufocar meu desejo não saudável de procurar na internet o que estavam falando sobre mim, mas não tinha certeza de que teria autocontrole suficiente para me impedir de procurar o que estavam falando sobre James…

— Você já encerrou mesmo a história com aquele James Cavendish, ou está dando um tempo? — Damien perguntou, caminhando bem perto de mim, como se tivesse medo de que eu fosse perder o equilíbrio. Ele provavelmente não estava muito errado. Eu me sentia mesmo um pouco instável, mas era principalmente porque estava muito rígida.

Olhei-o bem nos olhos e decidi ser brutalmente honesta com ele.

— Eu gostaria de pensar que sou sensata o suficiente para terminar com ele. Mas a questão é que sou realista o bastante para saber que, história encerrada ou não, não quero outros homens. Se você quer saber, ele e eu temos alguns… gostos em comum. Não estou a fim de discutir nada mais do que isso.

Damien tocou meu braço brevemente, dando-me um sorriso caloroso quando o olhei.

— Se você é uma dominatrix, Bi, eu aguento. Sinta-se livre para me amarrar e me bater, quando sentir necessidade.

Dei risada, porque ele estava brincando e porque era o oposto da verdade.

— Hum, não. — Foi tudo que eu respondi.

— Você está apaixonada por ele? — Damien perguntou. — É tão sério assim? Você pode me falar, Bianca. Não vou julgar. Eu só quero ser seu amigo.

Fiz uma careta. Ele era meu amigo. *Por que acho tão difícil me abrir?*, fiquei me perguntando. Mesmo para um amigo. Pensei sobre a questão, tentando suprimir meu desejo natural de simplesmente me fechar diante de um assunto tão pessoal.

— Estou — respondi finalmente. — É um caso perdido, eu sei. Talvez seja por isso que meu coração foi perverso o bastante para se entregar. Mas eu o amo.

Ele apertou meu cotovelo.

— Ei, eu conheço a sensação. Não se culpe tanto. O que você vai fazer?

Tomei algumas respirações profundas, pensando bem na pergunta.

— Isso é o que eu não sei. Não posso negar o que sinto, mas posso negar o rumo que isso vai seguir. Ele ainda me quer. Vou aceitá-lo de novo? Essa é a pergunta de um milhão de dólares, eu acho.

Damien me lançou um olhar aflito.

— É mesmo.

Encolhi um pouco os ombros, o que foi involuntário. Era um gesto que parecia deixar todo mundo louco na minha vida.

— Ele vai se cansar de mim, tenho certeza — falei baixinho. — É o *modus operandi* dele. A pergunta é: estou tão desesperada por ele a ponto de entrar nessa?

Damien não tinha uma resposta para isso. Nem eu.

Capítulo 2

Damien e eu caminhamos lentamente de volta para o hotel, e encontramos assuntos mais neutros para conversar durante o trajeto de retorno.

Percebi quando minha foto foi tirada pelo homem agachado nos arbustos do lado de fora do hotel ao lado do nosso. Ele era um homem rechonchudo e careca. Tive vontade de lhe dizer que não precisava se incomodar em machucar os joelhos na tentativa de se esconder. Ele era muito visível, até mesmo escondido.

Eu me forcei a ignorar, em vez disso. Sua publicação diria algo horrível sobre mim de qualquer maneira, eu tinha certeza.

— Quer dar uma passada naquele restaurante cubano da esquina? — Damien perguntou quando estávamos quase de volta ao nosso hotel.

Dei de ombros.

— Vamos ver o que Stephan quer fazer — respondi em tom neutro. Comer era uma boa ideia, mas eu não queria acabar indo jantar sozinha com Damien.

— Tudo bem. Então vamos em quatro. Murphy, sem dúvida, vai ter uma opinião sobre onde comer — Damien respondeu alegremente. Sua atitude me tranquilizou. Eu estava meio preocupada que ele estivesse tentando me encurralar em algum tipo de encontro.

Encontramos os outros dois homens conversando no bar grande e lotado do nosso hotel de tripulação. Todos concordaram tranquilamente com o restaurante cubano, que tinha uma comida maravilhosa.

Nos separamos para irmos nos vestir para o jantar, e nos encontramos de volta no saguão vinte minutos mais tarde. Vesti só um short e uma regata.

Fomos andando até o restaurante, os homens brincando sem parar, me fazendo rir também. Os dois eram realmente uma boa companhia.

Pedi sopa de feijão preto e arroz no restaurante. Era uma refeição simples e engordativa, mas eu não me importava. Era minha versão de alimento de conforto. Eu me fartei como raramente fazia. Até fiz mais um pedido de comida para levar. Era um ótimo café da manhã se a gente comia tomando suco de laranja. Foi o que eu fiz, comprando uma caixinha de suco no minimercado a uma quadra do hotel.

Stephan carregou tudo para mim sem dizer uma palavra. Por mais estranho que estivesse o clima entre nós, ele ainda era um cavalheiro no seu âmago. Sua educação mórmon incomum tinha entranhado nele uma necessidade de me proteger que eu nunca consegui tirar dele. Eu o aceitava demais para até mesmo tentar, a essa altura do campeonato. Eu só o agradeci quando ele me livrou do fardo das sacolas.

Inesperadamente, ele pegou minha mão, enquanto caminhávamos. Apertei a sua mão imediatamente. Eu não aguentava a distância entre nós.

— Você está bravo comigo? — perguntei. Estávamos andando apenas alguns passos na frente de Murphy e Damien, então deixei minha voz bem baixa.

Ele me deu um olhar surpreso e arregalado.

— É claro que não, princesinha. Estou morrendo de medo de você estar brava comigo porque estou mantendo contato com o James.

Apertei sua mão de novo.

— Não. Entendo muito bem o quanto é difícil ignorar esse homem. Ele é persistente. Eu estava preocupada que você estivesse com raiva de mim por manter você longe do Melvin esta semana.

A boca dele ficou tensa.

— De jeito nenhum. Eu me dei conta de que o Melvin não é para namorar. Ele admitiu ter ficado com outro cara na semana passada, apesar de ter dito que a gente ia devagar, mas que não ia ficar com outras pessoas. E eu também acho que ele tentou falar com a imprensa sobre você e eu. Eu me sinto mal por ter errado tanto com ele. Fiquei tão atraído no início que só enxerguei o que eu queria enxergar. Você entende o que quero dizer?

Eu me encolhi.

— Infelizmente, eu sei *exatamente* o que você quer dizer — respondi, pensando em James.

Ele balançou a cabeça e deu um apertinho na minha mão.

— James não é a mesma coisa que o Melvin, Bi. Tenho certeza disso. Só queria que você também pudesse ver.

Só lancei um olhar para ele. Era meu olhar "esquece".

Murphy e Damien queriam fazer uma maratona pelos bares de South Beach, mas recusei o convite rapidamente. Stephan seguiu o exemplo. Murphy pegou seu telefone e mandou mensagens para o resto da tripulação. Já tínhamos visto brevemente as três outras comissárias na piscina mais cedo, mas elas pareciam estar mais propensas a voltarem para o quarto à noite. Murphy ficou decepcionado. Uma tripulação antissocial era seu pior pesadelo.

— Um filme? Tem um cinema a menos de dez minutos daqui.

Stephan me deu um olhar questionador.

Eu simplesmente encolhi os ombros. O que eu queria era ir para o meu quarto, rastejar para debaixo dos cobertores e ficar lá até de manhã, mas eu sabia que só ficaria louca se seguisse esse caminho. Um filme parecia o menor dos males.

— Tudo bem. Só me deixem pegar um moletom. Sempre fico com frio no cinema — concordei finalmente.

Meu quarto ficava no corredor do quarto do Stephan. Infelizmente, o hotel não teve a possibilidade de nos acomodar em quartos conectados, como preferíamos.

Ele entregou minhas sacolas de comida e meu suco e nós nos separamos. Guardei a comida no frigobar e peguei um moletom na mala.

Coloquei o celular na mesa ao lado da minha cama e o conectei na tomada para carregar. Relutante, eu o liguei. Só pretendia programar meu alarme para a manhã seguinte e, em seguida, deixar o telefone no meu quarto, carregando.

Havia várias mensagens e ligações perdidas. Ultimamente, sempre havia. A maioria era de James, é claro, embora algumas fossem de outros amigos e de um número estranho de Las Vegas que estava me ligando recentemente. Fiquei me perguntando brevemente de quem esse número estranho poderia ser, porque aparecia cada vez mais no meu registro de chamadas perdidas. Uma vez, eu até atendi, mas só houve alguns segundos de ruído de fundo, seguido por um desligamento abrupto.

Minha mente mudou de rumo quando, em uma perda súbita e total de autocontrole, verifiquei minha última mensagem perdida. Não fiquei surpresa ao ver que era de James, mas meu coração ainda assim deu uma falhada só de ver o nome dele.

James: Só checando como você está. Estou com saudades.

Eu estava respondendo antes que pudesse me conter.

Bianca: Estou bem. Por favor, pare de se preocupar comigo. Estou só saindo com a tripulação. Espero que esteja tudo bem com você.

Ele respondeu imediatamente.

James: Bem o suficiente. Vou estar em Londres durante a maior parte da semana que vem, então, por favor, não pule Nova York novamente só para me evitar. Quando posso te ver de novo?

Meu coração doía de saudade só de pensar em vê-lo, mas meu coração não estava fazendo um bom trabalho ao me orientar na direção certa ultimamente.

Bianca: Preciso de mais tempo. Desculpe. Parece que eu perco todo o autocontrole quando me aproximo de você. Preciso pisar em terra firme de novo.

James: Podemos nos encontrar do jeito que você quiser. Você dita os termos. Eu concordaria com qualquer coisa, apenas para vê-la por cinco minutos. Digo isso literalmente. Eu poderia me encontrar com você e sua tripulação ou nós poderíamos ir tomar um café. Só me diga o que você quer e eu vou fazer. Estou desesperado para te ver.

Engoli em seco, me sentindo à deriva. Eu queria muito vê-lo de novo, nem que fosse por cinco minutos. Eu deveria ser capaz de me controlar, se fosse só por cinco minutos...

Bianca: Me deixe pensar. Você conhece minha agenda. Me avise quando estivermos na mesma cidade, e vou tentar encontrar uma forma breve e neutra de a gente se encontrar.

James: Não me tente desse jeito, amor. Estarei em um avião em meia hora se você estiver mesmo falando sério.

Senti um aperto no estômago.

Bianca: Não faça isso. Eu quis dizer se a sua agenda te levar para a mesma cidade. Por favor, não viaje por minha causa.

James: Preciso fazer uma viagem de negócios para Las Vegas em breve. Gostaria de te ver quando eu estiver lá. Basta me dizer a hora e o lugar e vou dar um jeito na minha agenda.

Bianca: Stephan e eu vamos nos encontrar com alguns amigos, não nessa segunda-feira, na outra. Ainda não decidimos sobre um horário ou lugar, mas eu te aviso quando souber. Você pode se juntar a nós se quiser.

James: Eu quero muito. Me dê os detalhes quando você os tiver. Vou contar os dias, meu amor.

Desliguei meu telefone depois disso.

Todos nos encontramos de volta no saguão. Fui a última a chegar. Me senti mal por ter feito todo mundo esperar, mas ninguém parecia se importar.

Eles estavam tendo uma discussão bem-humorada sobre se deveríamos caminhar ou dividir um táxi.

Torci o nariz para Murphy, que achava que valia a pena pegar um táxi para percorrer a curta distância.

— Não dá nem um quilômetro — falei. — É um desperdício de dinheiro. Ainda mais porque o tempo está gostoso.

Damien cutucou a barriga enorme de Murphy.

— Parece que uma caminhada faria bem a você, amigão.

Murphy cutucou a barriga do Damien.

— Não venha jogar seus problemas de imagem corporal em cima de mim, *amigão*. Eu sou sexy. Se quero um abdome dos sonhos, vou tomar cerveja. É muito mais divertido do que passar três horas por dia na academia, como o Mister Universo aqui.

Todos nós rimos.

Murphy viu que estava em minoria, então fomos andando.

A caminhada foi agradável, mas, uma vez lá, tivemos dificuldade em decidir o que ver. Por algum motivo estranho, os pilotos estavam insistindo em uma comédia romântica. Stephan e eu queríamos ver um filme de terror sci-fi recém-lançado. Via de regra, não gosto de comédias românticas, mas eu particularmente me recusava a ver essa que eles queriam. Era estrelado por uma atriz ruiva jovem que eu tinha visto em fotos com o James.

Se eu assistisse ao filme, sabia que só iria ficar obcecada sobre ele e deprimida tudo de novo. Quando sugeri que víssemos dois filmes diferentes, os pilotos finalmente cederam.

— Mas, se eu tiver pesadelos depois disso, Damien vai ganhar um companheiro de quarto esta noite. E sou eu que deito de conchinha. Sem exceções — Murphy avisou.

Stephan e eu rimos, mas Damien só lançou um olhar descontente, como se estivesse genuinamente preocupado que Murphy fosse tentar.

Aquele olhar só me fez rir mais.

Achei o filme ótimo, mas Murphy não concordou.

— A cena que a garota arranca o alienígena dela... Não consigo parar de ver na minha cabeça. Agora vou ter medo pelo resto da vida. Vocês me devem uma por isso. Da próxima vez, vou fazer todos assistirem a uma comédia leve — ameaçou Murphy, enquanto caminhávamos de volta para o hotel.

A escuridão tinha caído enquanto estávamos assistindo ao filme, mas as ruas eram bem-iluminadas e as pessoas ainda caminhavam pela rua popular.

Notei que Stephan tinha ficado tenso e segui seu olhar para um homem tirando fotos de nós. Segurei seu braço com firmeza, continuando a andar. Stephan parecia prestes a socar o cara.

— Vamos ter que aprender a ignorar esse tipo de coisa — falei tranquilamente. — Não podemos impedi-los de tirar fotos nem controlar o que eles dizem, então ignorá-los é o nosso único recurso.

Ele me deu um olhar avaliador.

— Talvez você seja adequada ao estilo de vida do James. É impressionante que já esteja acostumada aos paparazzi, considerando que você só vem lidando com eles há algumas semanas.

Encolhi os ombros de leve.

— Não é o fim do mundo. Eu poderia passar sem todas as coisas horríveis que ele vai imprimir junto com as fotos, mas eu realmente só preciso aprender a parar de ler. É tudo lixo. Antes de eu sair com o James, nunca teria nem olhado para essas coisas. Preciso voltar para essa mentalidade.

Stephan assentiu firmemente.

— Eu também. Agora tenho alertas do Google programados para você e James. Preciso parar de me torturar. Realmente não temos como acabar com nada disso.

— Se você me vir olhando sites lixo de fofoca, precisa me segurar. Isto ficou fora de controle.

— Deixa comigo, princesinha.

R.K. Lilley

Capítulo 3

Os dias passaram devagar, enquanto eu aguardava ansiosamente para ver James. Apesar das minhas reservas, quase liguei várias vezes para marcar um encontro com ele antes.

No fim das contas, quase não tive contato nenhum com James, apenas a mensagem breve no domingo, antes do horário em que iríamos nos encontrar. Só falei onde todo mundo tinha decidido se encontrar. Era um evento de trabalho que eu não estava muito entusiasmada para comparecer. Mas Stephan não iria a lugar algum sem mim ultimamente, e eu estava cansada de segurá-lo em casa. Eu sabia que ele adorava sair, então concordei em ir à festa do trabalho quase duas semanas antes.

Bianca: Vamos nos encontrar às 18h no The Dime Lounge. Fica perto da Sunset Strip, do lado leste da Tropicana. Vai estar cheio de pilotos e comissários.

James: Estarei lá.

Comecei a ficar pronta às 15h30, o que era cedo para mim. Gastar mais do que uma hora para me arrumar era incomum, então, mais de duas horas significava que eu estava nervosa. Nervosa e ansiosa.

Levei um tempo estranhamente longo para escolher uma roupa. Finalmente me contentei com uma minissaia que deixava à mostra bastante perna, e combinei com uma blusa sem manga, preta e de botões que expunha um decote generoso, mas de bom gosto. A roupa toda preta me colocava no espírito de um sapato chamativo, então escolhi um par de sandálias plataforma com uma combinação viva de cores que não combinaria com *nada* que não fosse preto. Era uma mistura de laranja, amarelo, rosa e azul que me fazia sorrir. Tinha fitas de cetim trançadas nos tornozelos, e as amarrei com lacinhos perfeitos. Eu nunca tinha chance de calçar essa minha compra impulsiva e fiquei satisfeita com a aparência geral do meu look final.

Encontrei argolas prateadas para as orelhas. Lancei um olhar para a caixa prateada que tinha chegado na minha caixa de correio no dia em que voltei do hospital para casa. Eu tinha olhado dentro dela, visto o conteúdo e fechado sem um segundo olhar. Continha o colar e o relógio que James me dera, antes de tudo ter dado errado. Não sabia o que fazer com as joias. Eu não sentia que podia ficar com elas, já que não estávamos mais juntos, mas também tinha certeza de que James não aceitaria devolução. Ele obviamente não iria, já que, da última vez que devolvi, o colar reapareceu na minha caixa de correio.

Fiz meu cabelo e maquiagem, enquanto refletia sobre a joia.

Parte de mim queria usá-la. O colar iria combinar bem com o meu decote, valorizando o colo. James ficaria feliz em me ver usando-o, eu sabia. Mas também poderia passar a ideia errada. Ele poderia interpretar que eu estava querendo retomar de onde paramos da última vez. Eu não sabia se estava disposta a fazer isso.

Uma mudança acontecia em mim quando eu estava perto do James. Uma mudança que eu não tinha certeza se gostava. Ele me fez me apaixonar por ele apenas uma semana depois de eu tê-lo conhecido. E, se isso não fosse maluco, eu não sabia o que era.

Arrumei meu grampo de cabelo e deixei os fios caírem pelas minhas costas em uma linha clarinha loura quase bege. Delineei os olhos com marrom-claro, pesei a mão no rímel preto e usei uma quantidade generosa de sombra dourada. Escolhi um tom claro de rosa para os lábios e apliquei brilho generosamente. Era mais maquiagem do que eu costumava usar, mas achei que combinava com um lugar como o The Dime.

O efeito geral me fazia sentir sexy e sofisticada; exatamente o que eu queria. Eu precisava me sentir confiante quando visse James de novo.

Ouvi meu celular apitar e sabia que era Stephan dizendo que era hora de ir. Um olhar para o relógio me confirmou isso.

Impulsivamente, abri a caixa prateada. Pesei a gargantilha linda nas minhas mãos. A cor era prateada, embora eu não fizesse ideia de que metal era. Eu nunca saberia a diferença. Mas parecia cara, com diamantes salpicando o colar inteiro, e um aro na frente feito inteiramente de diamantes assustadoramente grandes. Eu não tinha percebido antes como eram enormes.

Respirei fundo e levei as mãos ao pescoço para colocá-la. O peso era gostoso na base do meu pescoço. Fiquei observando a gargantilha, contornando-a com o dedo. Eu precisava ir, mas não conseguia desviar os olhos do colar em volta do meu pescoço.

Olhei de volta para a caixa e notei pela primeira vez que nela havia mais do que apenas o colar e o relógio: outra caixa pequena que eu não tinha visto em minha inspeção superficial anterior. Abri e vi que continha belos brincos de argolas feitos de diamantes grandes que combinavam perfeitamente com os detalhes da gargantilha.

Mordi o lábio e os coloquei. *Quem está na chuva é para se molhar*, pensei, imprudente.

Corri porta afora, e, claro, o carro de Stephan estava esperando na frente da minha casa. Entrei mexendo na minha bolsa *clutch*, verificando se eu tinha as coisas essenciais.

Stephan soltou um assobio baixo ao me ver.

— Você está uma *delícia*, princesinha. Se não tivesse me dito que o James iria passar para te ver, eu poderia ter imaginado por causa dessa minissaia.

Lancei-lhe um olhar afiado, mas não consegui mantê-lo por muito tempo. Ele tinha razão, eu quase nunca tentava me vestir sexy.

— Todo mundo vai estar lá — Stephan disse alegremente durante o trajeto de vinte minutos até o clube, começando a falar os nomes de quem iria. Alguns eu normalmente ficaria feliz em ver, mas, no momento, nem tanto.

Todos sabiam que eu tinha sido atacada na minha casa e que tinha ficado hospitalizada por mais de uma semana. O boato era que um invasor tinha me atacado, mas, apesar disso, as pessoas iriam me fazer perguntas bem-intencionadas sobre o acontecido. Eu odiava os tipos de perguntas que eu sabia que iriam me fazer. Odiava que as pessoas tivessem sequer uma vaga ideia do que tinha acontecido comigo.

Eu tinha sobrevivido, e o resto era apenas detalhes, eu disse a mim mesma com firmeza. Era um mantra que sempre me colocava no humor de autopiedade. Como de costume, funcionou. Eu estava viva, e era o suficiente.

Tivemos uma discussão bem-humorada, no caminho, sobre se Stephan deveria levantar a gola da camisa polo. Ele tinha levantado a gola, notei quase imediatamente. Eu simplesmente não conseguia me acostumar ao estilo. Havia algo inerentemente tonto nesse look e falei isso para ele.

No fim, ele cedeu, abaixando a gola com um sorriso pesaroso.

— Só porque você gosta de um look, isso não o torna certo — brinquei com ele.

Chegamos ao local exatamente dez minutos antes das seis. O porteiro estava checando nossas identidades e até mesmo nossos distintivos da companhia aérea. Nós dois tínhamos trazido, já que tinham nos contado que precisávamos deles para conseguir desconto de funcionário, mas era incomum ter que apresentá-los logo na porta.

Eu ouvi uma voz familiar atrás de mim.

— Esses são os convidados do Sr. Cavendish. Vou acompanhá-los até lá dentro.

Virei e abri um sorriso surpreso para Clark, mas me encolhi por dentro, pensando na última vez que o tinha visto. Eu estava um desastre completo, correndo no meio do tráfego como uma maníaca. Mas não era culpa dele ter me visto naquele estado, então tentei cumprimentá-lo como se nada tivesse acontecido.

— Tudo bem com você, Clark? — perguntei.

Ele sorriu calorosamente para mim, parecendo genuinamente feliz em me ver.

— Tudo ótimo, Srta. Karlsson. Estou muito feliz de ver que a senhorita está tão bem.

Apenas assenti e me afastei automaticamente do assunto que tinha me deixado tão *mal* nos últimos dias.

Clark nos levou através do salão com iluminação fraca, indo direto para a pequena seção VIP.

Suspirei.

É claro que James estaria na área VIP, mas isso meio que arruinava todo o propósito de estarmos aqui, socializando com colegas de trabalho.

Como previ, mal nos sentamos e Stephan já se levantou por ter avistado alguém do outro lado do salão. Era nossa amiga, Jessa. Eu não a via há mais de um mês e realmente queria dizer um oi.

Vi rapidamente que James não estava em nenhum lugar à vista e lancei um olhar de desculpas para Clark.

— Obrigada por nos mostrar a mesa, Clark, mas estou vendo uma pessoa com quem eu queria falar. Onde está o James?

Clark parecia desconfortável, estava até mesmo mexendo na gravata. O gesto nervoso parecia muito atípico para ele.

— No carro, terminando alguns telefonemas. Tenho certeza de que ele não achava que a senhorita chegaria no horário exato, ou eu sei que ele teria encerrado os assuntos dele a essa altura.

Apenas assenti e me dirigi para onde Stephan e Jessa estavam se cumprimentando. Ela me viu e soltou uma exclamação, me dando um abraço tão forte que eu tive que esconder um arquejo. Minhas costelas ainda estavam um pouco doloridas, se fossem pressionadas do jeito errado, e ela tinha acabado de acertar exatamente o ponto em questão com um aperto vigoroso. Escondi minha reação e retribuí o abraço.

— É tão bom te ver melhor — Jessa falou de repente. — Me desculpe por não ter te visto no hospital ou feito uma visita. As coisas estão loucas ultimamente, e eu não soube de nada até você já estar tendo alta. E eu estava fora da cidade. — Ela olhou para Stephan. — Stephan manteve em segredo. Até mesmo de *mim*.

— Por favor, não se preocupe. Na verdade, não vamos falar sobre isso nunca mais. Como tem passado? Está fazendo voos este mês? — perguntei.

Jessa era da nossa escola de comissários de bordo. Era uma morena alta, quase da minha altura, com lindos olhos castanhos e o sorriso mais caloroso do mundo. Era uma das minhas pessoas favoritas. Quando possível, nós tentávamos nos encontrar pelo menos duas vezes por mês para pôr a conversa em dia. Ela tinha um ótimo senso de humor e adorava sair. Stephan era até mesmo caseiro se comparado a ela.

Ela jogou o cabelo grosso e cacheado para trás dos ombros enquanto nos contava uma história sobre algum passageiro, no seu último voo, que havia tentado fumar no banheiro e depois mentiu sobre isso. Ela estava ficando agitada só de contar a história sobre as mentiras deslavadas com as quais o velho tinha tentado se safar.

Tive que esconder um sorriso. Ela sempre ficava agitada com os loucos. E seu jeito atrevido de lidar com eles era uma comédia das boas.

Uma garçonete de minissaia e corpete veio até nós e pegou os nossos pedidos de bebida. Stephan estava bebendo o Cabernet da casa, mas preferi água. Eu ia me manter longe do álcool, ainda mais se James fosse aparecer. Ele abominava essas coisas.

Avistei Brenda perto do bar e acenei. Ela se juntou a nós, sorrindo.

— Sentimos falta de vocês esta semana — ela disse em saudação.

— Mas a Cindy e o Lars são incríveis, não são? — perguntei, sorrindo. O casal com quem tínhamos trocado era notoriamente divertido como companheiros de trabalho.

— Ah, sim, aqueles dois são impagáveis. Mesmo assim, sentimos falta de vocês. — Ela mordeu os lábios. — Jake e eu, quero dizer.

Trocamos um sorriso irônico. Eu não precisava perguntar para saber por que ela tinha deixado o nome da Melissa de fora. A outra ficava mais e mais descompassada cada vez que eu lidava com ela. Eu sabia que ela não iria esquecer de nós.

Brenda notou minhas joias.

— Que colar e brincos lindos! São tão diferentes.

Passei os dedos na gargantilha, pensando nela.

— Seu marido veio? — perguntei, olhando em volta. Ele costumava vir com ela nos eventos do trabalho, e às vezes até ficava com ela quando passávamos a noite em alguma cidade.

— Não, ele não ia sair do trabalho antes das seis e disse que estava acabado. Provavelmente não vou demorar. É que é tão difícil uma oportunidade de encontrar tantos comissários que eu vejo tão pouco... Tínhamos que organizar essas festas mais vezes.

Jessa concordou com ela vivamente, e elas conversaram sobre tentar marcar mais encontros por uns bons dez minutos.

Jake se juntou a nós entre os planos, abraçando todo mundo, ao mesmo tempo em que conseguia parecer interessado na conversa atual. Eu o abracei de leve. Eu tinha dificuldade com essa coisa de abraços entre os comissários no começo, mas acabei adquirindo costume. Quando se tem amigos próximos que a gente só consegue ver uma vez por mês rapidamente, um abraço parece apropriado. Embora todo mundo, mesmo os amigos não tão próximos, pareciam insistir no hábito. Agora eu já nem pensava mais, só abraçava. Ninguém mais entendia a ansiedade que eu sentia, eu sabia. Então eu tinha aprendido a guardá-la para mim.

Um homem alto, magro e de cabelos escuros se aproximou de Stephan por trás e pôs a mão no ombro dele como cumprimento. O homem se inclinou no ouvido de Stephan e sussurrou alguma coisa. Meu amigo pareceu corar até os dedos dos pés.

Vi a coisa toda como se estivesse em câmera lenta, meu queixo caído em estado de choque.

R.F. Lilley

Capítulo 4

Levei um bom tempo para reconhecer o homem, já que o que eu estava vendo não fazia sentido para mim.

Javier Flores e Stephan não estavam exatamente em termos amigáveis. Da última vez que perguntei, estavam mais perto de um ex-casal amargurado. Os dois homens não se falavam há mais de um ano. Ou foi o que eu pensei.

Javier era a versão de Stephan do que eu estava fugindo.

Os dois homens eram tão diferentes fisicamente como eram em termos de personalidade. Apesar de ambos serem altos e bonitos, Stephan era muito mais alto. Javier tinha aproximadamente um metro e oitenta. E, enquanto Stephan parecia um modelo da Abercrombie & Fitch, com sua aparência loura, Javier era quase delicado. Seu rosto era simples e bonito, com feições perfeitas e simétricas, e os cílios mais grossos que eu já tinha visto. Tinha cabelos muito pretos na altura dos ombros, caindo nos olhos artisticamente quando ele inclinava a cabeça para frente, dando a Stephan um sorriso malicioso de canto de boca. Ele era alto e esbelto, quase magro. Seus olhos castanho-escuros eram misteriosos e adoráveis, mas eu sempre os tinha achado um pouco frios e distantes.

Os dois ficaram juntos por apenas um mês, mais de um ano atrás. Foi um mês intenso, mas acabou rapidamente e de forma ruim. Javier tinha um problema sério em ser o amante secreto de Stephan e não tolerou a situação por muito tempo. Ele deu um ultimato ao Stephan: parar de esconder a relação deles ou ele iria cair fora.

Javier ficou chocado e magoado quando Stephan escolheu a segunda opção. Ele tinha usado o tratamento de silêncio com Stephan desde então, inclusive evitando-o em festas como essas. Ele até saía do recinto assim que via Stephan por vários meses depois da separação. Stephan ficou arrasado com essa história toda.

Eu entendia que Javier estivesse muito magoado, mas mesmo assim achei que ele lidou com a separação como um cretino. No entanto, eu também tinha ficado chateada com a separação. Stephan nunca tinha olhado para nenhum cara do jeito que olhava para Javier, e eu esperava muito, no início, que a situação fosse se resolver entre eles.

Javier me viu olhando fixo para ele, e seu sorriso teve morte súbita. Ele sempre foi educado e cortês comigo, mas eu sabia que o deixava desconfiado. Não era muita gente que entendia a relação entre Stephan e mim.

Javier me surpreendeu ao vir caminhando a passos largos até mim e me envolvendo em um abraço leve.

— Estou muito feliz em ver você bem, Bianca.

Eu o abracei automaticamente, e ele não me soltou por alguma estranha razão.

— Você não me odeia, não é? — ele sussurrou no meu ouvido.

Pisquei sem entender, e encontrei os olhos encabulados de Stephan por cima do ombro de Javier.

— Por que eu odiaria você? — perguntei baixinho. Ele tinha me pegado de surpresa.

— Por ser um idiota com o Stephan por tanto tempo. Meu coração estava totalmente partido, mas isso não é desculpa para a minha forma de tratá-lo. E eu não fui exatamente agradável com você. Também parei de falar com você, mesmo que nada disso tenha sido culpa sua. Stephan me disse que você me defendeu, até eu fazer um escândalo na festa do dia dos namorados e passar vergonha.

Javier estava na nossa equipe naquele mês em que ele e Stephan começaram a sair juntos. Nem tinha passado pela minha cabeça o fato de que Javier também não tinha falado comigo desde a separação. Apesar de tudo, eu já estava esperando.

— Sei que parece loucura, mas eu estava com ciúmes de você. Eu meio que tinha me convencido de que alguma coisa estava acontecendo entre vocês dois e que era por isso que ele não queria assumir que era gay.

Fiquei rígida, e ele me abraçou mais apertado, apesar de ainda parecer suave. Eu duvidava que um homem magro como ele conseguisse ser durão.

— Eu sei. Loucura, né? — Javier continuou. — Mas o Stephan e eu temos conversado de novo. Por favor, me diga que você está de acordo.

Fiz que sim, embora não soubesse realmente *o que* pensar. A mudança de atitude de Javier tinha sido tão repentina e tão inesperada, e Stephan não tinha dito sequer uma palavra. Eu mal tinha acompanhado o fato de que ele não estava mais saindo com o Melvin.

— Sim, claro. Eu não sou a guardiã do Stephan, ao contrário da crença popular.

Ele beijou minha testa e recuou a cabeça para olhar para mim.

— Eu sei, mas você é a família dele. Só quero que fique tudo bem entre a gente.

Seus olhos agora estavam sérios e imploravam, muito diferente de como eram normalmente. Isso me deu esperança. Talvez ele apenas tivesse uma postura indiferente para esconder os sentimentos. Eu podia compreender isso muito bem.

Sorri para ele. Foi meio rígido, mas não por falta de esforço.

— Sim. Tudo bem. Eu quero o que fizer o Stephan feliz. Sempre.

Javier assentiu com entusiasmo e, por fim, se afastou de mim.

— Que bom. Ótimo. Stephan estava preocupado que você não fosse gostar que a gente voltasse a se ver.

Lancei um olhar perplexo para Stephan. Ele ainda nos observava, parecendo angustiado.

— Não era para ele pensar assim — eu disse.

Javier voltou para junto de Stephan, e fiquei chocada com o que aconteceu em seguida. Stephan lançou um braço por cima dos ombros de Javier, brincando de bagunçar o cabelo dele. Ele soltou Javier quase instantaneamente, mas ainda era a coisa mais afetuosa que eu já o tinha visto fazer em público com outro homem.

Por alguma razão, senti meus olhos marejarem.

Stephan cruzou o olhar comigo e veio em minha direção. Ele me puxou para o seu peito, abaixando-se para falar no meu ouvido.

— Você está mesmo de acordo com isso?

— Que tipo de pergunta é essa? — perguntei, minha voz abafada contra sua polo laranja clarinha. — E por que esta é a primeira vez que ouço sobre isso?

Ele passou a mão nas minhas costas daquele jeito de acalmar a outra pessoa.

— O momento não era o certo. Eu sempre quis dizer, mas as coisas andam tão loucas... Eu nunca conseguia encontrar o momento ideal. Na verdade, ele me ligou porque soube que você tinha se machucado, e queria ter certeza de que nós dois estávamos bem. Fofo, né?

Recuei e fiz que sim com a cabeça.

— E quanto às suas... questões?

Ele engoliu em seco.

— Javier e eu conversamos sobre isso, e percebi que ele está muito certo. Não tenho que fazer um anúncio para o mundo. Não preciso de um baile para sair do armário, sabe? Mas também não preciso mais mentir. Posso simplesmente viver a minha vida. Não devo explicações a ninguém. Eu sempre disse que só queria que a minha vida particular continuasse particular, mas estou começando a ver que existe mais. E eu não tenho nada do que me envergonhar, certo?

Ele havia tentado fazer uma declaração, mas eu ainda ouvi uma pergunta ali. Agarrei seus braços com força.

— Nadinha. Estou muito orgulhosa de você, Stephan.

Ele apertou meu braço. Evitamos contato visual por um longo minuto, nós dois engolindo de volta as lágrimas constrangedoras.

Finalmente composto, ele apenas acenou com a cabeça e voltou para ficar perto de Javier. Ele apertou o ombro do outro homem brevemente, antes de cruzar os braços na frente do peito e ouvir seja lá sobre o que Jessa estava reclamando.

Fiquei um pouco em choque com a mudança repentina e drástica de Stephan. Mas era um choque bom.

Observei os dois homens por vários minutos, impressionada pela atitude de Stephan. Não era uma demonstração pública de afeto completa, mas ele ficava cutucando Javier no peito ou puxando uma mecha do seu cabelo. Javier mantinha suas mãos cuidadosamente para si mesmo, mas estava dando os olhares mais doces para Stephan. Eu achei lindo.

Murphy e Damien foram os próximos a se juntarem a nós e fazerem as rondas, abraçando todo mundo. Percebi que nosso grupo tinha crescido e se tornado bem barulhento.

Procurei pelo salão espaçoso, pensando que James poderia ter dificuldade em me ver entre tanta gente, mas não encontrei nenhum sinal dele.

Melissa, porém, eu vi do outro lado do ambiente. Ela estava sentada no bar com o capitão Peter. Usando um vestido colante vermelho, encarava nosso grupo meio de mau humor. Eu me perguntei, um pouco maldosa, por que ela insistia em usar cores que brigavam com a cor do seu cabelo. Me repreendi em pensamento. Ela era uma pessoa desagradável, mas isso não era desculpa para descer ao nível dela.

Dei um pequeno aceno para ela quando nossos olhos se encontraram, resolvendo pelo menos ser educada, já que ela era integrante da nossa equipe por pelo menos mais um mês. Ela apenas fez um sinal com a cabeça e olhou para outro lugar. Pelo menos ela não me mostrou o dedo.

Eu me concentrei em nosso crescente grupo, pois mais duas pessoas se juntaram a nós.

Eram Judith e Marnie. Elas estavam na nossa tripulação há alguns meses. Eram garotas festeiras inseparáveis. Judith tinha longos cabelos pretos, e os da Marnie eram louro-platinados. Ambas eram bem baixinhas com o corpo ótimo e rostos bonitos. Meio que me lembravam de fadinhas travessas. Fadinhas travessas meio bêbadas, no momento.

Eu me lembrei de que elas frequentemente se apresentavam para os homens em bares como Vanessa Fadinha e Diva Aginaberta. Elas raramente voltavam para os quartos sozinhas, às vezes, trocando de homem uma com a outra. Eram um par engraçado, mas não para os fracos de coração. Stephan e eu fomos na festa de 21 anos da Judith há uns dois meses. Foi uma loucura. Ela tinha ficado com pelo menos três homens que eu tenha visto e arrastou dois deles para o quarto de hotel.

Marnie era um ano mais velha do que Judith, tendo acabado de completar 22 anos. Eu era mais velha do que as duas, mas elas me superavam por muitos anos de experiência. Ambas pensavam que qualquer mulher que tivesse chegado aos quinze anos com a virgindade intacta era uma puritana. Não imaginei que elas sequer tivessem uma palavra para alguém que tinha durado até os 23 anos, como eu.

Judith gritou de alegria quando me viu, correu e me abraçou.

— Eu ouvi sobre o ataque. Como você está? — ela quase gritou.

Abracei-a rigidamente, desejando que ela não falasse tão alto.

— Bem. E você?

Ela lançou um olhar de soslaio na direção do Damien.

— Quanto você quer apostar que vou acordar na cama do Damien amanhã? — ela sussurrou. — Aí eu vou estar bem. Marnie dormiu com ele há alguns meses. Ela diz que ele é *bem-dotado*. O último cara que eu peguei foi uma grande decepção. Tinha que ter me dado um bom chá de pinto, né?

Suas palavras arrancaram uma risada inesperada de mim. Eu não tinha ficado sabendo da trepada entre a Marnie e o Damien, mas não estava surpresa.

— Informação demais, Judith — falei para ela com um sorriso. — Eu tenho que trabalhar com ele toda semana.

Marnie tinha conseguiu chegar ao nosso lado, se enfiando entre nós para me dar um abraço.

— Se a Judith for atrás dele esta noite, vou junto com eles — ela disse com uma piscadela. — Eu juro por Deus, se existe um homem que consegue lidar com duas mulheres ao mesmo tempo, é ele. É um homem de maratona.

Judith enrugou o nariz para Marnie.

— Eu nunca pego os muito bons só pra mim. Ela sempre quer uma casquinha.

Eu nem tentei esconder minha risada. Ela estava reclamando, mas seu tom era mais divertido do que chateado.

Damien cruzou o olhar comigo a alguns passos de distância. Ele não veio até mim, apenas me deu um olhar questionador. Eu tinha certeza de que ele estava preocupado sobre o que elas estavam falando dele. Eu apenas sorri para ele. Damien cobriu o rosto com as mãos, e eu jurei que podia ouvir seu gemido de dor. Eu não me senti realmente mal por ele, já que apostaria que ele acabaria com as meninas atrevidas até o final da noite.

— Ouvi um rumor de que você perdeu sua virgindade. *Finalmente.* E para algum ricaço superlindo. É verdade?

Fiz uma careta. A fábrica de boatos estava viva e bem e, aparentemente, trazia alguma verdade.

— Sim. Por favor, não diga isso tão alto.

Eu ainda tinha vergonha que as duas meninas sequer soubessem que eu era virgem. Elas tinham adivinhado, estranhamente, considerando que eu mesma conhecia poucas pessoas que sabiam sobre a virgindade. Estávamos no quarto de hotel da Judith, assistindo a alguma comédia romântica durante uma viagem, quando as duas começaram a falar sobre suas histórias sexuais preferidas. Elas me pediram para falar também, mas eu simplesmente corei. Elas adivinharam, com não pouco desgosto, que eu era virgem. Tive que lhes dar um sermão quando elas não pararam de tentar encontrar homens para me poupar do meu "problema". Marnie até se ofereceu para me emprestar o namorado esporádico dela na época. Não encarei bem a oferta. Eu tinha superado, porém, sabendo que ela era um pouco cega para os sentimentos das outras pessoas nesses assuntos.

— Bem, parabéns. Ele era bom? Às vezes, os muito bonitos são péssimos na cama. É aquela mentalidade: sou tão lindo que nem preciso tentar, sabe? — Judith deu uma cotovelada de brincadeira nas costelas da Marnie enquanto falava.

Eu só balancei minha cabeça, de olhos arregalados. Eu certamente não sabia nada sobre isso. Não podia imaginar que havia um homem no planeta que fosse melhor de cama. Apesar disso, eu não queria divulgar essa informação.

— Então ele era bom? Sua primeira vez foi boa? — Marnie investigou.

Assenti, muito desconfortável. Essa coisa de falar sobre informações pessoais não era a minha praia.

— Em uma escala de um a dez, como ele foi?

Suspirei. Elas não iriam desistir.

— Como entraria na escala "eu quero que ele me coma até eu morrer e acho que ele vai acabar fazendo isso"?

As mulheres deram gargalhadas, mas a risada morreu quando elas olharam para a minha esquerda.

Senti um aperto familiar na minha nuca. Lábios macios com os quais eu estava bem familiarizada beijaram minha bochecha.

— Que avaliação mais tocante, amor — James murmurou na minha pele.

Capítulo 5

Senti um calor tomar minhas bochechas de uma só vez, e um estremecimento de puro prazer sacudiu meu corpo.

Típico do James aparecer no momento mais desarmante possível.

Judith e Marnie estavam apenas olhando fixo para ele, pasmas e sem palavras por um longo instante.

Eu me virei e olhei-o. Sua mão caiu da minha nuca e apenas ficamos olhando um para o outro. Bebi a visão dele.

Ele estava... *maravilhoso*. Vestia uma polo azul-vivo com jeans ajustado de lavagem escura e tênis de corrida azul-marinho. Era o look "James supermodelo estilo casual", pensei. Até mesmo seu visual casual era sexy demais para o público. Eu nunca o vi de jeans antes. James deixava o jeans pecaminoso. Eu via apenas uma sugestão do seu peito bronzeado no colarinho e precisei reprimir meu desejo de conferir se eu estava babando. Seu cabelo cor de caramelo tocava de leve o colarinho, e fechei as mãos para segurá-las ao lado do corpo. Eu queria tocá-lo, mas com a gente os toques sempre levavam a coisas demais, rápido demais.

Encontrei seus olhos azuis vívidos. Eram intensos e não sorriam. Seus olhos recaíram sobre meus brincos e depois para a gargantilha. Sua mandíbula apertou, depois relaxou. Ele passou a língua pelos dentes. Meu corpo inteiro pareceu dar um aperto.

— Obrigado por usar essas peças. Foi... muita consideração da sua parte — ele disse em sua voz mais educada, embora rouca.

Ele engoliu em seco, enfiou as mãos nos bolsos e, em seguida, cruzou os braços sobre o peito. Seus bíceps estufavam na camisa justa de um jeito que me deixava distraída. Seu peito e seus braços pareciam maiores do que eu lembrava, os músculos saltando como se ele tivesse levantado peso excessivamente. O tecido da camisa parecia tão macio que me deu uma vontade louca de passar as mãos nele. Mas esse toque leve viraria uma carícia. E então eu acariciaria mais forte para sentir a pele firme embaixo.

Os olhos de James estavam percorrendo meu corpo agora, não pela primeira vez. Seus olhos estavam nas minhas pernas muito desnudas, em seguida, no meu decote.

— Suas pernas são escandalosas. Você faz essa minissaia parecer um crime. — Ele olhou para o meu rosto, finalmente. — Você está linda. — James respirou fundo e forte, olhando para mim. Foi gratificante. — Mas esse traje não é um pouco sexy demais para um evento de trabalho?

Torci o nariz para ele, depois olhei incisivamente ao redor do salão. Isso era Las Vegas, e estávamos em um bar cheio de comissários de voo. Meu traje era francamente modesto em comparação com algumas das roupas que eu vi.

— Quer que eu te coma na frente de todos os seus colegas de trabalho? Porque é só nisso que consigo pensar, quando vejo você vestida assim. — Sua voz era baixa, mas ofeguei ao ouvi-la.

— Isso era para ser um encontro casual e curto — falei, com uma pitada de acusação na voz.

Ele respirou fundo de novo, olhou em volta pelo salão e para longe de mim. Eu o vi contar até dez em silêncio.

— Senti saudade — ele falou por fim.

Eu também estava com saudade dele, mas não consegui me forçar a dizer em voz alta. Ele ainda me deixava perturbada demais para esse tipo de sinceridade. Em vez disso, falei a primeira coisa que me veio à mente.

— Você se atrasou.

Sua mandíbula apertou novamente.

— Sim. Eu estava no meu carro, no meio da ligação de negócios mais irritante da minha vida. Acho que talvez precise despedir meu gerente de Nova York. Eu não te vi chegar e perdi a noção do tempo. Peço desculpas. Eu não queria perder um segundo do nosso tempo juntos, o que deixou o telefonema particularmente irritante.

— Não tem problema. Chegamos aqui cedo, pra variar, então só fiquei surpresa ao ver que você não tinha chegado antes da hora, pra variar.

— Nos apresente — Judith disse em voz alta.

Eu não estava surpresa. As duas garotas festeiras tinham mostrado uma quantidade surpreendente de autocontrole ao nos deixar conversar discretamente por tanto tempo.

Eu me virei, dando um sorriso pesaroso para as mulheres. Jessa se aproximou, e de repente tivemos a atenção de todo o grupo.

Fui passando pelo grupo, dizendo o nome de todas as pessoas que James ainda não conhecia. Toquei o braço dele levemente quando terminei.

— Pessoal, este é o meu amigo, James — anunciei, me sentindo estranha. Eu não fazia ideia de como chamá-lo.

— Namorado — James corrigiu, e eu levantei uma sobrancelha para ele. Eu não sabia o que ele era, mas não imaginei que ele se chamaria *disso*. — Namorado muito sério — ele explicou com um sorriso.

Achei que eu sabia o que ele estava fazendo. Ele queria falar comigo em particular, e sabia que se dar esse título iria me confrontar o suficiente para me levar a uma discussão. Apesar disso, eu não ia morder a isca, prometi para mim mesma, resoluta. E ele era excessivamente possessivo, diria qualquer coisa para afastar os outros homens.

Lancei um olhar para Damien. Ele estava nos observando, sua boca apertada. Desviei os olhos rapidamente, querendo evitar chamar a atenção para o fato de que ele estava nos observando muito atentamente.

Judith e Marnie começaram a conversar com James sem piedade. Fiquei mais do que um pouco surpresa por elas não estarem se insinuando para ele. Nem sequer um pouco. Parecia mais como se estivessem entrevistando-o. Achei meio fofo. Elas eram as mulheres que eu conhecia que mais se valiam dos flertes, mas estavam fazendo de tudo para serem completamente platônicas com alguém que achavam que era meu namorado. Alguém que calhava de ser o homem mais bonito do planeta. Isso me fez enxergar que elas eram boas amigas para mim. Talvez melhor do que eu tinha dado crédito.

Eu tinha o triste hábito de ser mais cética do que era necessário. Bondade ou consideração quase sempre me pegavam de surpresa se vinham de qualquer um que não fosse o Stephan. Acho que ele era a única pessoa de quem eu me permitia ter expectativas. Eu tinha muitos amigos. A maioria era amigos casuais. Mas a amizade e a confiança não eram um tipo de conexão que eu formava. Ouvi as meninas fazerem pergunta após pergunta para James, e até usaram uma linguagem limpa.

De repente, senti ter muito mais do que meus 23 anos. Sempre pensei que elas eram as maduras, as experientes, mas eu certamente as tinha superado no quesito ceticismo.

Toquei o braço de James com apenas a ponta dos dedos.

— Eu volto já. Preciso ir ao banheiro.

James tentou me levar até o banheiro, mas eu o dispensei com um aceno.

— Vá dizer oi para Stephan — eu lhe disse.

Ele me deu um olhar severo, mas seguiu na direção que pedi.

Judith e Marnie se juntaram a mim. O topo da cabeça delas batia bem na linha do meu peito. Eu sempre me sentia uma gigante quando estava com elas.

— Meu Deus, Bianca, esse é o homem mais lindo que já vi na minha vida — Judith declarou quando passamos pelo bar. Corei, mas certamente não podia questionar esse comentário.

— Esse homem é deslumbrante — Marnie disse.

Enruguei o nariz. A palavra deslumbrante me parecia muito feminina. E isso não tinha nada a ver com o James.

— Ele é bom na cama também? — Marnie perguntou, claramente cética. — Isso não é justo. Se eu parecesse com ele, nunca sairia da minha casa. Ficaria trancada e só *me* comeria. Se você me disser que ele tem um pau grande, eu poderia me cortar ou virar lésbica.

Chegamos à fila do banheiro, nos juntando à multidão absurda que já tinha se formado a uns bons seis metros do banheiro propriamente dito.

Eu sorri com tristeza.

— Então não vou te dizer — respondi.

As duas mulheres começaram a fazer sons altos de desespero, e eu ri da sua teatralidade.

— Acho que as coisas boas realmente vêm para quem espera — Judith disse, soando triste. — Não posso sair em um encontro sem dormir com um cara. E eu não posso ficar dois dias sem encontrar um ficante, então acho que nunca vou encontrar ninguém bom.

— Também mal posso esperar para gozar, então acho que não vou conseguir nada tão bom. O tipo de coisas boas que acontecem com aqueles que esperam 23 anos, pelo visto — Marnie disse, desamparada. Ela retomou o ar alegre quase imediatamente depois disso. — Mas nós vamos conseguir um pedaço do capitão Damien esta noite. Ele é um belo pedaço de algo bom.

Não salientei que ele não pareceu feliz em vê-las. Eu duvidava que isso fosse fazê-las diminuir o entusiasmo. Elas eram uma dupla persuasiva.

— Que história é essa de tabloide que eu fico vendo? — Marnie perguntou, me encarando com um olhar bem sério.

Fiz uma careta.

— Mentiras na sua maioria e pessoas horríveis dizendo coisas horríveis porque atrai atenção. Estou tentando ignorar.

Judith me deu um olhar perplexo.

— Acho incrível. Agora parece que conhecemos uma celebridade. Acho tudo muito divertido e excitante. E ele é tão lindo. Poderia haver coisas piores.

Ela tinha razão sobre coisas piores, eu pensei.

Dei de ombros.

— Eu não posso mudar isso, então estou me adaptando.

— Então ele não tem uma namorada de longa data? — Marnie questionou. — Eu li em algum lugar que ele estava namorando uma herdeira linda, há tipo, uns oito anos.

Isso que eu chamo de mudança de assunto broxante.

Suspirei.

— Ele me disse que ela é apenas uma amiga. Acho que a pergunta é: eu acredito nele? Estou trabalhando nisso. Confiar não é o meu primeiro instinto, mas isso não tem nada a ver com ele.

Judith indicou minhas joias.

— E todos esses diamantes maravilhosos... Meu voto é pra você confiar nele.

Dei risada. Elas estavam começando a me lembrar de uma versão meio bêbada de anjinho e diabinho.

Marnie deu um tapinha no meu ombro.

— Tenha cuidado, Bianca. Esse homem parece que poderia destruir corações só por diversão, sabe?

Judith fingiu se abanar.

— Mas que diversão, né?

Eu não podia discutir com isso. Não era nada que eu não tivesse pensado.

Havia um grupo de mulheres reunidas perto, algumas pessoas na nossa frente. Elas estavam sussurrando e apontando para mim grosseiramente. Eu não conhecia nenhuma delas, mas muito provavelmente eram outras comissárias com quem eu nunca tinha trabalhado. Imaginei que tivessem lido alguma coisa horrível sobre mim. Eu as ignorei. Era algo com que eu deveria me acostumar.

Tudo fazia parte do circo da mídia que cercava a vida de James. E eu tinha, aparentemente, decidido não desistir dele, apesar do meu melhor julgamento. Ele ainda me queria, e era um homem difícil de ignorar quando estava em perseguição.

O grupo se pôs a gargalhar. Até o riso era malicioso, então eu sabia que elas estavam dizendo algo terrível. Forcei minha mente a se concentrar em outra coisa, um hábito antigo que eu tinha usado para evitar coisas desagradáveis que não poderiam ser mudadas.

Algum tempo depois, chegou nossa vez na fila e nós entramos e depois saímos do banheiro sem incidentes. O grupo de garotas malvadas tinha deixado Judith e Marnie prontas para a briga. Elas estavam ficando cada vez mais barulhentas, enfatizando palavras como "biscate" e "caçadora de recompensas", ao mesmo tempo em que me lançavam olhares estranhamente maldosos.

Seja lá o que tinham dito sobre mim, eu não conseguia entender como isso as afetaria, ou porque elas se importariam o bastante para serem abertamente hostis com uma estranha. Estava além da minha compreensão, então não me demorei com ponderações.

R.K. Lilley

Capítulo 6

Minhas costas enrijeceram quando nos aproximamos do nosso grupo novamente. James estava perto Stephan e Javier, e eles estavam rindo de alguma coisa. Mas ele não estava sozinho. Melissa estava praticamente colada ao seu lado, rindo junto com eles.

— Você percebe que aquela vaca não mugiu até a gente ter saído? Aí ela apareceu como um abutre — Marnie disse baixinho.

— Não gosto dela. Ela fala um monte de merda de outras pessoas por fazerem merdas menores do que *ela* faz normalmente — Judith acrescentou.

Tentei acompanhar todas as merdas dessa frase. Desisti quando chegamos perto o suficiente para eu ver a forma como as mãos da Melissa estavam serpenteando e tocando James inteiro.

Ela tocava seu braço, dava um tapinha nas costas, se levantava na ponta dos pés e apertava o ombro dele. E então passou a mão pelo peito dele e pela barriga, descendo sem parar. James deu um pequeno passo para trás, evitando o toque dela, mas mesmo assim eu enxerguei tudo vermelho. Vermelho como escarlate. Escarlate como sangue. O sangue que eu ia arrancar daquela vagabunda.

Me coloquei entre eles em um rompante incomum de ciúmes, colando-me ao lado de James e a empurrando bruscamente com o meu corpo. Passei a mão pela linha do peito e do abdome dele onde ela havia tocado, como se meu toque pudesse apagar o dela.

Ouvi os cubos de gelo na bebida dela tilintarem contra o vidro, assim que ela foi empurrada pelo meu movimento súbito.

Ela soltou uma exclamação indignada.

Eu a ignorei, olhando para James.

— Por que você a estava deixando te tocar? — perguntei baixinho.

Ele parecia surpreso e achando um pouco de graça.

— Pensei que ela fosse amiga sua e estava tentando não ser abertamente rude, mas ela estava tornando isso difícil. Você bebeu alguma coisa enquanto esteve fora? Você sumiu por meia hora. Agora está agindo um pouco... diferente.

— Sua puta horrorosa. Você me fez derrubar minha bebida no meu vestido — Melissa gritou atrás de mim. Era fácil ignorá-la, por algum motivo.

Subi e desci as mãos pelo peito do James novamente, usando a ponta dos dedos para percorrer cada músculo. Ele era incrivelmente duro.

— Nem mesmo uma parte do meu corpo é tão dura assim — brinquei em voz alta.

— Cuidado, amor. Você não pode oferecer um banquete a um homem faminto e esperar que ele não coma.

Acariciei seu peito novamente, parando em um dos mamilos.

— Eu quero ver sua pele — falei para ele.

Pronto, eu tinha feito. Eu tinha ido lá e passado a mão nele, e era pior do que ficar bêbada. Não conseguia me concentrar em mais nada que não fosse tocá-lo.

— Puta horrorosa! — Melissa disse mais alto. — Você tem alguma ideia de quanto custou este vestido? É da BCBG. Você sabe o que é isso, sua vadia?

Eu vi os olhos de James se alargarem um segundo antes de ele me virar e dar as costas para a ruiva. Ouvi o som de uma bebida ser lançada, copo e tudo, nas costas duras como rocha dele.

Tinha sido apontado para a parte de trás da minha cabeça, eu percebi, perplexa. Ela era uma vadia louca...

— Porra — James disse, olhando por cima do ombro para uma Melissa ainda fervendo de raiva. — Você precisa dar o fora daqui, ou o segurança vai te acompanhar para fora. Acho que você já passou vergonha o suficiente por essa noite, não acha? — Seu tom era bastante contundente.

Melissa xingou profusamente e saiu pisando duro.

Nosso grupo mergulhou em falatório quando ela se foi. O consenso geral era: "Essa vadia é maluca".

— Biscate louca de pedra — Murphy resumiu, como apenas Murphy poderia fazer. Todo mundo riu, dissipando o resto da tensão.

Olhei para James, apertando meus lábios.

— Foi muito cavalheirismo da sua parte ter levado o golpe por mim — falei para ele. — Obrigada.

Ele sacudiu a camisa, e cubos de gelo ainda caíam das suas costas. Dei uma olhada nas costas dele. Sua camisa estava ensopada. Até mesmo o jeans estava encharcado. Fiquei aliviada, no entanto, que o copo tivesse quebrado no chão, deixando suas costas ilesas.

Uma garçonete apareceu com um balde e um esfregão e começou a limpar o líquido e o vidro quebrado. Saímos do caminho.

— Parece que você vai ter que tirar todas as suas roupas — falei para ele com um sorriso.

Ele sorriu de volta, mas seu sorriso era todo calor.

— Eu tenho uma muda de roupa no carro. Vem comigo?

Eu me inclinei mais perto dele, inspirando fundo. Seu cheiro era tão gostoso que eu senti minhas pálpebras se fecharem com o prazer daquele aroma. Era tão bom que eu queria colocar um nome nele e engarrafá-lo.

— Me convença — falei em voz baixa, ao forçar meus olhos a se abrirem de novo para olhá-lo.

Ele olhou em volta, passando a língua pelos dentes de forma muito sexy.

— Está bem. Você tem algo em mente, ou eu preciso escolher como? Estou tentando jogar limpo aqui, já que não quero te espantar de novo. Mas você não está tornando isso fácil.

— Sua camisa está toda molhada. Quero que você tire. Quero ver sua pele.

Ele me deu um olhar avaliador.

— É isso? Tudo o que tenho que fazer para te levar para o meu carro é tirar a camisa? — Ele a estava puxando antes mesmo de ter finalizado a pergunta.

Gritinhos e assobios estavam começando por todo o lugar à medida que as pessoas absorviam a visão espetacular do seu torso nu.

Perdi o fôlego ao ver toda a sua pele nua. Ele definitivamente tinha ficado mais musculoso no mês que passamos separados; seu peito já impressionante estava mais atraente e maior. Era uma distração, para dizer o mínimo.

— Você andou levantando mais pesos — observei.

Seu sorriso era um pouco aflito.

— Eu precisei de um pouco mais de atividade física para me ajustar a essa história de celibato. Costumo malhar por duas horas de manhã. Coloquei mais duas horas de noite, como uma espécie de... ajuda para dormir.

Senti uma estranha agitação de culpa e uma descarga não tão estranha de alegria à sua menção de celibato. Abri a boca para dizer... alguma coisa, mas não estava conseguindo elaborar um pensamento, com toda essa pele nua na minha frente. Meu olhar fascinado foi descendo.

Seu jeans era bem baixo. Tracei a pele logo acima do cós. Era um território perigoso, mergulhando em um V muito definido. Uma ereção impressionante e crescente estava tornando seu jeans mais obsceno segundo a segundo.

Ele agarrou minha mão.

— A menos que parte de eu te convencer seja que você queira ser comida contra a parede mais próxima, eu começaria a andar, princesinha.

Ele agarrou minha mão e começou a andar.

— Eu preciso de uma camisa nova — James falou na direção de Stephan, à medida que passávamos. Stephan lhe deu um olhar de olhos arregalados, mas apenas assentiu. — A gente já volta.

— Eu quero ter filhos com ele — alguém murmurou quando passamos.

Lancei um olhar fulminante nessa direção, mas não podia ficar brava de verdade. Eu o tinha feito exibir o melhor peito do mundo para um salão cheio de comissários famintos... E se alguém desse uma olhada para o jeans dele, certamente isso não diminuiria o interesse.

Clark nos encontrou na entrada do clube, segurando a porta aberta, o rosto impassível.

— Boa pegada, senhor — ele disse calmamente.

Sorri para ele, sabendo que ele estava se referindo a James ter se posicionado para me proteger da bebida que foi lançada.

— Algum paparazzo no estacionamento? — James perguntou bruscamente.

— Max acabou de fazer uma varredura. Parece limpo até agora, Sr. Cavendish.

James só balançou a cabeça, quase me arrastando pelo pequeno estacionamento dos fundos.

Clark conseguiu se colocar novamente diante de nós para abrir a porta do carro.

— Sua mala já está lá dentro e aberta.

James assentiu.

— Muito bom — ele disse, conduzindo-me para dentro do carro primeiro.

Eu me sentei, depois me afastei pelo assento para dar espaço ao James. Ele se apertou atrás de mim sem pausa enquanto a porta era fechada. Eu o vi respirar algumas vezes, ofegante, e logo em seguida ele estava em mim.

Ele me tinha de costas entre uma respiração e a próxima. James abriu bem as minhas pernas e se colocou entre elas. Desabotoou o jeans e tirou a ereção com um gemido áspero.

— Eu queria ir com calma, agora que finalmente coloquei minhas mãos em você de novo, mas não posso esperar. Desabotoe a blusa. A vontade que eu tenho é de rasgá-la para tocar em você. — Enquanto ele falava, ia subindo minha saia pelos quadris. O tecido era um pouco elástico, por sorte. Eu pensei que ele não teria hesitado em rasgá-la, se não fosse.

Minha calcinha não teve tanta sorte. Ele agarrou a renda nas mãos e rasgou os dois lados. Eu contorcia minha metade inferior enquanto trabalhava nos pequenos botões da minha blusa. Quando consegui soltar o último, ele estava abrindo minha camisa com impaciência. Suas mãos já estavam no fecho frontal do meu sutiã, quando o que ele viu o fez paralisar. Meu tronco ainda estava pontilhado com os últimos vestígios do que tinham sido alguns hematomas realmente horríveis. Vi suas mãos tremerem um pouco enquanto ele soltava o fecho do meu sutiã. Ele tocou as marcas, agora leves, com apenas a ponta dos dedos.

— Já faz mais de um mês e ainda está desse jeito? — Sua voz era profunda com agitação.

Virei o rosto para o outro lado.

— Eu não quero falar sobre isso. Já falei sobre isso o suficiente.

Ele agarrou meu queixo, virando meu rosto para o seu. Seus olhos eram selvagens.

— Eu não suportaria se algo acontecesse com você. Você entende isso? Nunca me senti tão impotente ou apavorado na minha vida como quando vi a ambulância indo embora levando você, sem fazer ideia do que tinha acontecido, ou mesmo se você estava bem. E depois descobrir que *algum monstro colocou as mãos em você*? Quero matá-lo. Eu *preciso* te proteger.

Simplesmente franzi a boca em uma linha dura.

— Não é isso que eu quero de você. E não quero falar sobre isso.

De repente, ele estava me beijando. Foi um beijo irritado e apaixonado. Eu o beijei com a mesma paixão. Com a mesma raiva. Ele estava se pressionando em mim tão rápido que eu estava totalmente preenchida antes de me dar conta do que ele estava fazendo. Estava molhada e pronta, mas tão apertada, e ele era tão grande que o atrito delicioso era quase doloroso.

Perdi o fôlego, minha cabeça caindo para trás, meus olhos se fechando.

Ele agarrou meu queixo, forte.

— Olhe para mim — ordenou.

Olhei, observando o fervor em seus olhos com uma dor melancólica que eu sentia no meu peito. Eu teria dado qualquer coisa para fazê-lo *sentir* o jeito com que ele me olhava quando ele estava dentro de mim. Ele me olhava como se eu fosse mais preciosa do que sua própria respiração às vezes, e era quase mais do que eu poderia suportar.

O cabelo caía sobre seu rosto e tocava o meu quando ele chegava bem perto. Ele segurava meus pulsos acima da minha cabeça, usando as mãos como grilhões. Ele juntou meus pulsos em uma só mão, a outra movendo-se para minha gargantilha, puxando o anel com força, suas estocadas nunca ficando mais suaves ou mais lentas.

— Você é minha, Bianca. Diga.

Minhas palavras saíram como um suspiro áspero.

— Eu sou sua, James.

— Goze — ele ordenou, penetrando tão rápido e tão forte que eu solucei quando gozei.

Ele gemeu meu nome de novo e de novo ao se derramar dentro de mim.

Depois, ele se apoiou cuidadosamente nos cotovelos, protegendo meu peito e minhas costelas ainda doloridos.

Ele pegou uma camiseta limpa de sua mala aberta para me limpar e depois uma para si. Fiquei deitada e o observei quase preguiçosamente vestir uma nova cueca boxer e uma camiseta cinza-clara com gola em V.

Ele se agachou ao meu lado assim que tinha se trocado, arrumando minhas roupas quase com ternura.

— Te machuquei? — ele perguntou enquanto abotoava minha camisa.

— Mmm, não — eu disse. Qualquer coisa que pudesse ser considerada dor certamente não me incomodaria a essa altura.

— Nem mesmo suas costelas? — Ele alisou minha blusa ao terminar de fechar os botões.

Respirei fundo, mas não, ainda não havia dor.

— Não, nada. Finalmente não me incomodam mais tanto. Respirar foi um pouco difícil por um tempo.

Sua boca apertou enquanto ele alisava minha saia de volta no lugar.

— Não precisamos fazer nada pesado, se você não quiser. E não digo isso apenas enquanto você estiver se recuperando. Eu poderia desistir totalmente dessas coisas se você não quiser mais.

— Eu ainda quero. Nada mudou a esse respeito. O que ele fez... e o que você faz, eu não encaro como a mesma coisa. Não consigo explicar, mas uma me ajuda a lidar com a outra. Podemos não falar mais sobre isso?

Ele alisou meu cabelo no meu rosto, beijando minha testa.

— Precisamos conversar mais, não menos. Sobre um monte de coisas. Se você me deixasse conversar, poderíamos resolver as coisas entre nós. Não suporto esta incerteza constante a respeito de tudo que envolve você.

Eu me arrumei melhor sentada no banco, sentindo a necessidade de alguma distância.

— Vamos fazer um acordo. Que tal não falarmos? Eu vou para casa com você esta noite. Passo a noite lá. Podemos fazer tudo o que você quiser. Você pode foder a seu bel prazer a noite toda. — Minha voz estava ficando embaraçosamente grossa, saindo até mesmo com um pouco de sotaque. — Mas não quero falar sobre o ataque, nenhuma parte dele. E não quero falar sobre o nosso relacionamento, ou a falta de um.

Ele apertou a mandíbula, mas vi quase imediatamente que ele não me recusaria.

— Temos de voltar para a festa primeiro? — ele enfim perguntou, seu humor claramente mais sombrio.

— Sim — eu disse com firmeza.

Capítulo 7

Voltamos ao prédio sem trocarmos outra palavra. James agarrou meu cotovelo como se fosse meu dono.

Nós nos juntamos outra vez ao nosso grupo de amigos. Algumas pessoas nos deram sorrisos bem-humorados por causa da nossa ausência, mas ninguém fez nenhum comentário.

James estava quieto e retraído. Achei difícil me divertir quando eu sabia que o tinha deixado naquele repentino humor carrancudo. Ele quase nem me tocava. Não foi até Damien começar a conversar comigo que ele se tornou, de repente, afetuoso. Damien estava me perguntando se eu tinha planos para a próxima escala de Nova York quando senti James pressionar seu corpo contra as minhas costas, passando os braços ao meu redor muito cuidadosamente, logo abaixo dos meus seios.

Homem do contra, pensei, contrariada, quando ele enterrou o rosto no meu pescoço.

— Hum, não, acho que não. — Tentei responder a Damien, mesmo distraída pelo homem volátil nas minhas costas. Ele havia pressionado a virilha contra mim, e eu não tinha dúvidas do que ele estava pensando.

James levantou a cabeça diante da minha resposta.

— Tenho um evento que gostaria que você me acompanhasse, se estiver disposta. É um assunto formal, para caridade.

Endureci, perplexa com a oferta. Era uma mudança completa da parte dele, me convidando para alguma coisa assim em público. Tínhamos combinado desde o início que não iríamos namorar. Não era o que nenhum de nós queria do outro. Eu me vi rapidamente ofendida pelo arranjo, mas não sabia que ele havia mudado sua posição em relação a isso. Quando ele tinha mudado e por quê? Ou era apenas uma encenação para mostrar sua posse para Damien?

— Hum, não tenho nada para vestir em um evento desses — falei, citando a primeira desculpa que me veio à cabeça.

Suas mãos começaram a se mover pela minha barriga, acariciando. Ele agarrou meus quadris, segurando-me imóvel e se ajustando atrás de mim. O movimento deixou sua ereção mais rente à minha bunda, e eu tive que reprimir um suspiro. Não queria que ninguém visse exatamente o que ele estava fazendo. Tentei meu máximo para parecer normal, mas não tinha ideia se estava conseguindo.

— Já pedi para a minha *personal shopper* selecionar um guarda-roupa para você e deixar lá na minha casa — ele disse em um tom perfeitamente casual. — E ela estará lá na sexta de manhã para ajudá-la a escolher alguma coisa do guarda-roupa, ou uma peça diferente. Ela vai ter uma amostra de vários designers para você provar.

Pisquei, sem saber ao certo o que pensar disso.

— Você não deveria...

— É justo, se eu quero que você me acompanhe em vários desses eventos, que eu ofereça as roupas que você precisa usar neles. E além do mais, já discutimos o quesito presente exaustivamente. Se me lembro bem, essa foi uma das concessões com que você, na verdade, concordou. — Ele se movia contra mim enquanto falava. Era difícil segurar um pensamento quando ele fazia isso.

— Quando você fez tudo isso? Esse negócio do guarda-roupa? — perguntei, perplexa.

— Semanas atrás, quando percebi que ia ter que me acostumar com a ideia de que eu não poderia esconder você dos paparazzi. Então, pensei que poderia muito bem exibir você de uma vez.

Simplesmente pisquei.

Damien estava olhando entre nós, estudando James. Quase me esqueci, por alguns minutos, até mesmo de que ele estava lá. James tinha esse efeito em mim.

— Você vai comigo, não vai? — James murmurou no meu ouvido.

Ele passou os braços ao redor dos meus ombros, seus braços movendo-se devagar, friccionando meus mamilos. Não havia a menor possibilidade de ele não notar que estava tocando-os. Tinham virado pedrinhas duras que ele certamente estava sentindo através do tecido da minha blusa fina e do sutiã de renda.

— Eu, hum, não sei. O convite é inesperado, como tenho certeza de que você sabe. Nunca fui a algo assim.

— Não há nada de especial. Nós apenas nos vestimos e caminhamos e nos misturamos. Não vou sair do seu lado, se você estiver nervosa. Eu só quero a sua companhia.

Damien se afastou, sentindo-se ignorado. Ele seguiu até Murphy, que estava contando uma história alto o suficiente para o salão todo ouvir.

Deixei minha voz baixa, falando por cima do ombro.

— Pensei que não íamos falar sobre nada disso. Você falou desde o início que não estávamos namorando.

— Eu falaria com você sobre isso, mas não posso falar esta noite, esqueceu? — Sua voz grave era como um ronco no meu ouvido.

Entendi seu jogo. Ele queria me deixar curiosa o bastante para voltar atrás nas minhas palavras. Eu não faria isso, porém, mesmo que minha curiosidade *estivesse* me consumindo.

Coloquei um cotovelo atrás de mim.

— Ok, então também não vamos falar sobre nenhum evento enquanto isso. Levanta muitas questões sobre o nosso relacionamento.

Ele deu um murmúrio contrariado atrás de mim que eu pude sentir vibrando nas minhas costas e não falou durante vários minutos. Tive que morder minha língua para me impedir de fazer perguntas.

Finalmente, ele quebrou o silêncio.

— Você gosta de cavalos?

— Cavalos? — perguntei, desconcertada.

— Sim, de cavalos. Você gosta?

Pensei nisso. Mais sobre o motivo de ele estar perguntando do que sobre por que ele estava perguntando. Finalmente, concentrei-me na questão.

— Sim, eu gosto de cavalos. Todo mundo não gosta? Por quê?

— Você já montou?

Corei.

— Uma vez. Foi só uma visita guiada de duas horas nas montanhas, então não sei se isso conta, mas eu adorei.

— Você acha que se sente bem o suficiente para tentar montar agora? Ou precisa se recuperar mais?

Lancei-lhe um olhar desconfiado.

— Você tem cavalos na cidade? — Eu não tinha notado nenhum estábulo em sua propriedade, mas também não tinha ganhado exatamente uma visita completa pelo local.

— Sim. Eu preciso te mostrar toda a propriedade um dia, incluindo os estábulos. Ficam longe da casa. Mas não era isso que eu tinha em mente. Você disse que eu poderia fazer o que quisesse com você e não me deu nenhuma restrição, incluindo ficar na cidade. Eu iria te levar até a praia, para relaxar, mas acho que ultimamente eu detesto praia.

Levantei as sobrancelhas para ele.

— Você não gosta de praia? — perguntei, perplexa.

Ele travou o maxilar e olhou pelo salão, com um olhar de aço. Acompanhei seus olhos. Ele estava encarando Damien como se quisesse matar o homem.

— Atualmente, só de pensar em praia me faz ter vontade de usar violência — ele disse, seu tom calmo, mas sinistro. — Então eu tenho uma outra ideia, se você estiver a fim de experimentar andar a cavalo.

Eu o estudei, tentando seguir seus estranhos padrões de pensamento.

— Aonde você queria me levar?

Ele voltou o olhar de aço para mim.

— Você disse que eu poderia fazer qualquer coisa com você esta noite. E você não disse que eu tinha que lhe dizer o que ou onde. Tudo o que quero saber é: você acha que consegue andar a cavalo?

Olhei para trás.

— Não tenho certeza. Eu me sinto bem. Se não fizer nada muito louco e for um cavalo calmo, acho que posso.

Ele assentiu decisivamente.

— Tudo bem, vamos com calma. Me deixe dar alguns telefonemas.

Eu o vi caminhar para fora, um pouco atônita pela repentina mudança nos acontecimentos.

Ele sempre parecia fazer isso: virar tudo de cabeça para baixo até eu ficar zonza, ofegante e ceder aos caprichos dele sem protestar. Era exasperante e emocionante. Eu tinha pensado que minha vida estava satisfatória e completa antes de conhecê-lo, que emoção seria a última coisa que eu queria para mim. E o pensamento de me apaixonar tinha sido uma maldição para mim. *Como era possível que conhecer uma pessoa pudesse fazer tudo mudar tão repentinamente?*, fiquei me perguntando, não pela primeira vez. Eu não sabia aonde ele estava planejando me levar, mas não importava. Eu iria. Meu autocontrole se tornou uma qualidade ilusória quando eu entrava na órbita de James.

Eu me aproximei de Stephan, ouvindo a longa história prolixa de Murphy, antes de notar. Ele estava conduzindo todo mundo pelo horror de acordar com duas mulheres e uma tatuagem nova com o nome de uma delas. Só que ele não se lembrava de nenhum dos nomes, apenas que uma era Lola, já que estava escrito em grandes letras negras no seu peito.

Pisquei algumas vezes ao ouvir a história ridícula. Surpreendentemente, eu não a tinha ouvido antes, apesar de ter visto a tatuagem quando ele foi relaxar à beira da piscina. Eu escutei, tão interessada quanto todos os outros, para descobrir a qual mulher a tatuagem era destinada e por quê.

— Acontece que era *outra* mulher que eu tinha conhecido mais cedo naquela mesma noite. Ela partiu em uma fúria ciumenta após a tatuagem, quando comecei a conversar com as duas com quem acordei. Eu só estava sendo amigável, tenho certeza!

Sua postura defensiva sobre as duas mulheres com quem ele tinha acordado na cama fez todo mundo rir. Ele ainda estava genuinamente ofendido com a mulher que tinha inspirado a tatuagem e nunca falou com ele de novo.

Quatro outros pilotos tinham se unido ao grupo, e os reconheci apenas vagamente. Faziam parte da nova geração de pilotos, e eu sabia que eram amigos de Damien e Murphy, mas não me lembrava de nenhum de seus nomes.

— Ele a chama daquela que fugiu toda vez que ele fica realmente acabado — disse Damien, em uma voz divertida, para o meu susto. Ele estava atrás de mim.

Virei-me para lhe dar um ligeiro sorriso.

Sua voz era alta o suficiente para o grande grupo ouvir, mas ele parecia estar falando comigo.

— Ele nem sequer se lembra dela, mas diz que confia até em seu julgamento bêbado o suficiente para que, se ela inspirou uma tatuagem uma noite, deve ter sido "a mulher certa". Toda vez que ele fica bravo sobre como odeia ficar solteiro, ele culpa o maldito temperamento da Lola.

Eu olhei para Murphy, rindo. Ele tinha um sorriso tímido e bem-humorado no rosto. Soava como algo que ele diria, e ele também não negou.

— Onde foi isso? — perguntei a ele.

— Melbourne, Austrália. Aposto que ela tinha um sotaque sexy — Murphy comentou em um tom desanimado.

— Todos nós sabemos o quanto você ama o sotaque australiano sexy — um dos pilotos acrescentou, provocando risadas novas em todos nós.

— Ei, cara — Damien disse, levantando as mãos. — Não me envolva nisso. Estou com o Murphy há anos, e ele ainda não fez uma tatuagem para mim em nenhuma parte do corpo dele, com meu sotaque sexy ou não.

— Agora sabemos com certeza que ele nunca dormiu com você — Marnie interrompeu. — Se ele tivesse, haveria uma tatuagem Damien em algum lugar em seu corpo, eu posso atestar. Uma noite, e eu tive que controlar o meu desejo de não marcar você na minha bunda.

Gritos e gargalhadas seguiram seu anúncio descarado. Murphy ria mais alto do que todo mundo. Seu riso era particularmente contagioso.

Não olhei para Damien uma segunda vez. Eu teria jurado que ele estava corando.

— Acho que não tentei. — Murphy ofegou, ainda rindo. — Ele é simplesmente o homem mais lindo que eu conheço. Mais lindo do que pelo menos metade das mulheres com quem estive. Mas não consigo nem ganhar um cheiro quando ele está bêbado.

Nossa risada era alta o suficiente para que, mesmo no bar barulhento, a maioria das pessoas estivesse olhando em nossa direção.

Foi mais ou menos nesta hora que James entrou de novo.

Era de Damien que eu estava mais perto, embora estivéssemos mais de meio metro separados. E eu não conseguia parar de rir, mesmo vendo a tempestade que imediatamente tomou as feições belas de James ao nos ver perto um do outro novamente.

Eu sabia que ele tinha um problema com Damien. Ele parecia pensar que havia algo entre nós. Eu só não entendia o porquê. Eu conhecia Damien há anos antes de conhecer James. Se tivéssemos compartilhado um real interesse um no outro, obviamente algo teria acontecido até agora. Eu entendia o apelo de Damien, mas ele não despertava nada em mim. Eu tinha gostos mais… exóticos. Achei que tudo deveria ter sido muito óbvio para James, então era difícil levar na esportiva seu estranho desagrado por um dos meus bons amigos.

James veio até mim, parecendo muito bonito mesmo demonstrando tanta raiva.

Fiquei maravilhada, como acontecia com muita frequência, com como ele era lindo. Seu cabelo louro-escuro um pouco mais longo caía artisticamente em seu rosto conforme ele andava. Os músculos esculpidos dos seus braços e do tronco estavam claramente definidos pela camiseta fina. Seu queixo cerrado era a perfeição. Sua boca quase tinha os cantinhos arrebitados, mas se mantinham bem firmes em não fazer biquinho, embora fossem bonitos, sem dúvida. Suas sobrancelhas arqueadas e grossos cílios eram de um tom mais escuro que o cabelo, chamando atenção para os vívidos olhos azul-turquesa. Seu nariz era reto e se alargava só um pouquinho na ponta, encaixando-se perfeitamente em seu rosto inigualável. Ele era simplesmente lindo. Não era afeminado de nenhuma forma, mas a palavra bem-apessoado não era o suficiente para definir seus traços refinados. Ele era longo e esguio, mas com as roupas ajustadas ficava claro que era musculoso, em vez de magro. *Ele é a perfeição*, pensei, distraidamente. *O que ele está fazendo comigo?* sempre foi minha pergunta seguinte.

Ele chegou mais perto de mim, mas não me tocou.

— Parece que perdi toda a diversão — me disse baixinho, sua voz estranhamente vazia.

Meu sorriso começou a desaparecer.

— Os preparativos foram feitos — disse ele, em poucas palavras. — Você é toda minha, assim que terminarmos aqui.

— E vocês dois? Ficam tão lindos um com o outro a ponto de colocar isso em uma tatuagem. Quando vão tatuar o nome um do outro? — Marnie falou para mim e James, sorrindo e sacudindo as sobrancelhas sugestivamente.

Lancei um olhar de soslaio para ele.

Ele me deu o menor sorriso em troca.

— Seria um desperdício macular sua pele perfeita só por um pouco de tinta — James disse. — Mas eu faria uma tatuagem da Bianca alegremente, se for o que ela deseja.

Arqueei uma sobrancelha para ele, e o grupo foi à loucura, gritando encorajamentos. Eu tinha visto o corpo de James. Ele não tinha nenhuma tatuagem, então estava brincando, é claro.

— Você não iria retribuir o favor, Bianca? — Judith questionou, soando horrorizada.

Dei de ombros, encarando James com os olhos apertados.

— Acho que, se ele fizesse uma tatuagem para mim, eu o deixaria colocar *piercing* nos meus mamilos — falei, mais para ele do que para o pessoal. Mas o grupo simplesmente rugiu de gargalhar com a piada.

Ele passou a língua pelos dentes daquele jeito que me dava água na boca e estendeu a mão para mim, como se para selar nosso acordo.

— Trato feito, amor. Por favor, um aperto de mão. Nada me agradaria mais.

Alguém pareceu engasgar com a bebida atrás de mim. Ouvi Stephan gritar algo mais ou menos como: "Que porra é essa, princesinha?".

Olhei para a mão, me perguntando por que ele tinha que levar a piada tão longe. Mas a apertei sem lhe dar muita atenção, entrando na brincadeira um pouco exagerada. Uma das frases favoritas de Murphy sobre contar piadas me veio à mente, por algum motivo. Sem deixar nada passar, ele diria: *Quem entra na chuva é para se molhar.*

— Mas você primeiro. Eu quero ver essa tatuagem antes de furar qualquer coisa — comentei, me certificando de que tivesse uma garantia, caso ele realmente tivesse enlouquecido.

Ele sorriu, e era positivamente perverso.

— É claro.

— E eu quero ver esses piercings, Bi! — alguém gritou. Eu nem sabia quem era.

— Queremos ver, como prova de que os dois cumpriram sua parte do acordo! — Reconheci a voz da Judith dessa vez.

— Você deveria colocar o nome dela no seu pau, nesse caso! — Marnie exclamou. Ela recebeu uma reação de choque que foi suficiente para ela acrescentar: — Foi muito? Essa foi muito?

James passou um braço ao redor do meu ombro, ancorando-me perto do seu corpo.

— Ninguém vai ver os piercings dela, mas eu mostro a tatuagem. Bianca pode escolher qual parte do meu corpo ela quer marcar.

A piada já tinha ido longe demais. Recuei para lhe dar um olhar severo, abrindo minha boca para falar.

Ele pressionou a boca quente na minha antes que eu conseguisse dizer uma palavra. Ele me beijou: um tipo de beijo quente e inadequado para os olhos do público. Sua língua foi fundo na minha boca, implorando para eu sugá-la. Empurrei seu peito primeiro, tendo todas as intenções de evitar sua necessidade de demonstração pública de afeto. Uma mão agarrou meu cabelo e a outra desceu para a minha lombar para me pressionar firme contra ele.

Lutei apenas por um momento antes de me perder e amolecer contra ele, sugando sua língua como se minha vida dependesse disso. Minhas mãos agarraram, impotentes, sua camisa, meus pulsos clamando por sentir a pressão restritiva que eu ansiava.

Esqueci dos meus amigos, esqueci da piada que tinha ido longe demais. Ele poderia ter me comido ali, contra a parede, se ele quisesse. Esse era o seu poder sobre mim.

Era ele que estava recuando, sorrindo. Ele olhou por cima da minha cabeça, e eu sabia que estava olhando para Damien, com um sorriso frio e triunfante.

— Se você não escolher um lugar, vou ter que aceitar a única outra sugestão que eu ouvi, algo sobre seu nome no meu pau — ele falou alto o suficiente para obter alguns aplausos e gritos da multidão.

Eu não consegui nem mesmo formar as palavras para responder. Ele pegou uma das minhas mãos fechadas e a abriu espalmada sobre seu coração.

— Ou que tal bem aqui, amor? — sussurrou para mim.

Lambi meus lábios, abrindo a boca para falar. Eu sabia que deveria dizer… alguma coisa, mas minha mente só tinha disparado para o espaço. Lá para o território "pensando nas coisas que ele poderia fazer comigo". Ele riu, claramente gostando do estado em que tinha me colocado.

James parecia cheio de si e transbordando de felicidade ao passar a mão no meu cabelo. Não tive coragem de me importar. Estava prestes a ficar à sua mercê pela noite toda. O pensamento consumia tudo. Eu estava empolgada, excitada e amedrontada.

Era cedo demais, desde os meus ferimentos? Será que traria de volta algumas dores residuais que tinham sumido tão recentemente? Será que ele pegaria leve comigo, ou faria pressão? Eu queria saber as respostas mais do que temia a dor.

Uma coisa eu sabia com certeza: ele iria me comer até eu perder a consciência e eu mal conseguia suportar a espera.

Capítulo 8

— Já está pronta para ir? — James murmurou para mim, alguns minutos mais tarde.

Tínhamos ficado em silêncio quando o grupo passou para outro assunto. James estava me acariciando de leve, me tocando por toda parte, no limite da indecência.

Ele tocava minha clavícula e parava logo acima dos seios. Uma das mãos continuava no osso do meu quadril, perigosamente próxima de mergulhar mais e se tornar obscena. Eu estava me perdendo mais e mais no toque dele, perdendo toda a noção do que era apropriado, e perdendo de vista todos os motivos pelos quais eu tinha quaisquer reservas em relação a ele.

Esta era a razão para eu tentar manter minha distância em relação a ele, mas também o motivo por que eu não podia. Eu simplesmente não podia resistir a ele. Eu tinha mantido distância por um tempo, mas, para ser sincera, foi apenas uma contagem regressiva para minha rendição.

Não respondi, e ele aceitou isso como um desafio. Ele me beijou novamente, desta vez sem conter nada. James estava segurando meu cabelo quase ao ponto de causar dor. A outra mão agarrava a minha bunda, ao mesmo tempo em que ele se friccionava contra o meu corpo. Ele estava excitado e eu gemi em sua boca, o som mal registrado no meu torpor alimentado pelo desejo.

Ele recuou, sua respiração agora entrecortada.

— Está pronta para ir agora? Não acho nem um pouco desagradável a ideia de comer você encostada naquela parede ali atrás. Exibicionismo nunca foi um problema para mim. É algo que você gostaria de experimentar?

Ele se esfregava em mim com cada palavra que falava, e sua voz tinha um tom de zombaria, de quase irritação. Eu mal registrava suas palavras, pois meu foco estava no que ele fazia.

— Hum? — Foi tudo que consegui pronunciar.

— Está pronta para ir agora? Ou você prefere que eu te foda na frente dos seus colegas de trabalho? — James usou um tom áspero o suficiente para finalmente trazer a minha mente de volta à superfície.

— Não — eu disse, sem fôlego e agitada.

Como poderia esquecer tão rápido onde estou, e que estamos em um salão cheio de gente que eu conheço?

— Não, você não está pronta para ir? Ou não, você não preferiria que eu te comesse em um salão lotado com os seus amigos, onde eles podem me ver enterrar o pau dentro de você encostada na parede que não está a nem três metros atrás de você. Gostaria que eles vissem isso?

Só fiquei observando-o por um tempo, meu cérebro lento como se fosse melaço.

Ele parecia estar ficando mais irritado segundo a segundo.

— Me responda. Quer que eu faça isso? — ele perguntou, cada palavra mordaz e cruel.

— Não — respondi, balançando a cabeça. — Não — repeti, tentando parecer convincente. — Precisamos ir.

Ele rangeu os dentes.

— Estou ciente disso. Vá se despedir do Stephan — ordenou.

Afastei-me dele, recuperando o fôlego por longos momentos.

Fui contando na minha cabeça ao seguir até Stephan, tentando desviar minha mente do assunto em mãos e para longe de James.

Meu amigo me olhou com certa preocupação quando me aproximei.

— Você está bem, Bi? — ele perguntou no meu ouvido.

Apenas fiz que sim, olhando apenas para ele.

— James e eu vamos embora. Vou para casa com ele. Te ligo amanhã.

Ele começou a olhar ao redor enquanto eu falava, procurando por James. Stephan cruzou o olhar com James, que se aproximava. James se inclinou para frente e disse alguma coisa no ouvido dele, baixo demais até para mim.

Stephan assentiu devagar, dando ao outro homem um franzir de sobrancelhas severo, mas sem dizer nada.

James me levou de lá pela mão. Seus dedos eram firmes e não dispostos a ceder. Não falamos com ninguém. Eu estava lúcida o suficiente para saber que deveria me sentir um pouco envergonhada por como eu tinha deixado James ir tão longe em um lugar cheio de gente.

James estava perto de me arrastar, quando chegamos ao seu carro. Ele me conduziu com certa força para dentro da limusine baixa no segundo em que Clark abriu a porta. Ele era uma presença dura nas minhas costas quando fui me arrastando pelo assento. Ele se sentou perto de mim, mas não fez menção de me tocar novamente. Eu não liguei, aproveitando a trégua para tentar me recompor.

Vários minutos se passaram em silêncio, com James olhando pela janela como se estivesse evitando até mesmo me olhar. Eu percebia que ele estava zangado, mas nem conseguia imaginar por quê.

— Então você já fez isso antes? — enfim perguntei com a voz baixa. Minha mente tinha se demorado teimosamente nessa ideia, durante o longo silêncio. — Você já transou na frente de outras pessoas?

Ele olhou para mim, sua sobrancelha arqueada e sua expressão fria.

— Sim. Agora estamos trocando informações? Achei que isso fosse estritamente proibido esta noite. Sua ideia, se bem me lembro.

Meus olhos se estreitaram nele.

— Então não mencione coisas que você não está disposto a falar.

Ele arqueou as sobrancelhas.

— Agora isso é uma regra? Então você está dizendo que, se você trouxer à tona um assunto, você também tem que responder às minhas perguntas sobre isso? Se você vai concordar em tornar isso recíproco, eu aceito esses termos.

Mordi o lábio me perguntando como esse tiro ia acabar saindo pela culatra. Eu sabia que sairia, ora ou outra. O quanto eu realmente queria saber sobre suas tendências exibicionistas?

Muito.

— Está bem. Me conta.

Ele franziu aquela boquinha linda.

— Dizer o quê, exatamente? Sobre fazer sexo na frente de outras pessoas?

Fiz que sim.

— É algo que você está interessada em fazer, ou só tem curiosidade?

Meus olhos se arregalaram em um horror que começava a fazer sentido. Ele achava que eu iria querer fazer aquilo na frente dos meus colegas de trabalho, em sã consciência? O pensamento era abominável.

— Apenas curiosa — eu disse, corando. — Sobre você mais do que sobre a prática. Eu quero saber o que você fazia na frente de outras pessoas e com quem.

Ele estendeu as mãos.

— Eu fiz isso várias vezes. Existem... eventos para pessoas como nós. Demonstrações de BDSM. Eu já dominei, já bati e comi diversas mulheres em eventos como esses. Na frente de algumas pessoas ou até mesmo de multidões. Nunca tive problema com isso, apesar de ter sido uma novidade mais do que uma das minhas reais preferências. E transei com algumas mulheres em fraternidades da faculdade na frente de muitas pessoas, algumas vezes como um desafio, se bem me lembro. Eu não estava exagerando quando disse que eu comia todo mundo na faculdade. Fui mais reservado nos últimos anos, mas apenas em comparação às minhas façanhas passadas, na verdade. Mais alguma coisa que você gostaria de saber? — Sua voz saiu contrita e ansiosa até o fim da explicação, e seu questionamento era explicitamente irritado.

De repente, senti meu estômago revirar. Os últimos vestígios da excitação me abandonaram por completo.

— E você não tem problema em fazer isso comigo, na frente de uma multidão?

Sua mandíbula apertou com força, e ele virou a cabeça para o outro lado. Ficou em silêncio por tanto tempo que não achei que ele ia responder, mas a resposta era importante para mim.

— Eu tenho um problema *enorme* com isso — ele disse finalmente. — Mas não significa que eu não faria. Mesmo sabendo o quanto teria me arrependido depois, eu ainda teria dificuldade em me conter. Senti que você queria que eu agisse assim, o que tornou muito difícil parar. Estou começando a ver que não era isso que você queria. Ainda assim, eu teria ficado furioso com nós dois, se tivéssemos chegado tão longe.

— Por que furioso? Você disse que fez isso várias vezes.

Ele me lançou um olhar quase malévolo.

— Porque você é *minha*. Não quero que outras pessoas te vejam assim. Não quero dividir você assim. Quando fiz isso antes, foi com mulheres... dispensáveis. Todas eram dispensáveis, Bianca. Não me orgulho desse fato, mas é a verdade. Mesmo as poucas submissas com quem mantive longos contratos eram dispensáveis, de certa maneira. Nunca as dividi com ninguém, mas certamente não me importaria se alguém me visse transando com elas.

Lambi os lábios.

— Você mantinha submissas com contrato? Por longo prazo? — perguntei, sentindo o enjoo crescer.

Ele suspirou.

— Eu mencionei isso, não foi? Sim, já tive contrato com algumas submissas. Elas estavam dispostas, embora apenas duas fossem compatíveis com o que pode ser considerado longo prazo. Pode ser um arranjo necessário, quando se tem muito dinheiro e suas inclinações sexuais... são incomuns. Eu não queria nenhum mal-entendido, e certamente nenhuma delas era estranha a essa cena.

— É algo que você tentaria fazer comigo? A coisa do contrato? — perguntei, minha voz menor do que eu gostaria.

Ele me deu um olhar desconcertado e selvagem.

Tive um pensamento horrível. Eu não queria o acordo, certamente o teria recusado, mas o que me ocorreu em seguida foi ainda mais espantoso.

— Oh — disse eu, o nó de enjoo no meu estômago ficando maior a cada instante. — Então eu presumo que esse acordo entre nós está ficando maior do que você pretendia no início. — Deixei minha voz e meu rosto vazios de emoções enquanto eu falava, querendo aceitar o golpe com alguma superioridade. — Você obviamente iria querer alguém mais experiente nas coisas que você gosta para ocupar um papel como esse. Bem, seria melhor assim. Eu não poderia assumir um compromisso desses, de qualquer forma.

A cabeça dele caiu para a frente, seu cabelo cobrindo o rosto. Eu vi seus punhos apertando e relaxando.

Ele ficou em silêncio por algum tempo. Sua voz era baixa, mas dura com intensidade quando ele falou.

— Esse não é o contrato que eu tinha em mente para você. Mas o que é isso, Bianca? Vamos falar sobre a nossa relação, ou eu não posso tocar nesse assunto? Porque você fica dizendo as coisas mais enfurecedoras, e eu estou achando cada vez mais difícil morder a minha língua. Então vamos falar sobre o nosso relacionamento esta noite, ou não? Faz muito tempo que eu quero me explicar, mas você sempre foge antes que eu sequer consiga começar.

Engoli em seco. Eu, de repente, queria saber, muito desesperadamente, o que ele diria se eu encorajasse essa conversa. Mas perdi a coragem, sentindo medo suficiente do que ele poderia dizer para protelar aquilo para um outro dia.

— Não esta noite — eu disse, finalmente.

Um silêncio frio encheu o carro depois disso. Ele não se mexeu, não falou, não me tocou. Eu me retirei nos meus próprios pensamentos, por um tempo. Ficamos assim até chegarmos ao estacionamento do aeroporto particular de Las Vegas. Ficava perto do aeroporto principal, mas, na verdade, eu nunca tinha estado ali.

— O que vamos fazer? — perguntei a James.

Ele não olhou para cima.

— Você disse que eu poderia fazer qualquer coisa que quisesse com você. E eu vou fazer.

Dei-lhe um olhar exasperado que ele não viu.

— Não tenho nada aqui comigo. Não tenho nenhuma muda de roupa. E está tarde.

— Já cuidei disso.

— Já vai ser de manhã quando chegarmos a qualquer lugar. Não posso usar esta roupa em nenhum lugar que não seja uma casa noturna.

— Eu sei. Eu disse que cuidei disso.

Tínhamos parado a essa altura, e Clark abriu a porta poucos segundos depois. James saiu em um piscar de olhos, me puxando com ele assim que eu estava em seu raio de alcance. Ele agarrou meu cotovelo firmemente, me guiando para o pequeno terminal.

— Creio que vamos poder decolar imediatamente — ele disse em tom brusco.

— Você vai me dizer para onde vamos?

— Não. Não para uma praia. Isso eu posso te dizer.

Eu quase ri.

— Qual é o seu problema com as praias? Todo mundo adora praia. — Olhei para ele, sorrindo para tirá-lo de seu mau humor.

Seu semblante ficou mais sombrio.

— Estou ciente — ele disse, seu tom contundente. Praia era um assunto proibido, notei. Guardei essa pequena informação.

— Eu preciso de uma muda de roupa — reclamei.

— Estou ciente — ele repetiu.

— Você é a pessoa mais temperamental que já conheci — falei para ele, meu próprio tom sombrio agora.

Ele apertou meu braço com força.

— Você me deixa louco. Se você me desse algum indício do que estava pensando ou sentindo, se é que você *sente alguma coisa* por mim, acho que eu poderia lidar com a nossa situação com um pouco menos de volatilidade.

Isso me chocou e fiquei sem palavras. Fomos caminhando assim pelo aeroporto menor, passando por todo o movimento, minha mente disparada.

Ele queria saber se *eu* sentia alguma coisa por *ele*? Era um conceito estranho para mim, um a que eu não conseguia dar crédito. *Ele está preocupado sobre me fazer gostar dele?*, refleti.

Dispensei o pensamento após ter ponderado sobre ele. Eu já tive esse tipo de interação com homens antes. Não é que ele se importasse. Era só que eu tinha me expressado com desapego suficiente para isso criar um desafio para mim. James não poderia ter se sentido desafiado a ganhar o afeto de muitas mulheres. Uma noite com ele e a maioria provavelmente professava amor eterno, porque, francamente, havia muita coisa para *amar*. Mas eu não lhe daria esse gostinho de saber, não às custas do pouco de orgulho que eu pretendia manter ao fim do nosso envolvimento.

Capítulo 9

Estávamos embarcando no jato dele em tempo recorde. Eu nunca tinha estado em um jato particular antes, e o dele era impressionante. Estudei o interior belamente decorado, mantendo minhas feições controladas em passividade, quando a comissária nos cumprimentou calorosamente.

Ele me levou diretamente ao meu assento e fechou meu cinto sem uma palavra, a boca bem fechada. Não tínhamos conversado desde a estranha declaração, e eu não sabia o que dizer.

Ele se sentou ao meu lado em uma poltrona de couro grande e afivelou seu cinto. Os assentos faziam os meus da primeira classe parecerem pequenos.

— A decoração é linda. Suas decorações, como sempre, têm um gosto requintado — falei para ele. O interior do avião tinha um tom avermelhado fosco, com detalhes em marrom-escuro. Eu nem saberia que era um avião se só o visse por dentro.

— Bem, obrigado. A maioria sou eu mesmo que decoro — ele me disse, corando um pouco.

Fiquei surpresa.

— Isso é… impressionante.

Ele encolheu os ombros, parecendo desconfortável.

— Sou dono de hotéis. Sempre fez sentido para mim que eu deveria conhecer um pouco essas coisas, então sou eu que tomo as decisões de decoração desde adolescente. Não preciso dizer que eu escolhi minha própria decoração nas minhas propriedades privativas. Gosto das coisas de um jeito particular.

Corei um pouco com esse comentário. Ele era um maníaco por controle, era o que ele deveria ter dito. Estranhamente, esse pensamento sempre me excitava.

— Você gosta de design de interiores? Ou é apenas um mal necessário para você?

Ele pareceu pensativo.

— Eu gosto. Para ser sincero, eu gosto até mesmo de fazer compras. Você pensa menos de mim agora?

Dei-lhe um sorriso pequeno e provocador.

— Não. Gosto muito mais *destas* revelações do que das outras sobre você ser um exibicionista.

Ele tinha começado a sorrir, e, de repente, o sorriso morreu. Ele foi voltando ao silêncio taciturno enquanto o avião era preparado para a decolagem.

— Você acha que será capaz de aceitar o meu passado? Ou tudo isso é sórdido demais para você? — ele perguntou depois de algum tempo, a voz baixa. Sua cabeça estava inclinada para trás e sua postura era relaxada na poltrona.

Pisquei algumas vezes.

— Suponho que, contanto que fique mesmo no passado, eu poderia lidar com isso, se você sempre for honesto comigo.

Ele assentiu, parecendo aliviado, mas estranhamente triste.

— Eu vou ser. Eu tenho sido. Saí do meu normal para contar até as coisas que eu não queria ter contado, pois você me perguntou. Você só precisa me dar algum tempo para provar. Para ganhar sua confiança.

Pensei nisso quando ele ficou em silêncio novamente.

A aeromoça era atenciosa, nos perguntando se precisávamos de alguma coisa, meros segundos depois de alcançarmos dez mil pés.

Ela era linda, eu notei. Seu cabelo era longo e preto, caindo bem liso pelas costas e repartido no meio. Suas feições eram deslumbrantes. Sua silhueta era magra, mas bem definida. Seu uniforme consistia em uma saia preta simples e uma camisa social branca ajustada, quase apertada demais, colocada por dentro da saia. Usava salto agulha 12 como uma profissional. Eu não conseguiria andar com aqueles sapatos nem se minha vida dependesse disso.

Eu me lembrei da oferta de James de me contratar como sua comissária particular. Era assim que ela havia conseguido o emprego? Eu queria saber? Meu lado masoquista certamente queria.

— Você já dormiu com a Helene? — perguntei para James. Meu tom era quase indiferente.

Ele me observou. Quando hesitou, tive minha resposta.

Eu olhei para fora da janela.

— Uma vez, logo que ela foi contratada — disse ele, lentamente. — Ela se ofereceu bastante descaradamente, e eu aceitei. Não fizemos nada além de sermos profissionais nos anos que se seguiram àquilo. Você está chateada?

— Ela é uma submissa? — perguntei.

Ouvi James soltar a respiração em um suspiro frustrado.

— É quase como se você estivesse brincando comigo, sugerindo que possa estar com ciúmes. Eu não deveria esperar por isso, não? Não, ela não é. Não éramos compatíveis dessa forma. Eu nem considerei. Como eu disse, foi há anos. Eu era mais promíscuo na época. Ela era linda e estava disposta, e foi o suficiente no momento.

Eca, eca, eca, era o que eu estava pensando. Ai, ai, ai, era o que estava sentindo.

— Não parece muito profissional dormir com suas funcionárias assim — eu disse rigidamente.

Ele cobriu minha mão com a sua.

— Não foi. Eu não faço mais essas coisas, já não fazia antes de conhecer você.

— Vamos esbarrar com mulheres com quem você dormiu aonde quer que a gente vá? — perguntei.

Ele apertou minha mão.

— Não em todos os lugares, mas, de vez quando, sim. Se te incomodar demais, eu posso dispensá-la, ou mudá-la de função. Odeio deixar você desconfortável.

Olhei para onde a aeromoça trabalhava na sua pequena cozinha. Ela não tinha sido nada além de profissional e eficiente.

— Ela nunca mais deu indiretas? — indaguei.

— Não. Falei para ela com bastante clareza depois da primeira vez que aquilo não iria acontecer de novo. Ela aceitou muito bem, é muito profissional. Mas eu vou fazer como você quiser, de que forma seja. Eu quero você na minha vida, e vou fazer todas as concessões que precisar para ver isso acontecer. Preciso dispensá-la?

— É claro que não — eu disse, sem olhar para ele. Se estivéssemos transando, ele nunca teria permitido que eu desviasse o olhar desse jeito. Ele nunca teria permitido o distanciamento que me dava. Mas, por alguma razão, ele parecia estar dando o controle a *mim*, do lado de fora do quarto. — Ela parece ser boa no que faz.

— Ela é muito boa. E sempre disponível para voar a qualquer momento.

— Para onde você está me levando? — perguntei-lhe, mudando de assunto. Falar sobre e olhar para a outra mulher estava me deprimindo, por razões óbvias.

— Wyoming.

Eu pisquei para ele.

— É um voo curto, mas há uma cama na parte de trás, se você quiser dormir um pouco. Há também roupas e itens de higiene para você — James prosseguiu.

— O que tem em Wyoming?

— Tenho um rancho de cavalos lá. É bem isolado e tranquilo. Eu pensei que poderia ser um bom descanso para nós, por um dia ou dois.

— Você não precisa trabalhar? — perguntei a ele.

— Estou preparando um gerente para assumir algumas das minhas responsabilidades na América do Norte. Percebi recentemente que cuidei milimetricamente dos meus negócios por tempo demais. Eu tenho um homem que acredito ser capaz, então ele deve certamente conseguir lidar com as coisas por alguns dias. Preciso ter uma vida fora do trabalho. Pela primeira vez, eu realmente quero ter essa vida. Então, isso será um teste para ele. Quando eu quiser tirar alguns dias, ou mesmo algumas semanas de folga, quero deixar as coisas em mãos que darão conta.

Eu não esperava que minha pergunta casual fosse suscitar uma resposta tão detalhada. Ele sempre me surpreendeu, e, involuntariamente, senti algumas das minhas barreiras externas enfraquecendo.

— Eu tenho que voltar ao trabalho na quinta-feira à noite — falei.

Ele sorriu para mim, seu humor mais leve.

— Sim, eu sei.

Eu percebi que estava cansada o suficiente para dormir, quando soltei um repentino bocejo.

James viu e me olhou com os olhos semicerrados.

— Pronta para ir para a cama?

— Você está cansado? — perguntei, prestes a dizer que ele não precisava se juntar a mim se ele não estivesse.

Seus olhos me queimavam.

— Amor, esperei semanas para ver você. Dormir é a última coisa que tenho em mente. — Enquanto falava, ele tirou meu cinto, me colocou em pé e me levou para os fundos do avião, sem mais delongas.

Logo antes de alcançarmos a porta fechada nos fundos, ele soltou minha mão e pegou o aro da minha gargantilha, por onde passou o dedo. Ele nem sequer olhou para mim, mas eu senti uma mudança nele.

Ele abriu a porta, puxando-me para um quarto surpreendentemente grande. Me levou pelo quarto e foi me mostrando onde eu encontraria as coisas de que precisaria. Metade das roupas no armário eram femininas. *Será que eu pergunto?*

— Elas vão servir em mim?

— Espero que sim — ele respondeu em um tom gélido. — Pedi para minha *personal shopper* comprar para você, e ela tem todas as suas medidas.

O banheiro era minúsculo, mas continha os apetrechos essenciais de higiene.

Ele foi desabotoando minha blusa, seu peito contra as minhas costas, antes de terminarmos o curto percurso. Ele a puxou pelos meus braços, desabotoando o fecho frontal do meu sutiã com um movimento rápido. Abriu o zíper da minha saia e a deixou cair aos meus pés em segundos.

Inesperadamente, ele mordeu entre meu pescoço e meu ombro, bem no tendão, forte o suficiente para me fazer dar um pulo. Ele chupou a ferida que fez ali, e eu gemi.

— Fique de sapatos. Deite-se de costas e abra as pernas — ordenou.

Obedeci.

Ele puxou cordas de sob o colchão, prendendo meus pulsos e depois os tornozelos. Senti uma névoa sensual tomar conta de mim enquanto olhava para ele. Eu parecia enfeitiçada vendo-o se despir.

James saiu da camisa com um movimento suave. Prendi a respiração vendo-o desabotoar a calça e abrir o zíper, liberando a ereção. Deixou a calça cair no chão, saindo dela e imediatamente vindo até a cama.

Ele me estudou por longos minutos, seus olhos intensos me bebendo, como se para memorizar a visão.

— Senti sua falta — ele disse, sua voz um sussurro áspero, e eu acreditei nele.

Ele subiu ao pé da cama, enterrando o rosto entre as minhas pernas, antes de eu notar sua intenção.

Ofeguei assim que ele começou a dar longas e perfeitas lambidas em mim. Ele chupou meu clitóris e eu gemi. Eu estava à beira do orgasmo em segundos, mas ele recuou de repente e voltou a me lamber devagar.

— James, por favor — implorei.

Não tive nenhuma resposta, apenas a mais lenta lambida no meu núcleo.

— Por favor, Sr. Cavendish — tentei de novo.

Ele subiu no meu corpo, lambendo e chupando o meu umbigo. Ele passou minutos arrastados nos meus seios, chupando forte os mamilos por intermináveis minutos, apalpando meus seios fartos. Só isso já foi suficiente para me deixar de novo no limite. Ele também parou aí.

Choraminguei.

Ele não deixou nenhuma parte do meu corpo exposto intacta, esfregando, beliscando, sugando, mordendo. Era a mais sublime tortura.

Sua ereção pesada arrastava-se sobre o meu corpo, conforme ele se movia, e eu puxei forte nas minhas amarras, tentando me aproximar mais daquela parte do seu corpo. Puxei tão forte que minhas mãos e pés começaram a ficar dormentes, mas James nunca parava.

Comecei a implorar novamente.

— Eu imploro, Sr. Cavendish.

Ele ignorou as palavras, nunca falando, nunca aliviando.

— Está me punindo, Sr. Cavendish? — gritei finalmente.

— É claro que estou — ele murmurou na minha pele e notei aço em sua voz. — Eu não posso usar o chicote em você. Esta é a alternativa. Você prefere as chicotadas?

— Prefiro — eu disse sem hesitação. Não tinha comparação na minha mente. Uma me liberava, e a outra me fazia sentir desesperada e exposta. Lágrimas escorreram pelas minhas bochechas conforme ele trabalhava no meu corpo incansavelmente.

— Por quê? — perguntei sem fôlego.

Ele introduziu dois dedos dentro de mim de repente, e minhas costas se curvaram em um suspiro.

Sua própria respiração era dura enquanto ele falava, acariciando-me com propósito.

— Só para te dar um gostinho. Eu estava *desesperado* por você. Para te dar conforto, para cuidar de você. Porra, olha só pra você. Mas você se afastou de mim completamente. Chegou ao ponto de eu ficar pateticamente grato só por uma mensagem sua, e você tirou até isso de mim a maior parte do tempo. Então eu precisava te dar pelo menos uma amostra do que é querer. — Ele trabalhou com os dedos no lugar perfeito enquanto falava.

Eu estava ficando tensa com a aproximação do orgasmo quando ele recolheu os dedos.

Gritei de frustração.

Ele me beijou. Foi um beijo doloroso, e eu hesitei na boca dele. Ele invadiu a minha boca quando se posicionou acima de mim. Comecei a gemer alto, sentindo seu pau bem na minha entrada. Ele brincou, esfregando círculos ali. Tentei impulsionar os quadris para cima, mas isso apenas serviu para esticar ainda mais as amarras nos meus tornozelos.

— Eu sinto muito por ter feito isso — falei finalmente. — Você me assusta. O que eu sinto por você me assusta, então eu fugi.

Ele me penetrou enquanto eu falava.

Soltei um grito. Ele gemeu.

Ele se apoiou nos cotovelos, bombeando furiosamente, mas mantendo meu olhar fixo no seu. Ele puxava o aro de diamantes da minha gargantilha e, a cada estocada, eu senti o puxão ali, a conexão que ele simbolizava.

— Nada na minha vida jamais pareceu tão perfeito como estar dentro de você — ele gemeu, apoiando meu rosto na concha da mão, sem nunca aliviar seu ritmo punitivo. — Goza, amor — ordenou.

E eu gozei.

— James — gritei, e observei seus olhos quando seu próprio clímax o tomou.

O jeito como ele me olhou neste momento me fez querer gritar de desejo. Se eu fosse tola o bastante para acreditar nesse olhar, ficaria perdida para sempre.

Capítulo 10

Eu já estava à beira do sono quando ele desfez minhas amarras. Primeiro, ouvi um barulho aflito escapar de sua garganta e, em seguida, uma sequência ríspida de palavrões. Isso me despertou o suficiente para abrir os olhos. Ele estava observando as marcas que as cordas tinham deixado na minha pele. Eu nem podia sentir as marcas que aparentemente o estavam incomodando, então apenas fechei os olhos e me deixei levar pelo sono.

James deslizava a calcinha pelas minhas pernas quando acordei. Ele já estava vestido com uma camiseta branca limpa e um jeans.

Me senti surpreendentemente bem quando me sentei. Ele tinha colocado uma camiseta, uma calça jeans e um sutiã para mim na cama.

— Você pode escolher outra coisa, se preferir. Há muito mais no armário — ele me disse e saiu do quarto, fechando a porta com um clique alto.

Fui ao banheirinho para trocar de roupa. Me lavei um pouco às pressas e vesti o jeans, satisfeita por descobrir que servia; ele era do tamanho certo. Até mesmo o comprimento estava perfeito, o que era raro. A marca era Diesel, o que eu nunca tinha usado, mas rapidamente me tornei fã. Era de modelagem *bootcut* e segurava minha bunda perfeitamente, e o tecido tinha um pouquinho de stretch. A lavagem escura era muito bonita. Fiquei impressionada com a habilidade da *personal shopper* em escolher esse jeans para mim, uma tarefa que costumava me fazer ter vontade de ranger os dentes de frustração.

Vesti uma camiseta branca. Era macia e fina, com um bolsinho em cima do seio esquerdo. Era muito mais justa do que algo que eu teria escolhido, mas em cavalo dado não se olham os dentes. Dedilhei a linda gargantilha na minha garganta, claramente visível sobre a gola da camiseta. Notei pela primeira vez que meus brincos da noite anterior estavam ausentes. James deve tê-los removido, e eu não sabia onde estavam. Fiz um lembrete mental de lhe perguntar a respeito.

Vi que ele tinha colocado um tênis azul-marinho para mim ao lado da porta. Calcei-os e notei que pareciam estranhamente familiares. Eu ainda estava olhando-os quando a porta se abriu e um par masculino igual entrou na minha visão.

— Nossos tênis são iguais? — perguntei a ele, e não consegui segurar um sorriso.

Ele me puxou contra seu corpo, esfregando minhas costas, e, em seguida, minha bunda.

— Tênis e camisetas, e os jeans também são bem parecidos.

Dei risada.

— Isso é um fetiche de algum tipo? Você gosta de combinar?

Ele alisou o meu cabelo para trás, inclinando meu rosto para cima quando ele começou a fazer tranças.

— Não foi deliberado, exatamente. Só vi que você tinha peças parecidas com as minhas e inconscientemente as escolhi. Mas meio que gostei. Ninguém poderia duvidar que estamos juntos quando estamos vestidos assim. — Ele terminou de trançar o meu cabelo e usou um elástico de seu pulso para prender.

Ele passou o dedo pela minha gargantilha grossa metálica, seus olhos cálidos, e me surpreendeu quando tirou uma caixinha de dentro do bolso. Parecia uma caixinha de anel.

Minha respiração prendeu na garganta, e minha mente entrou em um ligeiro pânico ao imaginar o que poderia conter. Eu estava quase aliviada quando ele revelou brincos de pedras azul-claras grandes e quadradas. Eles eram lindos e inesperados, e fiquei atônita o suficiente para deixá-lo colocá-los em mim sem protestar. Tolamente, tive um momento horrível em que pensei que ele podia estar tentando me dar um anel de algum tipo. Fiquei aliviada, mas perplexa que fosse inteiramente outra coisa.

— Isso é mais do que eu poderia aceitar, James. Você não precisa me encher de presentes. Realmente não é a minha praia.

Ele tocou minha orelha levemente.

— Não, não é a sua praia. É a minha, então me deixe ter esse gostinho.

E combinam com os seus olhos. Eu sabia que combinariam.

— O que aconteceu com os outros? Os que eu usei ontem à noite? Espero que eu não os tenha perdido.

Ele apenas sorriu para mim.

— Você não perdeu. Eu os guardei. Quando você vai aprender que eu sou o tipo de homem que pensa em tudo?

Suspirei diante de sua descrição de si mesmo, estranhamente ressentida com a prontidão da resposta.

Ele beijou minha testa, agarrando minha mão e me levando para fora do avião.

Helene nos cumprimentou com um movimento da cabeça quando saímos, dizendo um educado "tenham um bom dia". Retribuí o cumprimento constrangida, mas cordial.

Saímos em uma paisagem de colinas verdes, em torno de uma pequena pista de pouso que duvidei que alguém pudesse chamar de aeroporto. Foi uma mudança instantânea e agradável em relação a Las Vegas.

— Que bonito — disse eu, à medida que ele me levava para um elegante carro esportivo conversível prateado. Dois SUVs pretos estavam estacionados atrás dele, e eu vi Clark no volante de um deles.

Os bancos de couro do conversível eram de um azul-vivo que contrastava com a cor metálica do carro. O emblema era uma coroa e eu não conhecia a marca, mas eu não sabia nada sobre carros, então não deveria me surpreender. O fato era que a marca estava fora da minha faixa de preço.

Ele abriu o lado do passageiro para mim, me ajudando com a mão e até mesmo afivelando meu cinto de segurança. Eu lhe dei um olhar irônico quando ele fez isso.

— Eu nunca poderia deixar passar uma oportunidade de prender você — disse ele, baixinho, passando a mão ao longo do cinto.

Ele sentou no assento do motorista e abriu o porta-luvas, de onde tirou dois pares de óculos de sol. Eu peguei o meu e agradeci.

— Você pensou em tudo — eu disse, reafirmando suas próprias palavras de alguns minutos antes.

Sua mão direita, que tinha apertado meu joelho, foi ao meu pulso. As marcas estavam duras e vermelhas, a pele, ferida em alguns lugares.

— Nem tudo, aparentemente. Isso foi longe demais. — Ele ligou o carro, sinalizando o SUV. O carro de Clark foi à nossa frente, e o outro seguiu atrás de nós.

Clark acelerou às pressas. Ele só podia estar acima do limite de velocidade quando saiu da nossa linha de visão na rodovia de duas pistas. Fiquei observando as lindas colinas passarem pela janela enquanto James ia conduzindo o esportivo com extrema habilidade — a forma como ele fazia tudo.

As colinas rapidamente se transformaram em montanhas cobertas de pinheiros e planaltos. Foi uma viagem encantadora e agradável. Até o tempo estava perfeito. Tínhamos sido transportados do deserto para um paraíso verde.

James manteve a mão na minha coxa, esfregando e apertando enquanto dirigia, apenas tirando-a para fazer alguma manobra, se necessário.

Eu me mexi no lugar, já um pouco dolorida das nossas atividades da noite anterior.

James percebeu imediatamente.

— Está com dor? — me perguntou. Ele teve que levantar um pouco a voz para ser ouvido acima do som do carro e do vento.

Dei um pequeno encolher de ombros.

— Nada que me importe — respondi. — Certamente nada que me fizesse querer te impedir de repetir a dose.

— Que tal uma meia dúzia de vezes? — ele me perguntou com um sorriso sincero, seus olhos escondidos atrás das lentes escuras.

Não pude deixar de responder com meu próprio sorriso gentil.

Menos de vinte e quatro horas com James e ele já tinha me colocado aos seus pés novamente.

Foi difícil ficar longe, até mesmo enquanto ele estava dirigindo. Um console bastante intrusivo nos separava. Passei a mão sobre sua cintura, pressionando a protuberância no jeans.

Sua mão cobriu a minha, e ele me lançou um olhar um tanto surpreso.

Olhei para os SUVs que nos escoltavam. Ambos pareciam seguramente fora de vista no momento.

Mexi com o botão do seu jeans, finalmente abrindo-o para usar as duas mãos. Descobri sua ereção crescente, e ele inspirou bruscamente quando seu membro encontrou o ar. Eu me arrumei sobre o console, colocando-o na minha boca antes que ele pudesse protestar. O console apertava minhas costelas de um jeito um pouco doloroso, mas não era dor suficiente para me impedir de continuar.

Sua mão agarrou meu cabelo com força.

— Caralho. — Seu palavrão foi baixo e rouco. — Isso não é seguro, Bianca — disse ele, mas não me impediu.

Levantei a cabeça brevemente para dizer:

— Então goze rápido, assim a gente sai do perigo logo, logo. — Coloquei-o de volta na boca, acariciando a base dura com as duas mãos. Seu aperto no meu cabelo ficou doloroso conforme eu fiz movimentos de vai e vem com a boca sobre o pênis incansavelmente.

Ele estava gozando na minha boca em menos de dois minutos. Eu nem sabia que ele era capaz de gozar tão rápido. Ele xingou e gemeu quando engoli sua porra quente.

— Puta que pariu. Bianca, você é demais para mim. Eu quase saí da estrada. Minha visão ficou muito borrada.

Eu me sentei e afivelei o cinto. Sorri para ele, um sorriso perverso, minhas pálpebras pesadas, mas ocultas.

Ele me encarou, hipnotizado.

— Você vai ser a minha morte, não vai?

Estávamos na estrada há mais de uma hora antes de James começar a abrandar, aparentemente no meio do nada. Clark tinha saído da estrada à nossa frente, eu notei. James o seguiu, virando em uma estrada bem pavimentada, mas pequena. Passamos pelos portões pesados quase imediatamente depois de sairmos da estrada principal. Era posicionado de tal forma que não dava nem para manobrar o carro e voltar sem que o portão estivesse aberto.

Seguimos por essa estradinha por uns bons vinte minutos, passando pelas colinas ondulantes, depois por uma floresta de carvalhos, entre dois planaltos gêmeos. Ali, as colinas gramadas eram salpicadas de pinheiros. Era uma paisagem mutante e volátil. Como o homem que era dono de tudo.

— Quase lá — James disse, sua mão no meu joelho.

Eu vi os edifícios espalhados minutos antes de chegarmos ao rancho. Parecia-me quase irreal esse complexo isolado no meio do nada.

James seguiu diretamente até o edifício principal. Todas as construções eram parecidas, construídas em madeira escura elegante, em um estilo moderno de chalé, com enormes janelas reflexivas. Parecia uma abordagem ultramoderna para um chalé nas montanhas. Misturava o moderno com a natureza, extraindo elementos dos arredores e acrescentando um toque elegante. Parecia ser a marca registrada Cavendish.

— É lindo — falei.

Ele sorriu, satisfeito.

— Os estábulos ficam nos fundos, mas me deixe mostrar a casa primeiro.

— Eu os vi da estrada. O que são todos os outros edifícios? A casa por si só já é enorme.

— Para os funcionários — disse ele, ao me puxar para dentro.

Ele me mostrou a casa cômodo por cômodo. Era linda, é claro.

— Você decorou aqui — afirmei. Não precisava perguntar. Eu estava começando a reconhecer o seu toque pessoal. Os austeros e modernos pisos e paredes combinados com mesas rústicas e um mobiliário que transmitia uma autêntica sensação de Wyoming tinham o selo dele por toda parte.

Ele apenas balançou a cabeça afirmativamente, levando-me pela porta de entrada até uma gigantesca sala de estar. Ele me mostrou todos os cômodos do térreo, apontando detalhes do projeto.

— O quê? Sem chifres nas paredes? — perguntei, conforme ele me levava ao redor.

Ele arregalou os olhos para mim de um jeito brincalhão.

Percebi que eu precisava de uma soneca quando ele me levou para cima e tentei reprimir um bocejo.

Ele olhou de volta para mim.

— Hora do cochilo — ele me disse.

Apenas concordei, embora não fosse uma pergunta.

— Vamos terminar a visita mais tarde — concluiu.

Ele me levou ao que obviamente era a suíte principal e depois a um closet absurdamente grande. Metade dele tinha o que eram obviamente roupas femininas. Lancei-lhe um olhar.

— De quem são essas roupas? — perguntei. Eu pretendia usar um tom casual, mas saiu estridente.

Ele me deu um olhar de censura.

— Suas. Eu disse que minha *personal shopper* escolheu um guarda-roupa para você. Você pode adicionar o que quiser, mas eu pensei que seria conveniente, por enquanto, ter pelo menos o básico disponível, assim você não precisa fazer as malas cada vez que viajamos para uma das minhas casas.

— Você disse que tinha feito isso em Nova York. Não imaginei que fosse algo assim. Isso é demais, James.

— Não é nada — ele falou bruscamente, tirando uma camisolinha transparente de um cabide e jogando-a para mim. — Vista isso e suba na cama — ordenou, e começou a se retirar.

— Você sempre faz isso? Olhando para este armário, a gente pensaria que você vivia com uma mulher. Esse é seu... arranjo usual?

— É claro que não! Eu nunca vivi com uma mulher, nunca nem considerei isso. Você vai ser a primeira, quando eu a convencer disso — ele me disse, tirando a camiseta.

— Vai ser uma transição fácil, uma vez que eu te convencer — ele continuou brandamente —, já que todas as minhas propriedades foram abastecidas com coisas para você. Como eu disse, você pode adicionar o que quiser. E se houver qualquer mudança de decoração que você gostaria de fazer, por favor, sinta-se livre para fazê-la. Eu sei que posso ser controlador e possessivo em relação ao que é meu, mas quero que você sinta que o que é meu é seu.

Paralisei no ato de desabotoar a calça. As coisas que ele estava dizendo e nesse tom desapaixonado não estavam fazendo sentido na minha cabeça.

— Você não pode estar falando sério — eu disse baixinho.

— Sobre o quê?

— Viver comigo.

— Eu vejo pela sua cara que essa ideia não a agrada, mas sou um homem muito determinado. Comece a se acostumar com isso.

Eu voltei a me despir, descartando o pensamento. Talvez ele estivesse tentando dizer coisas absurdas só para me fazer falar sobre as coisas que eu não queria falar. Eu não sabia. Mas, em vez de me sentir enjaulada ou presa pelo arranjo que ele propunha, eu não senti... nada. Minha reação foi de negação, e eu a acolhi.

— Você é louco — falei para ele em tom leve ao vestir a camisola minúscula.

Subi nas colchas luxuosas de mais uma de suas camas absurdamente grandes e senti-o pairando perto de mim, sobre a cama.

— Bem, suponho que essa não seja a pior reação que eu poderia ter conseguido. Fiquei com medo que você fosse sair da casa gritando, então isso é positivo em comparação — ele me disse, sua voz desapaixonada. Eu o ouvi usar esse tom no telefone antes e percebi que era o que ele usava para transações comerciais.

Ouvi-o entrar no banheiro sem fechar a porta. O chuveiro começou a funcionar. Eu estava dormindo antes de ele se juntar a mim na cama.

Capítulo 11

James era um peso quente me envolvendo por trás, quando eu acordei. O relógio na mesa de cabeceira marcava 13h30. Eu tinha dormido por pelo menos quatro horas e precisava desesperadamente de um banho. Deslizei por baixo do seu braço pesado e fui para o banheiro, fechando a porta atrás de mim com o maior silêncio que consegui. O homem parecia conseguir dormir muito pouco. Eu me sentiria mal se o acordasse, quando ele parecia estar dormindo tão profundamente.

Eu estava enxaguando o condicionador do meu cabelo quando ele pressionou seu corpo nu nas minhas costas. Ofeguei.

— Bom dia — ele murmurou, passando a mão ao meu redor para enchê-la de sabonete. Sua ereção já estava dura e pressionada na minha bunda. Ele passou o sabonete sobre mim com uma das mãos, apalpando meus seios. Eu já estava limpa, mas não protestei. *Quem protestaria?*

Ele estava se lavando com a outra mão, e eu senti quando ele alcançou a ereção, bombeando pelo comprimento, de novo e de novo. Ele colocou a mão entre as minhas pernas enquanto fazia isso, e seus dedos experientes começaram a dar atenção às minhas dobras.

— Coloque as mãos contra a parede — ele ofegou no meu ouvido, depois de ter estimulado nós dois por vários minutos.

Encostei as mãos espalmadas na parede e ele agarrou meus quadris duramente, enterrando o rosto no meu pescoço quando entrou em mim. Foi uma entrada suave, mas ele bombeou em mim, de novo, com toda força. Cada estocada encontrava aquele ponto perfeito, e eu arqueei as costas, arquejando. Uma de suas mãos ancorava meu quadril, enquanto a outra subia pelo meu seio, segurando-o firmemente. Ele beliscou o mamilo, torcendo forte o suficiente para me fazer gritar, então, mordeu meu pescoço no mesmo momento.

Gozei instantaneamente, soluçando seu nome com a voz entrecortada. O nome James nunca teve tantas sílabas.

— Perfeito pra caralho — ele gemeu no meu ouvido. — Fala que você é minha. Preciso de você, Bianca. Preciso que você saiba que você pertence a mim.

— Sim — ofeguei, já subindo inexoravelmente em direção a outro poderoso clímax.

— Diga — ele vociferou.

— Eu sou sua, James. Eu pertenço a você.

— Agora goze — ele ordenou, se derramando em mim com um grito áspero.

O grito foi o que faltava, e eu me perdi novamente nas ondas contínuas do prazer.

Ele lavou-me novamente, apoiando meu corpo quase mole contra o dele.

— Ninguém mais pode fazer isso por você, Bianca. Nem pense nisso. Você foi feita para mim.

Ele me secou e quase me carregou de volta para a cama, onde me deitou.

— Vou pegar suas roupas. Eu quero te vestir.

Ele não voltou durante vários minutos, e, quando retornou, a visão dele me fez me apoiar nos cotovelos para observá-lo mais atentamente. Ele vestia um culote de montaria colado ao corpo com perneiras marrom-escuras que chegavam aos joelhos e uma camiseta fina muito branca de gola V. O conjunto era colado a praticamente todos os músculos do seu corpo e não deixava nada para a imaginação. Era absolutamente sexy, de dar água na boca. Meu queixo caiu. Ele sorriu, e foi um sorriso positivamente perverso.

Ele colocou uma volumosa pilha de roupas na cama ao meu lado e começou o processo de me preparar para montar. Vestiu minha metade inferior primeiro, começando pela calcinha minúscula, acariciando todas as partes do meu corpo por onde passava. Teve que ir mais devagar com a calça de montaria bege, pois era muito apertada.

— Não é pequena demais? — perguntei.

— Não. Elas são assim mesmo, até você a lacear. Logo a calça vai servir como uma luva. — Ele puxou-a até a cintura enquanto falava. Beijou minha barriga, subindo com dedos suaves pelos hematomas no meu peito, que já estavam sumindo. Ele fazia isso com tanta frequência que estava se tornando meio que um ritual.

Em seguida, calçou meias pretas macias nos meus pés, beijando os arcos embaixo deles. Depois, trabalhou nas botas marrom-escuras na altura dos tornozelos que combinavam com as dele.

— Estas botas também vão precisar ser laceadas. O couro foi amaciado, então não deve ser tão difícil — ele explicou.

A seguir, me colocou perneiras marrom-escuras que chegavam até o joelho. Ele dava nome a todas as peças conforme me vestia. As perneiras fechavam-se logo debaixo dos meus calcanhares, e nas pernas com um velcro forte. Isso fazia com que se ajustassem perfeitamente às minhas pernas longas e finas.

— Eu também comprei uma perneira inteira, mas este é o melhor equipamento para aprender.

Ele partiu para minha metade superior, conseguindo me vestir com um sutiã esportivo ajustado sem precisar me fazer sentar. Tinha um fecho de zíper na frente, e ele sugou cada seio completamente antes de subi-lo, com um olhar de pesar. Foi só então que ele me sentou, deslizando uma camiseta justa de gola V sobre a minha cabeça, e depois puxando cada braço gentilmente.

Dei risada dele.

— Estamos combinando de novo, seu esquisito.

Ele sorriu de volta para mim.

— Descobri que eu gosto disso. Também não posso dizer que esta será a última vez. — Ele me puxou para eu me levantar e alisou minha camiseta ao fazer isso.

— Você sabe que eu consigo me vestir sozinha, não é?

Ele apenas sorriu, satisfeito.

— Se você não se importar com a minha excentricidade, prefiro fazer assim.

Dei-lhe um pequeno encolher de ombros. Ninguém tinha me mimado desse jeito antes, e eu percebi que inesperadamente apreciava a experiência.

— Faz eu me sentir especial. Descobri que adoro. Descobri que adoro tudo o que você faz para mim.

James segurou meu rosto na concha de sua mão, seus olhos ferozmente ternos. Tive que me forçar a encontrar aquele olhar abrasador.

— Você é especial. Você é a pessoa mais especial do mundo para mim. Não sei como fazer você enxergar e sentir isso.

Fiquei sem palavras. Ele ficava dizendo as coisas mais desconcertantes para mim, coisas que eu nunca tinha me preparado para ouvir.

Meu estômago rosnou alto, interrompendo o momento intenso demais.

Ele beijou minha testa, pegando minha mão.

— Coitadinha, vamos alimentar você. Fui negligente.

Ele me levou rapidamente para a cozinha, onde uma mulher atraente de cabelos pretos estava ocupada preparando uma refeição que tinha um cheiro divino. Ela deu um sorriso radiante para James, mas me cumprimentou com um pouco mais de frieza, estritamente profissional.

— Preparei chili de frango com três feijões, senhor. Eu também poderia preparar sanduíches, ou qualquer outra coisa que o senhor preferir para o almoço.

— Vamos aceitar sanduíches e folhas frescas da horta. Almoçaremos na sala de jantar formal, e depois comeremos o chili no jantar, Sara — ele disse sem me perguntar, levando-me para a sala de jantar impressionante.

— Por que não usar a sala de jantar menor, só para nós dois? — perguntei.

— Esta sala tem mais privacidade — respondeu, com um encolher de ombros.

Ele me puxou sobre o seu colo para um longo beijo. Foi um beijo doce, carinhoso, mas me deixou quente mesmo assim.

Senti suas mãos no meu cabelo, e foi um momento inebriante até eu perceber que ele estava fazendo uma trança. Eu me afastei com relutância. Ele apenas moveu a boca para o meu pescoço, trançando o tempo todo. Mal tinha terminado essa tarefa e estava espalhando protetor solar nos meus braços, sem me tirar do seu colo em nenhum momento. Eu nem tinha visto o frasquinho na mesa, de tanto que ele havia atraído minha atenção.

Ele me colocou na minha cadeira apenas quando Sara estava trazendo uma grande travessa para a sala. Continha vários sanduíches de peru em pão escuro, com algum tipo de queijo que eu não conseguiria distinguir, e também vegetais. Os sanduíches estavam deliciosos, e os vegetais, frescos, direto da horta. Cada sanduíche tinha um pouquinho de homus apimentado. Ela trouxe um grande prato de legumes frescos, crus, bem como uma porção de homus para mergulhar.

Comi com apetite. Fazia muito tempo que eu tinha comido pela última vez.

— Eu vou perder peso, ficando com você. Normalmente, eu tento comer alimentos saudáveis, mas você leva a saúde para outro patamar. Você nem sabe o significado do termo "meia-boca".

Ele me deu o seu olhar de censura.

— Você não precisa perder peso.

Dei um pequeno encolher de ombros e voltei a comer. *Fácil para o Sr. Zero Gordura Corporal*, pensei.

James terminou de comer antes de mim.

— Se importa se eu fizer algumas ligações? — perguntou educadamente.

Neguei com a cabeça, sabendo que ele estava perdendo muita coisa no trabalho só para ficar comigo.

Acabei de comer e esperei por talvez cinco minutos enquanto ele fez chamada após chamada, trabalhando no laptop.

— Você se importa se eu for olhar os cavalos enquanto você trabalha?

Ele negou com a cabeça, dando um aceno para eu sair.

— Fique à vontade — disse quando fui. Eu tinha uma ideia geral de onde ficavam os estábulos, então saí na direção de lá. Quase me perdi tentando deixar a casa palaciana, mas finalmente encontrei uma porta que se abria para o exterior, em um espaço ao lado da cozinha. Andei em círculos para chegar lá. Quando estava do lado de fora, era mais fácil tomar uma rota direta para o estábulo. Como os cercados dos cavalos eram enormes, não dava para deixar de vê-los.

Entrei pela ampla abertura no espaço sombreado das baias e fui olhando uma por uma. A maioria delas estava vazia. Parei na primeira que não estava. Tinha um belo animal castanho que veio quando estalei a língua levemente. O cavalo me deixou fazer carinho e farejou em busca de petiscos. Não pensei em trazer nada, pois não sabia onde poderia encontrar essas coisas.

— Ela vai te adorar se você lhe der uma maçã — disse uma voz profunda, arrastada e desconhecida atrás de mim. Tinha um leve sotaque desconhecido.

Pensei que pudesse ser francês, mas não tinha certeza. Eu me virei, um pouco alarmada, embora não fosse necessário. Claro que haveria gente nos estábulos. A visão que encontrei, porém, era surpreendente.

O homem era alto e sorridente. Seu cabelo preto era muito curtinho. Ele era devastadoramente bonito, com um nariz dominante e atraente, e olhos sorridentes. Seu rosto tinha uma leve sombra de barba. Imaginei que ele tinha trinta e poucos anos. Estava vestido com roupas semelhantes à minha, e as peças justas mostravam seus músculos fortes de um jeito que era pura distração. Os dentes eram retinhos, o sorriso, cativante. Encontrei seus olhos castanho-claros e sorri educadamente.

Ele tinha me observado dos pés à cabeça da mesma forma que eu tinha feito com ele.

Perdi o fôlego quando vi o chicote de montaria em sua mão. Era para os cavalos, claro, mas ele parecia o tipo de homem que poderia dominar uma mulher, e minha sexualidade desperta fez minha mente viajar para as coisas que ele poderia fazer com uma mulher usando aquele chicote.

Ele estendeu a mão para me cumprimentar, e se aproximou um passo para dar tapinhas no pescoço da égua no mesmo movimento. Apertei sua mão. Seus dedos eram firmes e persistentes nos meus. Me afastei apressadamente.

— Esta é a Nanny. Ela é uma boa égua. — Ele foi até um saco perto da porta da baia dela, tirou uma maçã e a passou para mim. — Se você está procurando um animal que vai te adorar, não precisa procurar mais além da Nanny. Ela é muito dócil. Mas você não parece uma mulher que gosta de coisas dóceis. Eu sou Pete, a propósito. Treino cavalos para o Sr. Cavendish. Na verdade, faço praticamente qualquer coisa relacionada a cavalos para o chefe.

Sorri para ele tentando alimentar Nanny com a maçã. Recuei com um gritinho de susto quando ela tentou abocanhar a maçã da minha mão, com dedos e tudo.

Pete riu e se aproximou das minhas costas.

— Assim não, *ma chère*. — Ele posicionou minha mão ao redor da maçã, para que meus dedos não se mostrassem como alvos tentadores. — Nunca dê seu dedo para o cavalo, ou com certeza, ele vai aceitar. — Ele segurou a maçã para ela comigo, e, desta vez, ela pegou sem me tocar com os dentes.

Eu me afastei apressada de Pete depois de Nanny comer a maçã.

— Eu sou Bianca — eu disse, estranhamente sem fôlego.

Ele piscou para mim.

— Eu sei quem você é. A moça do chefe. Venha comigo. Tenho uma surpresa especial para você. — Ele virou-se e foi embora, só esperando que eu seguisse.

Ele sabe que estou com James, então deve ser seguro acompanhá-lo. Não é?, fiquei me perguntando.

Eu hesitei, então segui.

R.K. Lilley

Capítulo 12

Ele me levou para um curral grande e aberto onde havia um lindo cavalo de cor pálida que captou a minha atenção imediatamente.

— Ela é o que chamamos de palomino, com base na coloração: pelagem bege e crina branca. É uma puro-sangue palomino, o que é raro. O nome dela é Princesa, e o chefe quer que você aprenda a andar nela. Ela não tem maus hábitos, então não vai ensinar a *você* nenhum hábito ruim. Mas é muito voluntariosa, então pode ser complicado.

Eu continuei a olhar para a linda criatura. Ela já estava selada e jogava a cabeça com impaciência.

Notei, distraidamente, onde estavam todos os cavalos do estábulo, brincando e se alimentando em um grande pasto logo atrás do curral de Princesa.

— Quer subir nela e ver como é? — Pete perguntou, sorrindo para mim. Ele tinha os cotovelos apoiados sobre um poste alto na cerca do curral. — O Sr. Cavendish disse que você andou se machucando, então hoje podemos apenas treinar a montaria. Você define o ritmo. Vamos na velocidade que você quiser.

— Você vai me ensinar a andar a cavalo? — perguntei-lhe, surpresa. Imaginei estranhamente que James é que iria me ensinar. Isso fazia mais sentido, eu imaginava.

Ele encolheu os ombros, sorrindo.

— Quem mais? Eu treino os cavalos, então por que não as pessoas que os montam?

— Ok, sim, eu gostaria de montar nela. Ela é maravilhosa.

Ele me deu um sorriso perverso.

Senti uma vontade de estremecer, mas não em aversão.

— Como quem vai montá-la — ele disse, seu tom carregado de pecado.

— Posso ver por que o chefe queria te ver nela. Vamos, *ma chère*, montar você.

Eu corei com sua escolha de palavras, mas o segui até a palomino.

Primeiro, acariciei seu nariz, e ela me cheirou, lançando sua linda crina branca.

— Ela parece gostar de você até agora — Pete observou. Ela tinha lindos olhos cor de âmbar. — Venha aqui, *ma chère* — Pete disse, em pé ao lado da égua.

Me aproximei dele, mas não muito. Ele estalou a língua para mim.

— Eu não mordo. Vem cá. Eu vou te ajudar a subir no lombo dela.

Cheguei ainda mais perto, até sentir que estava perto demais. Ele me virou pelos ombros; seu toque era gentil, mas dominante. Respirei fundo.

Ele me pegou pela cintura e me ergueu de repente.

— Pé esquerdo no estribo, o direito por cima do cavalo — disse, sem nem perder o fôlego apesar do movimento impressionante. Eu fiz o que ele disse, e Princesa se mexeu com impaciência quando sentei na sela. — Agora, a forma como você senta é a parte mais importante. Se você acertar essa parte, todo o resto também vai funcionar bem. Você realmente parece natural nesse cavalo, Bianca. — Enquanto falava, ele agarrou minha coxa, apertando-a contra a égua com firmeza.

Sua mão desceu para o meu pé, erguendo meus dedos e puxando o calcanhar para baixo.

— Calcanhares para baixo, dedos para cima. E lembre-se de segurar muito, muito forte com as coxas. Ela tem uma boca sensível, o que é bom. Isso é o que eu quis dizer sobre ela não ter maus hábitos. Mas significa que você vai ter que ser muito leve com as rédeas. Muito leve. A maior parte do seu controle vai ser obtido com o movimento das pernas.

Segui suas instruções com cautela, prestando atenção em cada parte do meu corpo, não querendo estragar tudo.

— Bom — ele disse com aprovação. — As pernas estão maravilhosas. O Sr. Cavendish disse que você nunca montou antes, então deve ter um jeito natural para a coisa, para ficar tão bem, tão rápido. Não faz mal a ninguém ter essas pernas matadoras. — Ele me deu um sorriso apreciativo com o último comentário, e eu corei involuntariamente.

O homem estava me irritando, por algum motivo estranho. Ele foi até o meu lado, fazendo um som satisfeito no fundo da garganta. O som me fez corar ainda mais.

— Olhe só para você — ele murmurou. — Eu nem toquei nessa perna e você já a posicionou perfeitamente.

Ele tirou o chicote de montaria, que tinha enfiado na perneira, e passou-o de leve pelas minhas costas. Meus olhos voaram para os seus em estado de choque, tentando ler sua intenção.

— Arqueie as costas, *ma chère* — ele instruiu. Eu atendi automaticamente, o movimento me dando mais segurança na sela. — Perfeito. A sua posição de montaria está perfeita — disse, ainda sem tirar o chicote das minhas costas. — Você acha que está com vontade de andar um pouco com ela?

Eu estava balançando a cabeça afirmativamente quando notei, pelo canto do meu olho, um movimento. Ergui os olhos e encontrei James andando a passos largos em nossa direção, vindo do estábulo, com uma expressão lívida.

Pete o avistou ao mesmo tempo em que eu o vi, e lançou ao chefe um olhar inquisitivo.

James não falou até estar perto do outro homem a uma distância intimidante. James era, talvez, uns dois centímetros mais alto do que Pete, mas ele fazia esses dois centímetros trabalharem a seu favor, e estava olhando feio para o outro homem.

— Me dê esse chicote, Pete — James disse com os dentes cerrados.

Pete obedeceu, parecendo assustado.

— Eu vou treinar a Bianca. E nunca mais encoste outro dedo nela. Coisa nenhuma, diga-se de passagem. Você entendeu? — James perguntou, sua voz repleta de raiva. Suas mãos estavam cerradas, uma delas em volta do chicote ofensivo.

Pete fez que sim, sua boca se curvando para baixo em uma careta.

— Nos deixe agora, Pete — James ordenou friamente.

Pete se foi instantaneamente, sem dizer uma palavra, embora adotasse um ritmo vagaroso.

James voltou seus olhos furiosos para mim. Ele parecia furioso, mas eu também vi dor ali. Eu não entendia aquilo; eu não entendia James.

Ele agarrou minha coxa com a mão livre, sua cabeça caindo para frente de repente, e apoiou a bochecha na minha coxa, colocando a mão no pescoço da égua. Passei a mão pelos seus cabelos e ele estremeceu ao meu toque.

Eu deveria estar brava com ele, pensei, por me fazer passar vergonha e por constranger o treinador, mas eu não estava. Ele pareceu quase ferido pelo contato que tive com Pete. Embora eu não entendesse, não estava imune à sua dor.

— Não suportei ver aquilo — ele me disse, finalmente, sua voz áspera e crua. — Quando vejo outro homem te tocar, eu quero matá-lo. Por que você o deixou te tocar, Bianca? Você o quer?

Acariciei seu cabelo.

— Eu pensei que ele deveria me ensinar a montar. Você exagerou, James. Ele estava me mostrando como sentar.

— Eu vi seu rosto. Você estava *reagindo* a ele. Não minta para mim. Eu conheço esse olhar. E ele queria você. Eu vi o rosto dele também.

Congelei. Eu estava reagindo a ele, de certa forma, embora não estivesse prestes a fazer nada. Tinha sido a simples reação de uma mulher ao encontrar um homem que ela sentiu que poderia agradá-la, um homem que queria fazer isso. Simplesmente senti uma atração, quando raramente eu sentia isso. Mas não era nada que poderia ser comparado à minha reação à mera visão de James, a apenas o pensamento sobre ele.

Lambi os lábios.

— Não foi nada. Levei um susto por causa do chicote. Eu acho que você sabe por quê. Eu não podia acreditar que ele tinha usado daquela forma.

— Ele estava dominando você, e você estava se submetendo a ele. Eu sei o que vi.

Continuei a acariciar seu cabelo quando ele ficou em silêncio, procurando as palavras certas.

— Se isso era o que estava acontecendo, não foi deliberado, e eu não entendia. Mesmo que ele tivesse avançado o sinal comigo, o que ele não fez, eu o teria recusado.

Ele estava balançando a cabeça antes de eu terminar.

— Não é o suficiente, Bianca. Não é só sexo. É sobre posse. Eu quero que você me prometa que não vai deixar outro homem te tocar. E, se algum tocar, você precisa se afastar imediatamente. Mesmo que seja só aqui. — Ele estendeu a mão, tocando meu cotovelo, os olhos raivosos e carregados.

Minhas sobrancelhas se franziram.

— Stephan...

— Eu não estou falando de Stephan. Stephan é a exceção, é claro.

Eu suspirei para ele, querendo descer do cavalo.

— Você está pedindo demais, James. Os comissários se abraçam cada vez que veem uns aos outros. Já sou incomum o suficiente sem encontrar novas coisas para me separar das outras pessoas. E a maioria dos homens que eu toco são gays, você sabe.

— Está bem. Não estou falando sobre eles. Estou falando sobre você pensar sobre como eu reagiria ao ver quem estava te tocando, e reagir de acordo. Se você achar que vai me incomodar, não faça. Que tal assim?

Olhei feio para ele.

— E você? Que regras arbitrárias eu posso a impor a você?

Ele se endireitou, estendendo as mãos como se em deferência.

— Basta dizer. Vou ficar feliz em aceitar qualquer capricho que te faça feliz.

— Está bem. Ninguém pode tocar em você também.

— Isso é fácil. Feito. — Ele fechou os olhos, inclinando o rosto na minha perna novamente. — A visão dele tocando você com aquele chicote me deixou maluco. Não consigo tirar essa imagem da minha cabeça. Quero fazê-lo em pedaços, aquele maldito pervertido.

Quase dei risada. *Olha só quem fala...* mas não pensei que falar isso em voz alta fosse ajudar.

Acariciei seu cabelo, tentando confortá-lo. Seu cabelo era macio e sedoso, e bem grosso, especialmente para uma cor tão clara. Acariciei-o, afastando-o de sua pele beijada de sol.

Ficamos assim por vários minutos, e nenhum de nós disse uma palavra. Princesa se mexia com impaciência, mas, fora isso, cooperava. James começou a acariciar o pescoço dela, fazendo barulhos calmantes, sem tirar a bochecha da minha coxa.

Alguns minutos depois, ele se endireitou, ajustando as minhas mãos sobre as rédeas e, em seguida, estudando a minha posição sentada na sela. Ele cutucou o ponto entre minhas omoplatas com um dedo.

— Ombros para trás — instruiu.

— Perfeito — disse quando eu fiz como ele falou.

— Maldição — James disse de repente. — Ele colocou você aí sem capacete? — James levantou os braços para mim, quase na posição de dar os braços para pegar uma criança no colo.

Inclinei-me para baixo, na direção dele, e James me levantou da égua como se eu fosse uma boneca de pano.

Ele riu, o maldito temperamental.

— Nós teremos que trabalhar no seu desmonte. Venha. Vamos te arranjar um capacete.

Encontramos vários, no que ele chamou de sala de apetrechos. James foi diretamente para um capacete preto na parede e o colocou na minha cabeça.

— Está bom assim? — perguntou.

Fiz que sim. Ele me levou de volta para fora, onde estava Princesa, que trotava em círculos pelo curral. Ele estalou a língua para ela, e ela foi até ele. Ela ficava perfeitamente imóvel perto de nós, como se esperando que eu fosse montá-la.

James olhou em volta, suas sobrancelhas franzidas juntas.

— Onde está o bloco de montar? — ele perguntou, olhando para mim.

Dei de ombros, me perguntando por que ele pensava que eu deveria saber.

— Onde foi que você a montou?

Eu fiz uma careta, vendo para onde isso estava se encaminhando.

— Bem aqui — eu disse, resignada a outro de seus acessos.

Seus olhos se estreitaram.

— Como?

— Pete me levantou no lombo dela.

— Filho. Da. Puta — ele disse com os dentes cerrados. Mas isso foi tudo.

Ele me levantou de forma muito parecida com como Pete tinha feito, mas eu já sabia o que fazer com as minhas pernas a essa altura, então ele não precisou me instruir. Eu me ajustei no lugar como ele havia me dito para fazer: costas arqueadas, ombros para trás, pés para cima, calcanhares para baixo, coxas tensas. Segurei as rédeas com firmeza, mas sem fazer pressão na boca da égua.

— Bela monta. Você tem um talento natural. Vai pegar o jeito rapidinho. Quer andar um pouco com ela?

Fiz que sim.

— Quer que eu conduza você, ou quer tentar controlá-la? Você vai precisar ser muito leve nas rédeas. Mude o corpo na sela para mostrar aonde quer que ela vá. Com uma puro-sangue boa, é tudo trabalho de pernas. Se você usar as rédeas com muita força, é provável que ela empine, entendeu?

A menção de empinar me intimidou, mas eu fiz que sim, desejando pelo menos tentar.

James desamarrou a corda e recuou. Ele parecia um pouco preocupado, o que não foi reconfortante.

— Ok, agora ande com ela pelo curral. Abrace as pontas.

Eu fiz, com medo de puxar as rédeas nem que fosse um pouco, me sentando para frente e me inclinando na direção que eu queria que ela seguisse, ao mesmo tempo em que a apertava com as coxas. Ela obedeceu maravilhosamente, seu passo suave e rápido. Não senti nenhuma dor nas minhas costelas enquanto ela se movia, de tão suave que era sua marcha.

— Perfeito, amor. Seus ferimentos estão doendo?

— Nem um pouco. Ela anda muito suave.

— Sim. Ela é minha melhor égua. Um verdadeiro prêmio. Quer trotar?

Fiz que sim, já querendo ir mais depressa.

— Venha com ela até mim.

Eu fui e ela obedeceu perfeitamente. James afagou sua pelagem, depois esfregou a mão na minha coxa, sorrindo.

— Nós vamos começar com como se erguer do cavalo e depois sentar de novo quando ela trotar. Você entendeu?

Eu balancei a cabeça; não tinha ideia.

Ele colocou uma mão na minha bunda e a outra no meu quadril. Empurrou levemente, e eu me levantei um pouco nos estribos quando ele me tocou.

— Você deve acompanhar o movimento dela, subindo e descendo assim.

Ele me puxou para baixo de novo.

— É um pouco como estar por cima durante o sexo — ele disse com um sorriso. — Só finja que está fazendo amor com a sela.

Capítulo 13

Pisquei algumas vezes para ele, me perguntando se ele estava sendo pervertido e engraçadinho, ou pervertido e sério.

Seu sorriso foi malicioso.

— Entendo. Você não saberia como é estar por cima. Vou ter que deixar você montar em mim mais tarde, então vou poder realmente demonstrar o que estou tentando explicar. Nesse meio-tempo, venha o máximo para a frente na sela, mantenha os pés para baixo, apoiando no estribo, tudo bem?

Concordei, obedecendo cuidadosamente.

Dei um gritinho de surpresa quando ele subiu atrás de mim. Princesa recuou um pouco, dando vários passos, mas ele a fez se acalmar manejando-a com um tom para acalmá-la. Ele se pressionou atrás de mim, e eu senti sua excitação óbvia.

Lancei um olhar por cima do ombro.

— Você está sempre duro?

Ele deu um pequeno encolher de ombros.

— Não posso ver você montada em alguma coisa e se esfregando nela sem sentir tesão. Me julgue.

Ele agarrou meu quadril com força, friccionando-se em mim por trás.

Olhei para as nossas pernas. As dele se dependuravam atrás das minhas, sem estribos. De alguma forma, ele fazia aquela posição precária parecer natural.

Ele me deu uma palmada leve na bunda.

— Preste atenção — comandou. — Olhe para a frente e corrija o seu assento.

Eu me contorci, tentando obedecer. Era desafiador com um James excitado se esfregando em mim.

— Você está no caminho. Ou melhor, seu pau está.

Ele riu, esfregando-se em mim.

— Você vai ter que dar um jeito de ignorar. Estou aqui em cima para te mostrar o ritmo. Assim. — Ele levantou meus quadris e, em seguida, abaixou-os, incitando a égua a trotar. Eu imaginei que se parecia muito com estar por cima. Princesa trotava e eu subia e descia, subia e descia, e James me movia com o impulso dela.

Ele estava, naturalmente, usando a demonstração para vantagem própria, esfregando-se em mim cada vez que eu tocava de volta na sela.

— Você poderia subir ainda mais e ainda seria um bom trote. Tente.

Eu tentei, e o movimento exagerado me pareceu mais natural.

— Certo, agora sente-se bem na sela e se incline um pouco para trás. Vamos tentar um trote sentado. Você vai se manter na sela e apenas se mexer com ela. É muito como aprender a galopar, assim você vai estar preparada quando eu começar a te ensinar.

Fiz como ele instruiu e achei que trotar sentada era um pouco mais desafiador. James colou o peito nas minhas costas, apoiando as mãos nos meus quadris.

— Basta se mover com ela. Aceite o ritmo dela e relaxe. Sim, perfeito, amor.

Ele se inclinou mais, sussurrando rouco no meu ouvido.

— Eu vou te foder a cavalo em breve. Você vai montar em mim e eu vou cavalgar, e podemos foder nesse ritmo. Vai ser tão duro e forte que você vai ficar dolorida quando acabar. Você gostaria disso?

Minha mente ficou um pouco enevoada e mole com a imagem.

— Sim. Podemos fazer isso?

— Ah, sim. Mas não na Princesa. Vamos pegar o meu garanhão, Diabo. Ele é um cavalo grandalhão, e está bem apto à tarefa.

Sua mão se moveu para o meu peito enquanto ele falava, agarrando-o suavemente. Seus dedos encontraram meu mamilo, que endureceu em resposta.

Foi difícil me concentrar, depois disso, e James não ajudava, me acariciando, cada vez que ele me corrigia.

Ele interrompeu a aula algum tempo depois. Eu estava sentindo uma vontade tremenda àquela altura. A segunda metade da aula tinha sido um borrão sensual de excitação.

— Você é um provocador — falei para ele, sem fôlego.

Ele pulou do lombo da minha égua em um movimento suave e encontrou meu olhar com sobrancelhas levantadas.

— Isso foi uma coisa boba de se dizer, quando estou prestes a te fazer gozar sem parar. Vamos trabalhar no seu desmonte. Passe a outra perna por cima.

Eu o fiz, apoiando só um lado do corpo na égua.

Ele me agarrou e me puxou para baixo pelo resto do caminho.

— Ela é tão alta. Você vai precisar de um bloco de montar se eu não estiver aqui para te erguer. Meus cavalos são de raças particularmente altas, em geral. Com essas suas pernas longas, porém, você seria capaz de montar em quase qualquer outro tipo de cavalo do chão mesmo — falou no meu ouvido depois de ter me baixado. Ele fazia as palavras soarem como sacanagem, mesmo que não fossem. Aquele homem conseguia fazer tudo soar como sacanagem.

Ele acariciou meus seios por trás, beijando e sugando meu pescoço.

— Nós vamos foder como animais em baias de cavalo, e você vai adorar.

Ofeguei.

— Não há pessoas ao redor? Trabalhando?

— Eu dispensei todo mundo antes de te encontrar. Planejo fazer amor com você no máximo possível de áreas deste rancho em uma só viagem.

Lambi os lábios. Ele nunca tinha usado o termo "fazer amor" antes.

Eu achava peculiar que ele tivesse escolhido essas palavras agora.

— Fazer amor? Não é o que a gente chama de foder? — perguntei para ele.

— Por que não pode ser as duas coisas? — James rosnou na minha pele.

Eu não tinha uma resposta. Em vez disso, pensei em outra pergunta. A pergunta me envergonhava, mas falei mesmo assim. Minha curiosidade parecia sempre ganhar do meu orgulho no que dizia respeito a James.

— Quantas mulheres você já trouxe a este rancho?

— Só você, Bianca. Eu geralmente venho aqui para conseguir um pouco de paz. As únicas propriedades onde levei mulheres foram as minhas casas de Nova York e de Las Vegas. Você quer que eu compre camas novas nessas casas? Isso faria você se sentir mais confortável?

Achei que ele pudesse estar louco, não pela primeira vez.

— Você está se oferecendo para se livrar de qualquer coisa nas suas casas que você possa ter eventualmente usado para trepar com outras mulheres?

— Sim.

— Eu suponho que tudo foi limpo minuciosamente...

— É claro.

— Bem, então isso seria um desperdício e uma tolice. Aquelas camas devem ser pavorosamente caras.

— Acho que o fato de você não ter respondido já é uma resposta — ele murmurou.

Eu o cutuquei de leve com o cotovelo.

— Suas camas parecem obras de arte. Eu não gostaria que você se livrasse delas. Eu gosto delas. Com que frequência você compra camas novas só para agradar uma garota?

Ele me mordeu com força suficiente para me fazer dar um gritinho.

— Aí vai você, nos menosprezando de novo. Você deve saber que eu nunca fiz nada disso para ninguém. Eu já fui promíscuo uma vez com o meu corpo, mas nunca com o meu coração.

Ele me girou nos seus braços de repente, me aconchegando.

— Como estão seus ferimentos?

Fiquei surpresa em perceber que eu tinha me esquecido completamente deles.

— Bem. Ótimos.

— Que bom. Vamos pegar uma das trilhas amanhã, com a Princesa e o Diabo. — Enquanto ele falava, ia me carregando para uma baia vazia. Percebi que ele estava falando sério sobre onde íamos transar. Eu não deveria ter ficado surpresa. Ele parecia ser um homem de palavra. Mesmo quando ele dizia uma coisa que eu pensava ser uma completa piada, até o momento ele sempre tinha ido até o fim. Tentei não me demorar nesse pensamento, já que ele havia dito coisas bem escandalosas ultimamente.

Ele me colocou no chão.

— Tire o capacete. E as calças — ele ordenou, saindo da baia.

Eu obedeci, me sentindo muito estranha em me despir numa baia de cavalo.

Ele voltou com uma enorme manta e a colocou em uma pilha grossa de feno. Eu estava apenas chegando às calças, depois de ter tirado as perneiras e as botas primeiro. James se deitou de costas na manta e tirou a camisa. Ele permaneceu de calça, apenas abaixando a cueca para expor o comprimento duro do seu sexo.

— Venha montar em mim — ordenou, seu tom casual. — Eu quero ver o que você aprendeu hoje.

Eu me aproximei do seu corpo deitado e coloquei um pé de cada lado dos seus quadris, abaixando-me até os joelhos. Com apenas minha metade inferior desnuda, eu me senti quase mais exposta do que quando estava completamente nua.

— Senta no meu pau. Quero sentir você. Agora — ele disse asperamente quando hesitei.

Obedeci, abaixando-me lentamente, guiando-o para a minha entrada usando a mão. Eu me empalei, centímetro a centímetro, estremecendo no movimento. Todas as suas carícias provocantes tinham me deixado mais do que molhada o suficiente para acomodar a sua entrada.

— Bom — ele disse, quando eu tinha me sentado até a base. — Agora se posicione e arrume a postura para o trote.

Pensei que ele poderia estar brincando. Eu simplesmente não sabia, mas atendi mesmo assim. Posicionei meus joelhos para melhor alavancagem, coloquei os ombros para trás, arqueei as costas e comecei a elevar o corpo. Eu me movia para cima e para frente, depois para baixo e para trás em grandes movimentos. Movia até a pontinha estar dentro de mim e impulsionava para trás com um tranco.

Montei nele por longos minutos, me demorando mais rumo ao orgasmo do que James geralmente fazia. Minhas mãos acariciavam o seu peito magnífico de um jeito ávido, acompanhando o meu movimento. Eu me sentia tão bem, incrivelmente bem, mas, quando ele estava no controle, eu sentia uma coisa incomparável. Eu o observava enquanto cavalgava nele.

Ele estava com as mãos dobradas atrás da cabeça em uma pose casual, as pálpebras pesadas, me observando. Achei que essa posição também não seria o método preferido *dele*.

— Você está entediado — acusei, ainda em movimento, minha voz quase um suspiro.

Ele sorriu, um sorriso perverso. Eu me apertei ao redor dele só de olhar.

— Nunca. Eu adoraria fazer isso o dia todo. E, por acaso, eu posso. Acho muito mais fácil me impedir de gozar quando você está no controle. Tenho certeza de que não tenho de explicar para você o porquê.

Ele não precisava. O que o controle dele fazia por mim fazia por ele também.

Na cama, não poderíamos ter sido mais perfeitos um para o outro.

— Sua cavalgada é extraordinária, amor. Especialmente considerando a sua inexperiência. Agora vamos para o trote sentada — ele disse.

— Sente-se até a base — ele instruiu.

Eu fiz isso com um suspiro.

— Agora aproveite. — Ele sorriu e assumiu o movimento, lançando-me para cima e para baixo, suas mãos agarradas às minhas coxas. Peguei seu ritmo, mas isso foi tudo. Ele estava por baixo, mas de repente tinha tomado todo o controle. Era tudo o que eu precisava.

Cheguei ao orgasmo em segundos, gritando alto o suficiente para perturbar os cavalos que ainda estavam no estábulo, e comecei a ficar mole.

James me deu uma palmada na bunda, forte.

— Continue sentada. Não terminei com você.

E ele não tinha. Ele me possuiu do chão por longos minutos, agarrando meus quadris e impulsionando para cima, de novo e de novo. Ele era incansável. *Como uma máquina*, pensei, sentindo uma estocada alta, que me sacudiu com toda a força.

Minha cabeça caiu para trás. Suas mãos seguravam minha cintura. Eu não conseguia alcançar mais nada naquele ponto da cavalgada selvagem. Ele estendeu a mão para beliscar um mamilo com força o suficiente para trazer lágrimas aos meus olhos. Meu olhar encontrou o dele.

— Não desvie o olhar. Preciso ver seus olhos enquanto você se despedaça. — Sua voz era um rosnado duro; sua respiração, pesada.

— Goze — ele finalmente ordenou, e foi a minha perdição, como sempre.

Eu me fiz em pedaços, e ele gozou comigo, seus olhos alcançando aquele lugar proibido de ternura que eu ansiava encontrar, e temia, e tentava demais não sentir no fundo da minha alma.

— Ah, Bianca — ele sussurrou, aconchegando minha bochecha na palma quando eu me abaixei para deitar sobre seu peito.

Ele me posicionou para que ele continuasse dentro de mim em segurança.

— Você é uma maravilha. Nunca imaginei que alguém pudesse ter sido feita tão perfeitamente para mim.

Fechei os olhos e senti uma temida lágrima escorrer pela minha face. Senti suas palavras profundamente, mas não consegui encontrar nenhuma das minhas, então fiquei em silêncio.

R.K. Lilley

Capítulo 14

Vestir a roupa de novo e me recuperar foi um trabalho lento e lânguido.

James fez a maior parte do trabalho, me deitando para vestir as minhas calças.

— Eu quero amarrar você naquele gancho e te possuir ali, mas seus pulsos precisam se recuperar depois da última vez — ele murmurou, fechando a perneira de novo.

Olhei para o gancho do qual ele estava falando. Havia um arreio pendurado nele e parecia ideal para os propósitos de James.

Olhei para os meus pulsos: estavam vermelhos com vergões chamativos. Eu não tinha nem conseguido pôr o meu relógio de volta. James o tinha colocado em algum lugar, eu sabia. Eu teria que encontrar uma maneira de cobrir as marcas no trabalho porque poderiam levantar questionamentos, já que elas se destacavam de maneira gritante na minha pele clarinha.

— Não me importo — eu disse suavemente. — Mal estou sentindo. Você poderia tentar. Se ficar duro demais, é para isso que tenho a minha palavra de segurança, não é?

Ele me deu um olhar selvagem. Eu já consegui lê-lo muito bem. Esse olhar dizia "Você não deveria me incentivar".

— Você é uma mulher perigosa — ele quase rosnou. — Sou eu que vou tomar todas as decisões a respeito da sua segurança, já que você aparentemente não é confiável para julgar essas coisas. Seus pulsos estão em mau estado. Fui longe demais da última vez, quer você ache que eles estejam doendo agora ou não. Vou deixá-los em paz até que estejam curados. — Ele terminou o longo processo de vestir a metade inferior do meu corpo enquanto falava.

Tudo o que ele teve que fazer foi levantar as calças e se cobrir; depois, vestiu a camiseta com um movimento fluido. Vi, com decepção, cada parte deliciosa do seu corpo desaparecer por baixo das roupas. Eu poderia olhar para sua pele bronzeada para sempre.

Ele sorriu, me puxando contra seu corpo para um longo beijo. Voltamos para a casa com o braço dele em volta do meu ombro, apertando-me firmemente ao seu lado.

Um homem de terno e óculos escuros que eu não conhecia esperava na porta dos fundos da casa. Ele assentiu com a cabeça e abriu a porta.

— Senhor. Srta. Karlsson.

— Diga para o Pete cuidar dos cavalos — James instruiu bruscamente. — Já terminamos nos estábulos por hoje.

— Sim, senhor. Kent ligou para falar com o senhor sobre a investigação — o homem disse hesitante, alternando o olhar entre nós dois, como se não tivesse certeza se podia falar na minha frente, pensei.

— Alguma novidade? — perguntou James, sua voz gelada. Esse era um assunto que não melhorava seu humor, eu notei.

— Nenhuma, senhor. Apenas o relato diário do que ele e seus homens fizeram.

— Diga para ele me enviar um relatório. E me avise se aparecerem novas pistas. Isso é tudo, Paterson.

James me levou para dentro da casa, e Paterson fechou a porta atrás de nós, permanecendo do lado de fora.

— É sobre o meu pai? — perguntei calmamente.

Ele olhou para mim, seu rosto uma máscara cuidadosa.

— Sim. Já podemos conversar sobre isso?

— Não. Não temos nada para conversar. Eu dei meu depoimento à polícia, e não vou ser tão descuidada novamente. Foi um erro terrível tê-lo colocado dentro da minha casa, para começo de conversa.

Ele ficou pálido.

— Por favor, você pode me dizer o que aconteceu? Estou tentando ser paciente, Bianca, mas preciso saber como ele chegou até você. Nem que seja para impedir que aconteça novamente.

Eu suspirei, a dor em seus olhos lindos me afetando.

— Eu estava esperando o Stephan na minha casa. Ouvi a campainha tocar. Verifiquei o olho mágico, mas uma mão o estava cobrindo. Fui idiota. Fui eu que abri a porta. Pensei que o Stephan estava fazendo uma brincadeira maldosa. O que é um absurdo, porque Stephan não faz essas coisas, mesmo quando está sendo brincalhão. Desativei meu sistema de segurança e abri a porta, pronta para dar uma bronca nele. Meu pai me tinha imprensada na parede antes que eu pudesse até mesmo registrar quem ele era.

Ele desviou o olhar, seu rosto agora pálido.

— Ele viu você e a atacou?

Ele havia baixado as mãos. Parecia tão desolado que eu queria confortá-lo. Mas dei-lhe espaço. E, finalmente, com um suspiro resignado, algumas respostas.

— Ele tinha me visto nos tabloides. E achava que tinha alguém o investigando, então ele me culpou. Veio para me ameaçar. As lesões foram seu jeito neandertal de me mandar não falar com a polícia.

Os olhos dele voltaram para os meus, chocados e consternados.

— Foi minha culpa. Foi minha culpa que você estivesse nos tabloides. E os meus homens tinham começado a procurá-lo. Ele pôs as mãos em você porque eu fui descuidado o suficiente para procurar por ele, e expor você, sem te dar a devida proteção.

Eu o estudei. Seu tom e seu rosto falavam de uma profunda autoaversão tão equivocada que eu nem sabia como reagir.

— É claro que não foi. Não foi culpa de ninguém, apenas minha. Eu sei do que ele é capaz, mais do que ninguém, e fui descuidada o suficiente para deixá-lo entrar na minha casa. Não é seu dever me proteger, James. Esse é o meu dever. Stephan teve a mesma reação, culpando a si mesmo. Eu não entendo isso. É impossível assumir a responsabilidade por coisas que estão completamente fora do seu controle.

Com os olhos angustiados, ele me disse:

— É o meu dever proteger você. Você não precisa reconhecer isso, mas é. Toda a minha influência é completamente inútil se eu não puder nem proteger a pessoa que mais valorizo.

Estendi a mão e acariciei seu braço para confortá-lo.

— Meu pai foi assim por toda a minha vida. Você também vai se culpar por todas as outras vezes? Você tem que enxergar como isso é ilógico.

Ele pareceu recuperar mais o controle, serenando as feições novamente.

— Não temos que concordar com isso, Bianca. Mas obrigado por responder a algumas das minhas perguntas.

Pensei brevemente em todas as perguntas que eu não tinha respondido. E em todos os segredos que eu ainda mantinha. Eu era grata por James parecer deixar o assunto de lado depois disso.

— Agora, me deixa te mostrar o andar de cima. Fiz algumas mudanças que acho que vão te agradar — ele me disse solenemente.

Sorri para ele.

— Eu adoraria ver tudo. Suas casas são como obras de arte. Você tem um gosto impecável.

Ele colocou a mão na minha nuca enquanto me conduzia para um conjunto de escadas.

— Eu tenho que concordar — respondeu calorosamente, e eu sabia que ele estava se referindo a mais do que suas casas.

Ele apontou vários quartos primeiro, só olhando para dentro. Eram temáticos e cada um tinha uma cor diferente. Achei algo muito inglês de se fazer. Todos tinham nomes: Quarto Verde, Quarto Azul, etc.

— Todas as suas casas provavelmente têm a mesma coisa. São tão inglesas — falei, provocando-o.

Ele sorriu.

— Você está certa. Elas têm mesmo. — Chegamos a uma porta fechada que ele abriu com um floreio. — A biblioteca — ele me disse com um sorriso. — Eu fiz algumas adições recentes. Adivinha quais.

Pisquei algumas vezes para o quarto gigantesco. Estava cheio de luz solar. Era uma sala de janelas e livros. Muitos livros enchiam o cômodo enorme.

— Eu sei que os e-books são o caminho para o futuro, mas não consigo evitar, eu ainda adoro os velhos livros convencionais. Adivinha qual seção eu fiz só para você.

Olhei ao redor, confusa sobre como ele pensava que eu poderia saber qual, com tantas coisas para absorver. Mas meus olhos a encontraram rapidamente. Uma das estantes do piso escuro até o teto estava repleta com conteúdo que era mais colorido do que o resto da biblioteca.

Eu ri, deleitada e um pouco envergonhada.

— Você sabe que eu não leio só mangá, certo? — eu disse para ele. Mas fui até a estante para observá-la. Tinha coleções completas de todos os favoritos de que eu tinha falado para ele, e vários que eu tinha ouvido falar, mas ainda não tinha lido. Lancei um sorriso caloroso para ele. — Obrigada. Que doce.

Ele retribuiu o sorriso.

— Eu consigo ser doce. Você me inspira a ser doce. E você pode ter o que quiser, em qualquer uma das nossas bibliotecas. Eu adicionei uma prateleira de romance e fantasia urbana, embora eu só pudesse imaginar quais autores você gosta. Você só mencionou que lia os gêneros, e não quais livros em particular. — Ele apontou. — Fica ali, perto da janela.

Eu olhei para lá, surpresa de tudo o que ele tinha feito só para me agradar. Havia uma pequena fortuna de livros naquela monstruosidade de cômodo, comprados só para mim. Era uma coisa muito atenciosa de se fazer. Ele tinha feito mais algumas trincas na parede espessa de gelo do meu coração com aquele gesto. Pouco a pouco, ele estava entrando.

Respirei fundo algumas vezes, tentando lidar com o sentimento repentino de pânico diante do pensamento. Funcionou. Eu estava cada vez mais acostumada ao que sentia em relação a ele. Não tinha certeza se era uma coisa boa, mas não me demorei muito nesse pensamento.

— Obrigada. Eu poderia passar a tarde lendo, se você tiver que fazer algum trabalho — eu disse a ele, educadamente.

— Eu tenho mais uma surpresa para você. — Ele puxou-me da biblioteca enquanto falava.

Olhei-o com cautela, imaginando o que ele havia planejado para mim na sequência.

Ele me levou para um quarto grande com uma cama, embora eu não achasse que era um quarto. Era um outro cômodo com janelas, a luz do sol iluminando cada canto. Vi os suprimentos de pintura, alinhados ao longo de uma mesa castanha ornamentada. Lá havia um cavalete impressionante ao lado, já montado com uma folha grande de papel para aquarela.

Fui até ele, sem palavras.

— A mesa tem mais suprimentos, em gavetas e prateleiras. E eu mandei colocar prateleiras ao longo das paredes para guardar várias telas, assim você pode mantê-las organizadas.

Olhei para onde ele gesticulou. Uma parede estava coberta com prateleiras feitas sob medida, grandes o suficiente para conter muitos tamanhos de telas e papéis. Muitos em branco já estavam empilhados lá, classificados por tamanho. A sala era o sonho de um pintor. Era uma inspiração em si mesma, com as grandes janelas, que me davam uma visão livre da majestosa floresta de Wyoming.

Havia uma grande mesa em um canto, com um Mac com a maior tela que eu já tinha visto em um computador.

Apontei para ela.

— O que é isso?

Ele levantou as sobrancelhas, como se eu devesse saber.

— Esses são os melhores computadores para os artistas. Tenho certeza de que você vai encontrar um uso para ele se precisar de uma foto, ou fazer qualquer tipo de pesquisa. Também há vários programas que você pode achar útil. Eu posso te mostrar quando você quiser.

Apenas fiz que sim, emocionada.

— É incrível. Obrigada.

Ele sorriu.

— Então, o que você quer fazer esta tarde? Eu escolhi andar a cavalo e você foi muito compreensiva. Sua vez. Podemos ler na biblioteca, ou você poderia pintar. Ou qualquer coisa, realmente. O que vai ser?

Mordi o lábio, minha mente já voltada para uma foto que eu tinha visto on-line e queria pintar.

— Há uma pintura que eu gostaria de começar, se você não se importa. Você poderia trabalhar.

Ele apenas assentiu.

— Tudo bem. Mas antes precisamos tomar banho. Eu vou trabalhar aqui com você, se não for te incomodar. — Ele me deu um olhar curioso enquanto falava.

Eu só balancei a cabeça dizendo que não.

— Então venha. — Ele me levou pela mão para o seu banheiro.

O chuveiro foi um interlúdio curto, embora intenso. James lavou cada centímetro meu, mas foi tudo. Eu tentei retribuir o favor, mas ele apenas me beijou e se lavou. Ele deu um tapa na minha bunda quando eu estava limpa.

— Fora — ordenou.

Eu estava vestida antes de estar seca.

— Eu preciso pegar umas coisas, se você quiser voltar para seu estúdio de arte — ele me disse.

Abandonei a visão de toda a sua pele nua com bastante relutância.

Fui para o computador e me sentei. Eu odiava ter que procurar nos tabloides, mas, infelizmente, eles continham o que eu precisava para a pintura que estava planejando. Levei um minuto para descobrir como entrar na internet com o novo sistema operacional e digitei o nome James Cavendish com um pequeno sentimento de pavor.

Vasculhar os tabloides não tinha sido uma boa ideia para mim ultimamente, mas eu realmente queria aquela foto.

R.K. Lilley

Capítulo 15

Eu me preparei para a enxurrada de fotos nada lisonjeiras e para as manchetes a meu respeito que eu estava prestes a ver. Não me decepcionei.

Algumas frases se destacavam. "A nova gata de Cavendish é de Las Vegas" e "Devoradora de homens vulgar" chamaram minha atenção quando tentei passar rapidamente para as imagens.

Não encontrei a que eu queria. Dei um suspiro resignado. Eu teria que mergulhar mais fundo na pesquisa.

Parei em uma foto do James, datada da semana passada. Ele estava sozinho, de terno, parecendo muito mais solene do que em qualquer outra de suas outras aparições no tapete vermelho.

Cliquei na foto. Havia sido tirada em um evento de caridade em Nova York, na semana anterior. Ele não tinha nada do seu charme usual na frente das câmeras; em vez disso, sua postura era quase fria. Seus olhos eram impacientes, quando ele normalmente tinha um sorriso pronto para a câmera. Eu me perguntava se eu tinha sido a causa da sua mudança. Em caso afirmativo, os tabloides provavelmente deviam estar malucos com essa ideia. Eles me odiavam e amavam a ideia de um namoro entre James e a irmã do seu melhor amigo, Jules. Tentei simplesmente ignorar as muitas imagens antigas de James e Jules conforme eu voltava para minha busca original, procurando cuidadosamente o que eu queria.

Congelei quando li uma manchete em particular. "Novo amor de James Cavendish tem inúmeros homens ao seu lado." Cliquei no link antes que eu pudesse pensar melhor, querendo ver o que aquilo poderia significar. Pisquei algumas vezes estupidamente para as fotos do artigo.

Uma era de Stephan e eu, andando de mãos dadas em uma calçada. Reconheci que eu estava em Miami sem ter que ler o artigo, se bem que eu li a coisa horrorosa mesmo assim.

De acordo com o artigo, Stephan era meu namorado de longa data, e estávamos planejando conseguir uma parte da fortuna de Cavendish.

Desci a página sentindo nojo, procurando outras fotos. Havia várias fotos na praia de mim e Damien, e eu corei vendo algumas delas. Em uma, a gente estava nas espreguiçadeiras à beira da piscina. Damien estava me dando um olhar muito ardente enquanto eu estava com os olhos cobertos por óculos escuros, com um sorrisinho no rosto. Não parecia nada inocente como tinha sido no momento. Olhando para a foto, a gente tinha a impressão de que ele estava olhando para meus seios e pensando coisas indecentes a meu respeito.

Outra era da nossa caminhada na praia. Sua mão estava no meu cotovelo, seus olhos, carinhosos. A forma como seu rosto estava inclinado na direção do meu... ele parecia quase apaixonado. Eu estava corada, como se por causa dele, eu pensei. De acordo com o artigo ao lado dessa foto, ele era uma paixonite aguda que eu estava acrescentando à fila. Corei com raiva diante das mentiras absurdas.

Eles tinham até mesmo pego uma foto minha com o Murphy. Estávamos caminhando lado a lado e rindo. O artigo afirmava que eu era uma sedutora desavergonhada que tinha fisgado homens demais até perder a conta. Eu estava arrependida de ter lido aquele lixo antes mesmo de terminar, mas eu terminei.

Voltei às fotos de mim e Damien. Pareciam muito diferentes do que realmente estava acontecendo, e eu me perguntava por quê. A cara dele, talvez? Ou os óculos escuros que eu usava, que tornavam minha expressão indecifrável?

Eu ainda estava olhando as imagens desconcertantes quando James voltou para a sala calmamente, aproximando-se da minha mesa com seu laptop fino em uma das mãos.

Ele ergueu uma sobrancelha quando ele viu minha expressão.

— Por que você parece um cervo pego de surpresa atravessando uma estrada diante de um carro em alta velocidade, Bianca? — ele perguntou, sua voz divertida. Ele olhou para a tela do meu computador ao se aproximar. Não fechei a janela, pensando que esconder o que eu estava olhando seria pior do que apenas confrontá-lo.

O rosto de James ficou tenso quando viu as fotos de mim e Damien. Um pensamento passou pela minha cabeça. Ele tinha visto isso antes. Ele não estava surpreso com as fotos ultrajantes, apenas enfurecidas por causa delas. A conversa que tivemos sobre ele odiar a praia de repente fazia muito mais sentido. E sua elevada hostilidade contra Damien.

— Isso é tudo lixo — falei para ele, sentindo-me estranhamente defensiva. — Damien e eu só estávamos juntos no mesmo lugar. Você sabe disso, não sabe?

Ele me estudou, seu rosto dolorosamente solene. Toda a sua postura havia mudado desde que ele tinha visto as fotos.

— Sim — ele respondeu finalmente. — Eu sei bem como eles conseguem pegar uma história inventada e dar prosseguimento com ela. Mas ainda dói ver vocês juntos assim. O Damien obviamente gosta de você e te quer. Pessoalmente, acho que ele está apaixonado por você. Meu único consolo é que, se você quisesse, o teria aceitado antes de me conhecer. — Ele estudou meu rosto, o seu muito sério, antes de continuar: — E confesso, o pensamento de você o escolher se algum dia desejar assumir uma vida baunilha tem me perturbado.

Pisquei para sua indignação absurda.

— É claro que ele não está apaixonado por mim. Você sabe que eu nunca nem saí com ele nem nada. E nem tenho certeza do que vida baunilha significa, mas não acho que o Damien é alguma coisa além de meu amigo, mesmo que você não estivesse na equação.

Fiquei me perguntando, não pela primeira vez, por que diabos James se sentia inseguro. Mas até mesmo esse pensamento era errado. Eu só não conseguia juntar James e insegurança na mesma frase, mesmo com a prova diante dos meus olhos. A ideia inteira era absurda. Ninguém no mundo podia competir com ele, de nenhuma forma. *Não há espaço na perfeição para a insegurança*, pensei.

Ele se sentou no banco na mesa grande, a um bom metro e meio de distância, parado. Ele abriu o laptop fino como papel e se pôs a trabalhar sem outra palavra.

— Você está bravo? — perguntei baixinho, precisando limpar o terreno antes que eu pudesse prosseguir.

Sua boca ficou apertada, seus dedos já trabalhando no laptop.

— Estou lidando tanto com a minha ofensa irracional quanto com o meu ciúme infundado. Eu vou dar um jeito.

Olhei para ele por um tempo, tentando determinar a melhor forma de proceder. Eu finalmente decidi que, se quisesse dar um jeito em alguma coisa, algo que ninguém pudesse resolver, eu iria querer ficar sozinha. Então foi isso que eu fiz.

Voltei à minha busca, prosseguindo com o artigo inflamado, querendo esquecer que aquela coisa horrorosa existia. Tentei ignorar todas as manchetes que atraíam a minha atenção e todas as fotos que despertavam a minha curiosidade.

Passei de site em site antes de finalmente encontrar o que estava procurando. Fiz um *humpf* de alívio quando localizei o prêmio.

Meu grunhido chamou a atenção de James instantaneamente. Pedi para imprimir a foto enquanto ele se levantava, olhando por cima do meu ombro.

— Para que é isso? — ele perguntou.

Eu me virei e sorri para ele.

— Eu queria pintar essa foto no momento em que a vi, há algumas semanas — expliquei. — Tudo bem pra você?

Ele piscou para mim, mas confirmou balançando a cabeça.

Era uma foto dele aos catorze anos, em algum evento de tapete vermelho. Ele estava posando para a câmera, mas era uma pose muito diferente daquela sofisticada e polida que ele adotou depois de adulto. Seu cabelo loiro-escuro tocava os ombros, mesmo naquela época, perfeitamente arrumado. Sua pele bronzeada também era perfeita. Seu semblante era solene e sério; seus olhos turquesa, altivos e ferozes. Ele não passava de uma criança ali, mas o homem que ele se tornaria brilhava através de cada linha arrogante do seu rosto.

Aquilo me fascinava, sua personalidade forte transparecendo em tão tenra idade. Eu queria transformar a foto em um retrato que ele pudesse pendurar sobre a lareira em alguma de suas muitas propriedades. Talvez pudesse ser um legado para seus filhos.

— Você era como um supermodelo pequeno — eu disse quando ele voltou ao seu lugar.

Ele me lançou um sorriso irônico.

— Eu detestava minha aparência naquela época. Achava que fazia meus contatos de trabalho me levarem muito menos a sério. Típico raciocínio de um moleque de catorze anos de idade. Nem sequer me ocorreu que ter catorze anos é que era o motivo.

Olhei bem para ele, tentando esconder a pena que senti do James de catorze anos, que tinha um fardo pesado demais para suportar.

— Queria ter conhecido você nessa época. Aposto que nós seríamos amigos.

Ele me deu um olhar caloroso.

— Eu também.

— Você não era sem-teto, mas não tinha ninguém, assim como eu, a quem recorrer em busca de conforto. Acho que eu estava em melhor situação.

Ele me deu um pequeno sorriso triste.

— Talvez você esteja certa.

Levei a impressão da foto para o outro lado da sala, onde comecei um leve esboço, adorando os meus novos suprimentos artísticos. Ele tinha pensado em tudo que eu poderia precisar.

— Ah, esqueci — disse James. Olhei para trás. Ele estava segurando meu telefone. — Seu sinal não é muito bom aqui, mas o Stephan andou tentando falar com você. Você pode ligar pra ele do meu telefone.

Tardiamente, percebi que eu tinha esquecido até que tinha um celular desde que tínhamos chegado ao rancho.

Ele levou o outro celular para mim, já programado para ligar para Stephan. Apertei o botão, agradecendo-lhe.

Um animado Stephan atendeu no primeiro toque. Levei um longo momento para assimilar toda a sua animação tagarela na linha.

Pisquei, olhando para James. Ele estava trabalhando atentamente no seu computador.

— Tem até a grade branca na frente e a tira preta de carro de corrida pela qual sou obcecado. É como se ele tivesse pegado cada informação que eu já dei sobre meu carro dos sonhos e tivesse encomendado.

Stephan falou sem parar durante vários minutos sobre o novíssimo Dodge Challenger que James mandou entregar na casa dele, antes que eu pudesse intervir.

— Isso é incrível, Stephan. — Ouvi quando acrescentou vários detalhes animados. — Sim, o James é infalivelmente atencioso. Estou muito feliz por você.

Não consegui participar da conversa por mais cinco minutos sólidos enquanto Stephan prosseguia seu relato sobre o presente extravagante. Finalmente, ele pediu para falar com James, querendo agradecer-lhe.

James tirou o telefone de mim com boa vontade, sorrindo quando disse para Stephan:

— Foi a melhor maneira que pude pensar de agradecer você por todos esses anos cuidando da Bianca. Estou em dívida com você. — Ele parou um instante e deu uma risada que foi obviamente interrompida por um frenético Stephan. — Eu vou te contar uma coisa. Vamos marcar uma reunião, quando nós dois estivermos em Nova York. Quero falar sobre algumas questões de negócios com você. — James educadamente ouviu a resposta. — Sim, seria ótimo. Sim, vou fazer isso. Certo, tenha um bom dia, Stephan. — Com isso, ele desligou.

Eu o observei com desconfiança.

— O que você está fazendo agora? — perguntei sem hesitar. Mas eu sabia que ele estava de alguma forma se intrometendo na minha vida.

Ele deu de ombros.

— O Stephan é a sua família. Eu quero cuidar dele. E me sinto fortemente em dívida com ele pela maneira como ele te protegeu até hoje. Além disso, descobri que vale a pena estar nas boas graças dele.

Eu o estudei, querendo ficar irritada com sua interferência, mas eu simplesmente não conseguia. Ele tinha encontrado algo que tinha deixado Stephan muito feliz. Como eu poderia deixar de ser grata a ele por isso?

— Obrigada por ter feito isso para ele — eu finalmente disse. — Ele está obcecado pelo novo Challenger desde que foi lançado. E a obsessão deles por *muscle cars* antigos vem de longa data. Não existe um presente no mundo que ele amaria mais do que isso que você fez.

Ele apenas sorriu para mim e encolheu os ombros como se não fosse nada mais do que o mais simples dos presentes dar o carro dos sonhos a alguém.

— E qual seria o seu carro dos sonhos? — ele me perguntou.

Dei-lhe um olhar de aviso.

— Não, nem pense nisso. Eu tenho carro. Eu o comprei com o meu próprio dinheiro, e gosto muito dele.

Ele não desistiu, mesmo com a clara advertência na minha voz.

— Em algum momento, você vai perceber que o que é meu é seu e, quando esse dia chegar, você pode comprar o que quiser. Eu quero que você comece a se acostumar com a ideia.

Respirei fundo algumas vezes, enquanto ele falava, tentando acalmar o pânico que florescia dentro de mim com suas palavras.

Ele estava tentando assumir o controle da minha vida? Era um pensamento sombrio e aterrorizante para mim.

— Não posso — falei, sem fôlego.

Sua expressão se tornou mais fechada, mas seu tom era tão constante quanto antes.

— Eu entendo que você precise de tempo. Estou tentando te dar tanto tempo quanto eu posso suportar, Bianca.

Meus olhos se arregalaram diante das suas palavras. Claramente, o homem estava maluco.

— Nós só nos conhecemos há um mês e durante a maior parte deste tempo nem mantivemos contato. Você chama isso de me dar tempo?

Sua expressão e sua voz não se alteraram.

— A ausência de contato não foi escolha minha. E sempre fui decisivo sobre o que quero. Quando eu vejo, tomo atitudes. É assim que eu sou. Estou tentando ser paciente, mas não tenho reservas sobre o que eu quero de você, sobre o que quero que a nossa relação seja. Estou tentando respeitar o fato de que você não sente o mesmo. Só te peço para começar a se acostumar com a ideia de vivermos juntos.

Respirei fundo várias vezes, observando-o sentado tão calmamente atrás da mesa.

— Não sei se algum dia vou poder te dar o que você quer. Tenho quase certeza, na verdade, que eu não posso.

Seu olhar ficou mais duro, mas sua voz era bem comedida.

— E eu estou determinado a convencer você do contrário.

Capítulo 16

Não nos falamos por um longo tempo depois do seu pronunciamento.

Eu não sabia o que dizer. Ele não poderia me conhecer bem o suficiente para entender como era impossível o que ele queria de mim. Eu podia lhe dar controle na cama, mas era absolutamente incapaz de dar controle sobre outras partes da minha vida. Isso iria me aprisionar. E eu sabia bem demais que jamais poderia ficar aprisionada e indefesa novamente. Isso tinha quase me destruído na infância. Certamente havia destruído a minha mãe.

Comecei o trabalho preliminar para a minha pintura, mas me senti distraída demais para trabalhar com toda a eficiência. Esbocei por quase uma hora antes de James falar novamente.

— Eu falei com a gerente da minha galeria em Los Angeles recentemente. Ela está animada com a sua estreia. Ela e minha gerente de Nova York, na verdade, tiveram uma certa disputa para ver quem faria a sua mostra. Por causa das paisagens desérticas, decidimos fazer a exposição em Los Angeles. Ela vai começar a montar a exposição assim que você disser sim.

Fiquei apenas olhando para ele, estupefata. A ideia de mostrar o meu trabalho ainda era um conceito estranho para mim. E muita coisa tinha acontecido desde que ele enviara amostras do meu trabalho para suas galerias.

— Não tenho que comparecer à exibição, né? — perguntei. O pensamento era assustador e indesejável.

Ele pareceu genuinamente surpreso.

— Bem, não. Suponho que você não precisa. Mas por que não iria querer?

Lancei um olhar exasperado para ele.

— A imprensa me odeia. Eles vão crucificar o meu trabalho se descobrirem que tem alguma ligação comigo. Eu também preferiria não usar meu próprio nome para o trabalho.

125

Ele pareceu perturbado com o pensamento. Aqueles olhos deslumbrantes estavam completamente transtornados.

— Sinto muito que você tenha sido arrastada para esse circo midiático da minha vida. É minha culpa que eles te odeiem. As coisas que vi impressas sobre você… me fizeram ter desejos assassinos.

Eu levantei a mão para impedi-lo de continuar.

— Culpa não é o problema. Precisamos lidar com as questões que temos em mãos, não decidir de quem é a culpa. E você tem que admitir que a minha mostra não vai se beneficiar da atenção de mídia que meu nome e minha aparição vão atrair.

Ele corou um pouco, embora eu não pudesse dizer por quê.

— Por favor, só considere ir. Você merece ter orgulho do seu trabalho e receber todos os créditos por ele. Eu adoraria se você me permitisse te acompanhar no evento, mas, por favor, leve o seu tempo para pensar a respeito. Vou pedir para a Sandra preparar seu trabalho e segurar a data até você decidir o que quer fazer.

Assenti para mostrar que entendia, mas continuei pensando a respeito enquanto trabalhava. Se eu fosse corajosa, levaria essa provação adiante. Eu não era obrigada a ler os comentários terríveis sobre o meu trabalho.

Eu estava tão distraída que errei todo o meu esboço inicial, até que decidi simplesmente começar de novo. Eu ouvia James falando calmamente ao telefone, ou poderia ter colocado música para relaxar. Finalmente, eu coloquei fones de ouvido e liguei a música no meu celular, antes de guardá-lo no bolso do jeans. A imagem começou a aparecer depois disso, o esboço agora muito mais próximo da imagem que eu tinha na cabeça sobre o que eu queria.

Trabalhamos por horas assim, em relativa paz e mal nos falando. Ficamos tanto tempo que eu até comecei o processo da pintura, o que às vezes levava várias sessões para avançar. Eu gostava de partir de um esboço muito bom, normalmente, antes de entrar na tinta.

Não sabia o que era, mas, de repente, senti uma mudança no ar, uma mudança de energia. Os cabelos da minha nuca se arrepiaram e eu me virei lentamente e olhei para James. Ele estava com o celular na orelha, mas me observava. Seus olhos pareciam… assombrados, como se ele tivesse acabado de ficar sabendo da morte de um ente querido.

Fui até ele, tirando os fones de ouvido. Ele apenas me observou, sem tirar o celular do ouvido.

— Obrigado pela atualização. — Ele ficou só ouvindo por bastante tempo. — Sim, é. Continue procurando. E dobre seus esforços de pesquisa.

Ele desligou depois disso, mas me observou quase com cautela.

Me empoleirei na mesa de frente para ele, seu laptop perto do meu quadril.

— O que aconteceu? — perguntei, sabendo com certeza que era algo ruim.

— Meus investigadores descobriram com a polícia que seu pai é procurado não só por agressão, mas também por homicídio. — Ele apenas me encarou por um longo tempo, o tormento em seus olhos se tornando familiar demais para mim. *Esses queridos olhos.*

Aconcheguei sua bochecha, me preparando.

— Sim, eu sei — falei, relutante.

— Deixei um assassino colocar as mãos em você — ele me disse, num sussurro agoniado.

Segurei sua face na minha outra mão também.

— É um jeito irracional de analisar. Eu sei que ele é um assassino desde os catorze anos, muito antes de conhecer você, e ele colocou as mãos em mim muitas vezes desde então.

Ele piscou, como se minhas palavras estivessem começando a fazer sentido além do seu choque e medo.

— Você sabia que ele tinha matado alguém?

Confirmei, minha boca apertada, meu peito doendo.

— Fui eu quem o denunciou à polícia, embora tenha sido quase uma década depois. Foi a minha mãe que ele matou. Eu fui a única testemunha. Estava perto o suficiente para tocá-la quando ele fez aquilo. Menti para a polícia por ele todos esses anos. Mas, depois desse último ataque, percebi que não poderia mais viver daquele jeito. Não posso mais fugir, mesmo que isso signifique que ele me mate também.

Seus olhos tinham um pânico e uma vulnerabilidade tão grandes que, involuntariamente, senti os meus se encherem de lágrimas. Foi difícil acreditar que eu tinha passado anos sem chorar antes de conhecer James. Mas as coisas que ele me fez sentir abriram uma comporta e a maldita coisa não queria mais fechar.

Eu continuei, querendo colocar tudo pra fora.

— Senti tanta culpa, por todos esses anos, por desonrar a memória dela, por ajudar o assassino a ficar livre, mas por dentro eu era uma criança tão assustada que eu simplesmente não conseguia voltar à polícia. Depois que ele a matou, a polícia só tinha a palavra dele. Nunca chegaram a me interrogar em uma sala separada da dele e eu sabia que ele me mataria se eu contasse. Eu estava absolutamente certa de que nem a polícia poderia detê-lo. Mesmo anos depois, quando eu não tinha contato nenhum com ele, tentei ir à polícia, mas ficava com medo todas as vezes.

Afastei o cabelo de seu rosto lívido com um toque suave, querendo confortar as coisas que vi nos olhos dele tão claramente. Eu era só um reflexo do meu próprio tormento. Sua alma era um espelho da minha. Talvez sua reivindicação insana de que éramos feitos um para o outro não estivesse tão errada assim. Eu o conhecia há tão pouco tempo, mas às vezes sentia que podia lê-lo tão perfeitamente, tão naturalmente, que me surpreendia.

— Você não pode carregar o fardo de me proteger do meu pai — eu disse delicadamente. — Ninguém pode. E você não poderia saber que ele viria atrás de mim para me ameaçar a ficar em silêncio, pois não sabia sobre a minha mãe, é claro. Mas você é responsável por me ajudar a encontrar a força para finalmente dizer a verdade. Obrigada por isso.

Quase acabou comigo quando uma lágrima solitária rolou pelo seu rosto.

— Fica martelando na minha cabeça sem parar como cheguei perto de te perder para sempre. Não suporto essa ideia. — Sua voz era um sussurro áspero. — E ele ainda está por aí, à solta, então você está essencialmente na mesma, se não em mais perigo do que nunca. Fico feliz que tenha finalmente contado a verdade, mas ainda me apavora o que a verdade pode significar para você.

Tracei a lágrima na sua face, capturando-a bem no maxilar perfeito. Ele não parecia perturbado por ela. Ele era muito mais corajoso do que eu com seus sentimentos, eu sabia, mas ele ainda conseguiu me surpreender com sua profundidade.

Eu tentei me colocar no seu lugar brevemente. Se o tio dele ainda estivesse vivo e capaz de machucá-lo, até mesmo matá-lo, mas simplesmente aguardasse a oportunidade certa... Isso me deixaria louca. Mas seria possível que James sentisse por mim o que eu sentia por ele? Eu simplesmente não conseguia imaginar, mesmo que obviamente sentisse pelo menos *alguma coisa*.

Nenhum de nós parecia capaz de trabalhar depois de nossas explosões emocionais.

Jantamos em silêncio. Era chili apimentado de frango. Comi depressa toda a comida de conforto, sem sentir o gosto direito.

Fomos para a cama cedo, por James ter mencionado que precisávamos acordar cedo para conseguirmos dar uma cavalgada boa, antes do pior calor do dia.

Me arrumei para ir dormir falando pouco. Sentia como se não tivesse dormido por dias quando, deitada na sua cama deliciosamente confortável, fechei os olhos. Suspirei em contentamento quando senti James envolvendo-se em torno de mim.

Eu rapidamente mergulhei em um sono profundo e pacífico.

R.K. Lilley

Capítulo 17

James me acordou com um beijo leve na testa. Pisquei algumas vezes antes de acordar, surpresa por encontrá-lo já vestido em roupas limpas de montaria e se inclinando por cima de mim. Ele começou a me vestir sem uma palavra.

Minhas roupas de equitação eram muito diferentes desta vez. As calças justas eram feitas de um tecido fino e preto não muito mais grosso do que uma meia-calça e passavam um pouco dos meus joelhos. Tomei nota do fato de que ele nem se importou em me colocar uma calcinha.

Em seguida, ele vestiu lentamente perneiras pretas até as coxas em cada uma das minhas pernas. Toquei a camurça macia e passei os dedos por ela.

Ele estava arrumando as perneiras sobre minhas botas de montar quando falou:

— A perneira completa geralmente é usada com jeans. Vou levar uma calça para a viagem de volta.

Eu digeri suas palavras. Minha mente percorria lugares sombrios e sensuais na companhia delas.

Ele me puxou para ficar em pé, erguendo minha camisola fina por cima da cabeça em um único movimento fluido. Ele passou a língua pelos dentes observando meu tronco nu.

Tive que abafar o desejo de cobrir meus seios desnudos. Claramente, eu não tinha a mesma naturalidade em relação à nudez casual como o Sr. Magnífico.

Ele me vestiu um sutiã esportivo de tecido grosso e deslizou uma camiseta justa e fina sobre a minha cabeça.

Trançou meu cabelo, mantendo as mãos, para minha decepção, para si. Mesmo assim, cada movimento seu me excitava.

Fechei os olhos enquanto ele espalhava protetor solar pelo meu rosto muito cuidadosamente. O homem pensava em tudo.

James me deu uma palmada forte na bunda quando terminou.

— Vamos cavalgar, amor — ele me disse com um sorriso perverso, tomando a minha mão.

Os cavalos estavam selados e prontos quando chegamos aos estábulos. Foi a primeira vez que vi o garanhão de James.

Ele me apresentou ao Diabo me entregando uma maçã e um aviso.

— Cuidado, ele morde.

Alimentei o enorme animal cuidadosamente, admirando sua pelagem excepcional. Passei os dedos por sua crina preta-azulada. Sua pelagem tinha um tom cinzento levemente azulado, tão escuro que reluzia na luz do sol como fogo azul. No rosto, no nariz e nos pés, o pelo assumia um tom muito mais escuro, quase preto. Parecia um garanhão de conto de fadas, dono de uma cor impressionante demais para ser real.

— Ele é incrível — comentei com James, passando as mãos pelo pescoço macio. Outro cavalo encostou o flanco nas minhas costas. Dei risada quando vi que era Princesa.

— Ela é ciumenta. — James exibia um sorriso indulgente passando a mão pelo pescoço de Princesa.

Eu pensava que ela era uma égua excepcionalmente alta, mas era quase considerada baixa diante de Diabo. Também fiz carinho nela.

James me entregou outra maçã para dar à palomino amigável.

Pete estava por perto, mas mantinha uma distância cuidadosa. Obviamente tinha sido ele que selara os cavalos para nós, mas era sábio o bastante para ficar longe do chefe depois do episódio anterior.

Ele simplesmente acenou de forma educada quando passamos por ele no estábulo.

Retribuí com um pequeno sorriso.

Apesar disso, a mão de James ficou mais tensa significativamente em resposta ao pequeno contato.

Ciumento inveterado, pensei comigo, mas não ousei dizer em voz alta.

— Diabo é um ruão puro-sangue azul raro — James me disse, dando uma cenoura para o garanhão de grandes dimensões.

— Eu nem sabia que os cavalos poderiam ser azuis — falei com um sorriso encabulado. Eu realmente não sabia nada sobre cavalos, como estava rapidamente percebendo.

— Normalmente, é apenas uma expressão usada para o cavalo que tem uma tonalidade azulada. Diabo tem uma cor verdadeiramente incomum, quase mais azul do que cinza.

— Um cavalo escandalosamente lindo para um homem escandalosamente lindo — falei com um sorriso.

Ele puxou a minha trança, inclinando minha cabeça para trás. Seus olhos eram ardentes quando ele olhou nos meus.

— O que quer que faça você ficar por perto, amor — disse ele, ajustando um capacete preto liso na minha cabeça. Vi sem nenhuma surpresa que combinava exatamente com o seu.

Em seguida, calçou luvas pretas de couro nas minhas mãos, ajustando-as pacientemente e prendendo-as nos pulsos.

— Sabe, eu sou totalmente capaz de me vestir sozinha — mencionei, mas sabia que era inútil. Eu sabia que ele adorava cuidar de mim e nenhuma tarefa era insignificante demais para sua atenção.

Ele apenas sorriu em resposta, beijando meus dedos cobertos de couro. Na sequência, ele se concentrou em suas próprias luvas, e eu observei, perplexa, James calçá-las nas mãos. Seus dedos eram longos e elegantes, mas fortíssimos. Observei suas mãos bronzeadas desaparecerem dentro do couro preto e corei, lembrando-me da sensação daquelas mãos enluvadas me punindo.

Ele viu meu olhar e me deu um sorriso perverso.

— Você lembra delas?

Confirmei, ainda observando, cativada, James mexer com as luvas. Até mesmo suas mãos eram uma visão obscenamente tentadora para mim.

— Eu amo suas mãos. Demais. — Minha voz já estava sem fôlego.

Ele jogou a cabeça para trás e riu. Fiquei cativada pela visão. Até mesmo sua garganta macia e dourada era perfeita, e eu queria enterrar meu rosto ali.

Tive que sufocar o desejo. Ele estava obviamente seguindo um cronograma esta manhã.

Ele me deu o sorriso mais caloroso quando sua risada desapareceu. E um beijo curto e doce, me levantando pelos quadris para montar em Princesa. Montei do jeito que tinham me ensinado, rapidamente tentando me posicionar na sela corretamente.

— Perfeito — elogiou, soltando a corda atada à rédea de Princesa e passando pelo poste do cercado.

Senti uma pequena emoção maravilhosa observando a visão maravilhosa de James pulando sobre o lombo de Diabo com um único movimento suave. Ele era um homem muito elegante, mas sua força era surpreendente. Músculos se agrupavam debaixo de sua camisa justa, a calça de montaria justa o suficiente para mostrar os contornos dos músculos conforme ele se movimentava.

Ele passou por mim em seu cavalo, parando para passar o dedo pela minha gargantilha aparente logo acima do decote da camiseta.

— Eu deveria arranjar uma corda para amarrar aqui também — murmurou, apertando o cavalo com os calcanhares para partir. — Me siga — ele instruiu, enquanto cavalgava para o portão que Pete abriu sem dizer nada.

Fui atrás. Princesa passou para um passo ágil com o menor toque dos meus calcanhares.

Ele me levou para uma mata fechada, por onde seguia a mais tênue sugestão de trilha.

Admirei a paisagem conforme seguíamos, tentando me mover junto com a égua e manter minha postura adequada e suave. Estava tranquilo e calmo ali. As árvores nos davam uma cobertura que proporcionava sombra fresca e ainda era cedo o suficiente para o tempo estar perfeito para uma longa cavalgada.

A floresta sempre me fazia sentir que eu tinha sido transportada para outro mundo, para outro tempo. A solidão e a serenidade levavam minha mente para a terra da fantasia. Os pinheiros eram incrivelmente altos ali, a vegetação, espessa, com as pequenas flores silvestres roxas salpicando o chão a seu bel-prazer.

Foi quase chocante quando saímos da floresta e alcançamos uma trilha pronunciada e larga o suficiente para ser uma estradinha. James parou ali, esperando que eu parasse ao seu lado.

Ele me deu um olhar malicioso e perverso.

— Como você está se sentindo? Está dolorida?

Eu só balancei a cabeça dizendo que não. Suguei uma respiração profunda quando ele levou a mão enluvada para a cintura de sua calça justíssima.

Ele colocou as rédeas no pescoço de seu cavalo com um comando firme para Diabo ficar parado. Então começou a abrir os botões grossos da calça, dobrando-a debaixo do membro grosso. Ele se projetou orgulhosamente, já tão espesso e duro que minha boca salivou. James tirou a camisa em um movimento fluido e a enfiou em uma das perneiras.

Bebi a visão da sua carne dourada e reluzente, sempre impressionada com sua perfeição. Os músculos de seu abdome talhado e cor de bronze eram visíveis durante seus movimentos. De alguma forma, com as pernas cobertas e estando sentado no lombo do cavalo, sua nudez parecia mais obscena. E terrivelmente excitante.

Ele me deu seu sorriso perverso, e eu quase derreti.

— Venha cá — mandou.

Obedeci, minha égua deslizando ansiosamente em direção a ele.

Ele me colocou em cima da sua montaria e me moveu para montá-lo fazendo um movimento aparentemente fácil. Meus olhos estavam no movimento duro de seus músculos nos braços magníficos.

Ele me arrumou na sua frente, quase no pescoço de Diabo.

— Não se mexa — ordenou, puxando um canivete bem longo de dentro da bota. Ele me arrumou sobre suas coxas, até eu ficar a meros centímetros de seu pau ereto.

Perdi o fôlego, alarmada, ao vê-lo usar o canivete no cós da minha calça para cortá-la. Ele cortou alguns centímetros sobre a sela e devolveu a faca à bota, rasgando calça pelo resto do caminho. O som inicial de tecido rasgando fez Diabo levar um susto, mas James o acalmou com algumas palavras tranquilizantes, ainda rasgando, até eu ficar apenas de perneiras. Meu sexo parecia profundamente nu e obsceno, cercado de camadas de camurça preta e nada mais, minha metade superior ainda completamente coberta.

James colocou as mãos atrás de mim, reorganizando as rédeas, desamarrando-as para deixá-las mais longas e amarrando-as ao redor do seu braço direito. Ele estava dando rédea solta a Diabo, controlando-o com as pernas, da forma como tinha me dito que me ensinaria.

Ele usou as mãos firmes nos meus quadris para me erguer e me posicionou na ponta de sua ereção. Tocou meu sexo com apenas o membro, movendo seus quadris em pequenos círculos para espalhar a minha umidade crescente na sua cabeça ansiosa.

Gemi e tive um espasmo nos quadris. Eu queria tanto que ele me empalasse... só uma estocada para aliviar o fogo.

E ele o fez, levantando a cabeça para me olhar, a mandíbula cerrada sentindo como eu era dolorosamente apertada. Ele empurrou até o talo, e me fundi em torno dele.

— Oh, James — gritei, inundada pela sensação. Mesmo com ele inteiro dentro de mim, o desejo não tinha sido saciado. Meus quadris se moveram em uma solicitação de movimento.

James tocou os calcanhares, e Diabo começou a andar. James se movia com ele, um cavaleiro experiente. Cada movimento de seus quadris era um pequeno impulso dentro de mim. Minhas pernas quase balançavam por trás dele. Meu corpo estava submetido ao seu completamente.

Nós nos observávamos enquanto ele se movia para dentro de mim com pequenas estocadas que me deixavam ofegando por mais.

— Quer um trote, Bianca? — James perguntou, sua voz um grunhido.

Pensei nos movimentos exagerados que acompanhavam o trote. *Oh, Deus, sim, eu queria.*

— Sim — gemi.

— Implore — disse ele, em uma voz estranhamente calma. *Como era que ele não estava mais ofegante?*

— Por favor, Sr. Cavendish, trote comigo.

Ele estalou a língua para mim, impaciente.

— Implorou de forma lamentável, Bianca. Vai receber só o trote sentado. — Ele incitou Diabo a trotar, mas não acompanhou o movimento do animal levantando-se da sela. O trote sentado era tão suave que mal aumentava as estocadas em relação ao caminhar.

Eu gemia para ele em plena angústia, agora segurando seus ombros. Eu precisava de mais. Precisava senti-lo bombeando profundamente, do jeito que eu tinha me acostumado tão rapidamente.

Nossos olhos nunca se desviaram um do outro, seu olhar turquesa intenso imprimindo-se inexoravelmente em mim.

— Eu imploro, Sr. Cavendish — tentei de novo. — Por favor, me coma trotando. Por favor, por favor, por favor.

Seus olhos ardiam em mim. Ele apertou o cavalo com os calcanhares para acelerar o trote.

— Era *esse* tom que eu queria de você. Se segure, amor.

Ele me ergueu mais, e seu trote intenso levantando-se da sela me proporcionava as estocadas maiores e mais duras. Eu estava prestes a gritar meros segundos após começar o novo ritmo.

— Goze — James grunhiu, suas pálpebras pesadas conforme ele me observava. Ele me empalou com força até a base enquanto falava, e eu me despedacei em seus braços. Eu estava ofegante quando ele saiu de dentro de mim, roçando cada nervo sensível do meu sexo. Entrei num sonho febril enquanto ele continuava a estocar. Gozei de novo com um comando ríspido. E outra vez, antes que ele encontrasse sua própria libertação brusca, gritando meu nome, seus olhos abandonando a dureza autoritária e ficando ternos ao serem tomados pelo êxtase.

Ele me beijou, ainda enterrado profundamente em mim, à medida que íamos retornando à realidade. Diabo diminuiu o passo para uma caminhada a esmo.

O encanto se quebrou vários minutos depois, quando recuei de seu longo beijo.

— Você já fez isso antes?

Seus olhos se fecharam, e eu sabia que não gostaria da resposta.

— Fazer amor a cavalo? — ele perguntou.

Meus olhos se estreitaram, notando imediatamente a escolha cuidadosa de palavras. Ele parecia tentar usar artifícios.

— Se você comeu alguém a cavalo — corrigi.

Ele corou, e minha visão ficou um pouco vermelha, sabendo sua resposta.

— Já comi uma mulher a cavalo antes, mas não foi bem assim. Foi muito mais técnico, quase clínico. Para mim, foi mais para ver se dava para ser feito do que fazer exatamente. Eu mal era adulto na época. — Ele me estudou, seus olhos arregalados lendo o gelo que estava se formando ali. — Por favor, não tente menosprezar o que acabamos de compartilhar.

Ouvi suas palavras como se à distância, minha mente de repente recordando um terrível detalhe que eu tinha lido em um tabloide sobre James e Jules, ambos provenientes de famílias abastadas inglesas que compartilhavam uma longa história de ávidos cavaleiros.

— Foi *ela*? — perguntei num sussurro, estreitando os olhos.

Ele me apertou mais forte contra si, como se estivesse sentindo uma ameaça, e enterrou o rosto no meu pescoço antes de falar.

— A quem você está se referindo?

Fiquei ainda mais rígida.

— Jules — eu disse, minha voz agora glacial.

Senti-o suspirar contra mim.

— Foi. Mas não significou nada. Por favor, não a use para me manter longe.

Tentei me afastar, mas ele tinha me colocado em séria desvantagem, e não queria me soltar.

Em vez disso, incitou Diabo a uma caminhada apressada.

Capítulo 18

Ele começou a se mover dentro de mim novamente, sua ereção crescendo e endurecendo depressa, como se fosse um truque de salão.

Ofeguei, batendo em seus ombros.

— Você não pode usar o sexo para me dominar — disse-lhe. Eu estava magoada e com raiva, mas aquilo estava acontecendo contra a minha vontade e eu estava loucamente excitada.

— Você não pode se afastar de mim cada vez que ficar com raiva ou com ciúmes. Precisamos conversar sobre isso. Não vou te liberar até a gente conversar.

Puxei seu cabelo com força, mas meus quadris já estavam se movendo sem querer com os seus impulsos.

— Você chama isso de falar?

— Eu chamo isso de fazer amor e sim, de falar. — Ele tentou sorrir para mim. Puxei seus cabelos suados. Ele estremeceu de dor, mas não fez nenhum movimento para me impedir.

— Por que você fica chamando assim? Por que chama de fazer amor?

Ele me deu um olhar ardente.

— Você sabe por quê. Você fica tentando menosprezar o que temos, mas precisa entender que isso é tão novo para mim quanto é para você. Eu tenho um passado. Um passado loucamente sórdido. Não posso mudar isso. Eu mudaria se pudesse. Você vai se deparar com um monte das minhas ex-amantes. Esse é um fato infeliz. Vai ser muito menos doloroso para você se puder entender que nenhuma delas significou nada além de uma transa para mim. E sexo não era nada antes de te conhecer. O sexo era uma função corporal para mim antes de te conhecer. É por isso que eu chamo de fazer amor. Isso significa algo para mim.

"Nunca tive uma namorada antes de você, nem sequer considerei a ideia. Tenho certeza de que parece insensível, mas nenhuma mulher nunca foi nada para mim além de uma foda, uma submissa, ou uma amiga; ocasionalmente as três coisas, mas nunca todas elas por muito tempo. Todas conheciam o script. Fui brutalmente honesto com cada uma, sem exceção. *Você* é a única que eu quero, que eu preciso. Então, ficar chateada sobre o meu passado, ou sentir ciúmes das mulheres com quem eu estive, é injustificado."

Ele nunca parou de se mexer enquanto falava, e eu me senti emocionalmente carregada.

— Injustificado? — A palavra explodiu de dentro de mim com raiva e mágoa. — Eu tenho fotos de você saindo com a Jules que dariam por um ano. Como você pode esperar que eu faça pouco disso assim? — Ofeguei quando ele penetrou mais fundo; um movimento deliberado, seus olhos intensos. — Injusto — eu murmurei. — E você não pode falar nada. Eu era virgem quando te conheci, mas você ainda está com ciúme de todo homem com quem eu falo. *Isso* é injustificado.

Ele me levantou e abaixou por vários longos e rápidos movimentos antes de falar. Sabia que ele estava brincando comigo e me manipulando. Era muito difícil manter meu ponto de vista quando eu estava incrivelmente excitada e prestes a ser comida totalmente.

— Quando eu tinha uns dezoito anos, os paparazzi me perseguiam implacavelmente, publicando histórias tolas que me enlouqueciam. Eles se escondiam nos arbustos, quando eu saía da escola. Estava fora de controle.

Eu tentei meu melhor para me concentrar em suas palavras, mas ele não estava ajudando, ainda se movendo dentro de mim incansavelmente.

— Você sabe como eu preciso de controle — rosnou.

Ele estocou mais forte, incitando Diabo a um trote veloz. E de novo, quando começamos a galopar. Este movimento não era familiar para minhas habilidades limitadas de equitação, e eu agarrei os ombros de James, em pânico. Seus impulsos eram mais comedidos nesse ritmo. Eu estava me fazendo em pedaços quase que instantaneamente.

— Goze — ele ordenou asperamente. Aquilo me jogou na beira do precipício. Ele desacelerou de volta para uma caminhada, mas ainda sem parar.

— Você sabe como eu preciso de controle — repetiu. — Mas as coisas que elas faziam estavam completamente fora do meu controle, e eu percebi um dia que a imprensa era como uma mangueira de jardim — ele explicou.

Eu pisquei para ele, atordoada e confusa.

— Uma mangueira de jardim? — perguntei.

Ele me deu um sorriso gentil, apreciando a completa perda do meu autocontrole.

— Uma mangueira de jardim. Se você liga muito pouco, não consegue controlar o fluxo. Ela pinga onde quer. Mas, se ligar na força máxima, você pode controlar o fluxo, mirá-lo para onde quiser. Então, eu comecei a provocar os paparazzi, em vez de me afastar. Encorajei as atenções deles provocando-os, e, publicamente, eu me tornei um livro aberto. Ou melhor, fiz parecer que era assim. Jules era irmã do meu melhor amigo e, ocasionalmente, uma amante muito casual, e éramos amigos já fazia algum tempo. Nós éramos vistos juntos pra lá e pra cá, já que frequentávamos os mesmos círculos. Eu notei rapidamente que ela amava a atenção, encorajando rumores sobre nós descaradamente, até mesmo vazando mentiras para a imprensa sobre nós.

Seus olhos eram solenes e sérios no meu rosto quando ele continuou:

— Agora vejo que foi uma estupidez deixá-la ir tão longe com as coisas, mas, no momento, eu não via problema. Outras mulheres pensavam que ela e eu tínhamos um relacionamento aberto, então ninguém tentava mais nada comigo. Me salvou de mal-entendidos piores, por algum tempo. Entendo que isso parece ruim, mas quero que você acredite que não passava disso. A Jules não é alguém com quem você precise se preocupar.

Ele começou a bombear com vontade depois desse pequeno discurso, e acabou comigo mais uma vez, levando-me ao clímax em um trote. Choraminguei seu nome, agarrando seu cabelo em punhos cerrados. Ele gozou naquele momento, seus olhos ficando tão amorosos, que lágrimas indesejadas transbordaram dos meus.

Então, fez Diabo caminhar. Em seguida, me inclinou para junto de si levemente, seus olhos descendo para o ponto onde nossos corpos se uniam. Ele passou a língua pelos dentes perfeitos, observando a imagem que fazíamos. Meu próprio olhar seguiu o dele. A visão que encontrei fez minha respiração errática prender de novo na garganta.

Eu ainda estava empalada nele, meus fluidos misturados com os seus na base grossa do membro quando ele me puxou um pouquinho para trás.

Sua voz era baixa, carregada de prazer, quando ele falou.

— Você está repleta do meu sêmen agora. Está recheada do meu pau e da minha porra. Eu quero te manter assim para sempre. Eu poderia ter te engravidado agora, se você não estivesse tomando pílula.

Suas palavras me deixaram rígida, a névoa sensual se levantando de mim em um instante. Tentei me afastar dele. Ele teve que me ajudar a sair de seu membro semirrígido.

Ele me puxou perto do seu corpo, seu pau entre nós.

— Passe os braços e as pernas em volta de mim. Eu vou desmontar. Muito mais disso e eu vou deixar você ardida demais pra eu te comer de novo por dias.

Fiz como ele disse.

— Eu pensei que estava fazendo amor — falei, ardilosamente.

Ele me deu um olhar de censura.

— Menina atrevida.

Ele me colocou sobre pés instáveis, inclinando-me contra Diabo, enquanto eu oscilava.

— Recupere o equilíbrio. Preciso pegar a Princesa.

Ele fechou as calças enquanto caminhava. Princesa ainda estava visível, embora a uma boa distância de nós. Parecia que estava nos seguindo, embora lentamente.

Eu não tinha notado, por razões óbvias.

Diabo não protestou quando larguei o peso sobre ele, observando James caminhar a passos largos na direção de Princesa com um propósito em mente, pulando no lombo dela num movimento suave que parecia impossível, dada a altura. Ele cavalgou de volta para nós em um ritmo tranquilo, parando suavemente ao nosso lado e apeando com a graça de uma pantera.

Ele me estudou da cabeça aos pés, seus olhos se demorando apreciativamente no meu sexo descoberto. Ele foi para uma bolsa presa na sela enquanto falava.

— Presumo que, pela sua reação, você não quer filhos tão cedo. — Seu tom era quase indiferente, como se fosse o tópico mais casual do mundo.

Olhei para ele com incredulidade.

— Ou nunca. Sou zoada demais para algum dia ser mãe — falei, em tom definitivo.

Ele não captou a mensagem.

— Por que você pensaria isso? Por causa de sua infância? — Ele se virou para me olhar ao tirar a calça jeans enrolada da bolsa.

— Sim, claro, por causa disso. Minha mente está muito nublada por coisas obscuras. Mães devem ser, não sei, felizes e cheias de amor. Devem ser capazes de dar e receber amor, e não tenho certeza se sou capaz disso. — Corei com o que tinha acabado de revelar. Fiquei envergonhada por como eu era problemática, mas ele precisava saber.

Ele foi até mim enquanto eu falava, afagando minhas bochechas, seus olhos impossivelmente ternos.

— Ah, Bianca, isso não é verdade. Você acha que só as pessoas com uma infância perfeita devem ser pais?

Refleti a respeito e encontrei a resposta facilmente.

— É claro que não.

— Você provavelmente acha que alguém como eu nunca deve ser pai.

Pisquei algumas vezes, mortificada que ele pudesse pensar uma coisa dessas.

— É claro que não. Acho que você vai ser incrível quando tiver filhos. Você é paciente e controlado.

Ele acariciou minhas bochechas, me dando um olhar tão intenso que tive de lutar contra o desejo de desviar o olhar. Era muito como tentar olhar para o sol.

— Assim como você. Mas, se você nunca quiser ter filhos, eu também posso viver com isso.

Meu coração parou, simplesmente parou, e, em seguida, começou a bater como se corresse uma maratona.

— O que você está dizendo?

Ele me beijou, um beijo longo e quente.

— Nada. Você só não está pronta para falar sobre isso. Não quero te assustar de novo.

Respirei fundo, tentando não entrar em pânico com o que eu sabia que ele quase havia dito.

James deixou todo o assunto de lado, jogando meu jeans sobre o ombro e mergulhando a mão de novo na bolsa. Tirou dali um pacote de lenços umedecidos e abriu a calça para se limpar dos nossos fluidos misturados.

Eu o vi se tocar, mordendo meu lábio. Como eu ainda poderia desejá-lo com tanto desespero quando ele tinha acabado de me possuir de novo e de novo? Eu não sabia, mas era a verdade.

Ele descartou o lenço em uma sacolinha e pegou mais alguns para me limpar. Seu olhar era escaldante enquanto ele me limpava, me avaliando de cima a baixo tão sexy.

— Continue me olhando desse jeito se quiser ser comida encostada em um cavalo — advertiu.

Desviei o olhar, movendo-me contra seus dedos exploradores ao me limpar. Ele deu um tapa forte na minha bunda com a outra mão.

— Estou tentando não te foder até você ficar em carne viva. Não complique. — Seu tom era tão severo que eu só fiquei mais excitada.

Fechei os olhos, ainda mordendo meu lábio.

Ele rosnou, arrastando-me até uma árvore, e colocou minhas mãos contra o tronco áspero.

— Não se mova um centímetro. Você precisa de umas boas palmadas. Você tem sorte de ter que voltar montada no cavalo, ou eu te daria palmadas até você ficar roxa, bruxinha.

Arqueei as costas, meu corpo executando o show.

Ele rosnou novamente e começou a me bater, as luvas de couro fazendo arder já no primeiro golpe.

Eu gemia, me mexendo no lugar. Ele parou depois do dez, a respiração áspera.

Ele estava entrando em mim sem aviso um instante mais tarde, segurando meus seios, sua respiração rasa e dura no meu ouvido.

— Só uma cavalgada rápida e suave. Não consigo pensar direito, porra, de tanto que eu te quero. Não se mexa, isto precisa ser rápido e macio.

Soltei uma risada irregular com sua descrição de ser fodida contra uma árvore por seu pau impressionante de forma "suave" e "macia".

Não foi a trepada que eu costumava ansiar. Ele entrava e saía de mim em movimentos limpos e gritou na minha orelha ao gozar, rápido demais para eu sequer acompanhar.

Fiquei chocada com seu clímax. Ele geralmente demorava bastante para gozar. Mas, claro, ele não me deixou insatisfeita por muito tempo. Ele estava me virando, ajoelhando-se na minha frente e arrancando uma luva da mão com os dentes.

Ele enterrou o rosto entre as minhas pernas com um gemido áspero, e eu gritava com ele fazendo de tudo para que eu gozasse, usando língua, dedos e o toque mais suave dos dentes, minhas mãos agarrando seus cabelos sedosos o tempo todo.

Ele nos limpou novamente depois disso, balançando a cabeça tristemente. James teve que tirar minhas perneiras antes de vestir minha calcinha e meu jeans justo. Eram novos, mas serviam perfeitamente. Eu já nem ficava mais surpresa. Em seguida, ele vestiu minhas perneiras de novo rápida e eficientemente, como se tivesse feito isso milhares de vezes. Eu tentei meu melhor para não pensar demais nesse fato.

— Nunca pensei que eu teria vontade de foder alguém até a morte — murmurou.

Eu ri.

Ele me deu um pequeno sorriso ao me levar de volta para Princesa. Me ajudou a montar, e eu me virei rapidamente, querendo vê-lo montar com tanta perfeição novamente. Ele o fez sem esforço, assumindo a dianteira de volta para o rancho.

— Você precisa voltar para Las Vegas hoje ou amanhã? — perguntou James, olhando para mim.

Eu fiz uma careta, pensando nisso.

— Hoje à noite. Eu odiaria protelar e encontrar mau tempo.

Ele suspirou com resignação.

— Tudo bem. Vamos almoçar e sair.

Capítulo 19

Estávamos voltando para Las Vegas em pouquíssimo tempo para o meu gosto. Muita coisa tinha acontecido em nosso curto momento de descanso.

James tinha enfraquecido a minha determinação de preservar certa distância, da forma como ele tinha preservado a sua, com sua persistência e força de vontade. Ele não era um homem a ser dissuadido. E, por alguma razão, parecia resoluto em seu desejo de ficar comigo. E em me querer por algo mais permanente do que poderia ter pensado que algum dia ele consideraria. Morarmos juntos não me estarrecia, como o casamento, mas eu não podia dizer que estava sequer chegando perto disso.

Ambos estávamos silenciosos durante o percurso de carro e depois no voo. Não me importei. Eu tinha muito para pensar, e James parecia perdido em seus próprios pensamentos, nem sequer pegando o laptop para pôr algum trabalho em dia durante o voo.

— Nós ficaremos na sua casa esta noite — falou James, quando tocamos o solo de Las Vegas. Foi a primeira coisa que ele disse em uma hora. Eu o estudei. Ele parecia um pouco distante, um pouco triste.

— Estou com uma reforma em casa — explicou. — Vou poder levar você para conhecer toda a propriedade finalmente na semana que vem.

Apenas concordei, embora ele não estivesse fazendo uma pergunta.

Fomos para a cama mais cedo naquela noite. James podia ver que eu estava exausta da cavalgada e da viagem, e sim, também da foda fenomenal.

Ele fez seu exame excêntrico no meu corpo. Tinha se tornado um hábito seu. Eu me sentia bem o suficiente, em geral, cansada, e um pouco dolorida, mas ele insistia em verificar cada centímetro meu. Beijou suavemente os leves hematomas que ainda havia nas minhas costelas e costas, os vergões nos meus pulsos e tornozelos e até me virou para verificar minha bunda, vendo se estava machucada de andar a cavalo. Ele estudou meu sexo por último, suas pálpebras pesadas conforme ele me tocava tão delicadamente, seus dedos leves entre minhas pregas.

— Você tem que ser o aspirante a médico mais pervertido do planeta — eu lhe disse com um meio-sorriso.

Os cantos de sua boca se curvaram. Ele tomou isso como um desafio. O comentário parecia inspirá-lo a ser mais excêntrico.

James havia trazido um copo de água gelada para o quarto, que fora colocado na mesa de cabeceira. Ele deu um longo gole. Uma de suas mãos ainda estava na parte interna da minha coxa, segurando minhas pernas bem abertas e mantendo meu corpo bem fixo na beirada do colchão.

Ele se curvou e enterrou o rosto entre as minhas pernas. Perdi o fôlego quando ele empurrou um cubo de gelo dentro de mim com sua língua habilidosa. Ele me lambeu como um gato por um momento antes de se levantar novamente. Então, tomou outro gole longo e repetiu o processo. Minhas mãos agarraram seu cabelo sedoso, implorando silenciosamente pela libertação do orgasmo, mas ele demorou o tempo que quis. Ele acariciava, lambia, sentava só para me olhar, e repetia o processo. Introduziu um dedo em mim, mas eu queria mais.

— Por favor, James, eu quero você dentro de mim.

Ele mordeu o lábio inferior daquela boquinha linda, mas não respondeu; apenas continuou o processo.

Eu estava tremendo. Os arrepios me sacudiam de dentro para fora tanto de desejo como da sensação deliciosa do gelo dentro de mim. Ele tinha enfiado cinco cubos até o fundo.

Então pegou outro gelo e começou a passá-lo na minha barriga, circulando o umbigo em movimentos quase preguiçosos. Em seguida, passou o gelo pelas minhas costelas, depois pelo meu esterno. Meus mamilos já pareciam pedrinhas antes que ele começasse a lhes dedicar atenção especial. Eu tremia, estremecia, até que ele finalmente contornou um mamilo trêmulo.

O gelo não era a única coisa fria que ele tinha trazido para o quarto com a gente, percebi depois de intermináveis minutos de sua provocação. Seu comportamento era muito frio naquela noite. Seus olhos eram gélidos conforme ele ia me estimulando devagar, tortuosamente.

— Estou sendo punida? — perguntei, finalmente, quando ele recuou e me permitiu gozar, retirando os dedos ocupados de mim quando eu estava muito perto do clímax.

Ele sorriu, e até mesmo o sorriso era frio.

— Não exatamente. É apenas uma lição, Bianca. Estou fazendo isso para você por uma simples razão. Porque eu posso. Isto é o que significa ser a minha submissa.

Eu me retorci com essas palavras, suas ações calculadas trazendo um medo trêmulo em mim que, perversamente, me fez querer James ainda mais.

— Você vai me foder esta noite? Ou isso é uma provocação? Porque você pode?

Em resposta, ele enterrou o rosto entre as minhas pernas novamente, sua língua circulando meu clitóris, seus dedos voltando a trabalhar dentro de mim. Senti os cubos de gelo encostarem um no outro e gemi, à beira do orgasmo. Ele se endireitou, me deixando na expectativa, mas sem nada.

Em pé, ele tirou a cueca boxer em um movimento suave. Ele estava ereto. A essa altura, eu estaria mais chocada se ele não estivesse. Ele bombeou o membro com a mão, olhando para mim com uma expressão pétrea. Mordi o lábio, vendo-o se tocar, bombeando uma, duas vezes. Eu estava choramingando na terceira vez, puxando minhas pernas para o peito, querendo me tocar, qualquer coisa para aliviar o desejo ardente que o gelo dentro de mim só antagonizava. Abaixei minhas pernas, erguendo os quadris no ar em uma súplica silenciosa.

Ele parou abruptamente.

— Não — ele finalmente respondeu. — Estou me castigando esta noite, então não vou foder você. Só você vai gozar esta noite.

Ele se abaixou e começou a tortura de novo. Ele disse que eu poderia gozar, mas não disse quando, e me deixou esperando por longos minutos que pareceram horas.

O primeiro gelo tinha derretido, e novos cubos o substituíram, até que ele finalmente me chupasse até eu gozar tão forte que chorei seu nome no final, com lágrimas escorrendo pelo meu rosto.

Ele tentou me abraçar depois, e eu me virei, tentando sair do seu alcance. Mas minha cama não era tão grande, e ele estava determinado. James me deu uma palmada na bunda pelo esforço.

— Não fuja de mim — disse com uma voz dura, puxando minhas costas contra ele.

Eu tentei dormir, mas ele começou a me tocar de novo, apertando meus seios até eu estar arqueando as costas, roçando a bunda contra seu comprimento rígido.

— Você pode me levar lá — falei, esfregando meu traseiro nele novamente. Eu odiava que ele estivesse se negando algo, seja qual fosse o motivo.

Ele ronronou contra mim.

— Não vou encontrar o meu clímax; não esta noite. Eu forço demais a barra com você, mesmo que esteja ferida e não acostumada a isso. Preciso de uma noite de tortura para refletir sobre os meus pecados. Continue me provocando. Eu mereço.

Parei de esfregar minha bunda nele, não disposta a ajudá-lo nisso. Ele mordeu meu pescoço, sua mão serpenteando para baixo e indo acariciar meu sexo.

— Você não quer que eu sofra, amor? Você não concorda com a punição que escolhi para mim?

— Não — respondi com um suspiro.

Ele mergulhou seus grandes dedos em mim, iniciando um ritmo delicioso.

— Quero te trazer prazer, não castigo — eu disse a ele.

Ele grunhiu.

— Bem, não depende de você, não é? — falou, seus dedos indo mais rápido, me levando a um orgasmo depressa desta vez, um contraste evidente com o que ele tinha feito comigo da primeira vez.

Ele manteve os dedos dentro de mim, uma mão segurando meu peito, e sua ereção dura ainda pressionada firmemente na minha bunda.

— Vá dormir, amor — ele sussurrou com aspereza no meu ouvido.

Eu estava tão exausta que realmente peguei no sono.

James me acordou de manhã de forma muito parecida com a qual havia me posto na cama: sua mão me estimulando, a outra apalpando meu seio. Ele estava sugando aquele ponto perfeito no meu pescoço, e o pênis rígido roçava contra minha bunda no ritmo dos dedos.

— Está acordada? — perguntou no meu ouvido.

— Estou. Por favor, eu preciso de você dentro de mim. Por favor, não se prive de novo. — Arqueei as costas conforme eu falava.

Ele se mexeu nas minhas costas, mas permaneceu do seu lado. James me puxou até minha entrada molhada estar apontada para seu membro rígido, levantando minhas pernas sobre seus quadris. Minha cabeça estava quase pendurada do lado da cama.

Um de seus braços era usado de apoio, mas a outra mão estava livre para percorrer o meu corpo. Ele se demorou nos meus seios, beliscando meus mamilos.

— Vou mandar fazer argolas especiais para eles — disse e mergulhou em mim.

Não tive chance de perguntar o que ele quis dizer. Estava ocupada demais ofegando, enquanto ele começava com um ritmo estremecedor, ainda puxando meus seios.

— Quero que eles combinem com a sua coleira e os brincos. Quero você coberta de diamantes. Vou decorar todas as suas correntes com eles. Antes de eu terminar com você, todas as partes do seu corpo vão estar carimbadas com a minha posse.

Minhas mãos agarraram os lençóis; era tudo o que eu conseguia alcançar nesta posição. Usei as pernas para me mover, acompanhando as estocadas, e ele gemeu em aprovação.

Ele nos fez gozar com alguns movimentos ágeis, impaciente depois da noite de tortura.

— Você conseguiu dormir ontem à noite? — perguntei, ofegante.

— Um pouco. Se bem que, toda vez que eu pegava no sono, acordava tentando violar você durante o sono. Preciso repensar essa punição, eu acho.

Virei até conseguir beijá-lo. Foi um beijo longo e doce. Ele foi surpreendentemente passivo, como se estivesse curioso para ver o que eu faria.

Eu me afastei, tocando sua face. Sabia que minha ternura transparecia nos meus olhos.

— Durma um pouco mais. Por favor. Pelo menos descanse enquanto eu vou tentar arranjar um café da manhã.

Ele devia estar exausto, pois concordou e fechou os olhos, e não os abriu quando levou minha mão aos lábios e deu um beijo leve.

Levantei, coloquei um lençol por cima dele e, impulsivamente, beijei sua testa antes de vestir minha camisola minúscula e quase transparente. Peguei uma calcinha da minha gaveta cheia de coisas de renda, mesmo sabendo que a trocaria de novo em breve, já que eu precisava tomar banho depois do café da manhã.

Fui para a cozinha na ponta dos pés, recolhendo tudo o que eu podia encontrar que combinasse com ovos. Xinguei quando ouvi um som alto do caminhão do lixo descendo minha ruazinha. Eu já tinha esquecido de colocar o lixo para fora uma semana antes. Realmente precisava colocar para fora antes que o caminhão passasse pela minha casa.

Normalmente, eu não sairia vestida na minha camisola mínima, mas não tinha tempo para trocar de roupa.

Além do mais, vou ser rápida, eu disse a mim mesma. Só precisava arrastar minha lata de lixo cheia da garagem até a calçada, depois correr para dentro. E aqui era Las Vegas. Roupa transparente não era nada inovador, mesmo em público.

Fui para a garagem e apertei o botão para abrir a porta. Eu já estava arrastando a lata por baixo do vão quando a porta só tinha aberto metade. Fiquei aliviada ao ver que o caminhão de lixo estava a algumas casas de distância; eu tinha conseguido a tempo.

Não notei o homem estranho me fotografando descaradamente quando eu estava na beira da calçada, arrumando a lata de lixo.

Eu o vi e gelei quando ele disparou a câmera várias vezes, mirando em mim.

Não consegui entrar em ação até ele olhar por cima da grande câmera com uma cara de sem-vergonha.

— Obrigado, Sra. Karlsson. Está gata essa manhã.

Ele era um homem barrigudo, de quarenta e tantos anos, supus. Só o olhar já fez meu estômago revirar. Eu estava virando para correr para dentro de casa, quando o mundo desabou.

Um homem grande de terno agarrou o fotógrafo oleoso, segurando-o bruscamente, ao mesmo tempo em que a porta que ligava a garagem à cozinha se escancarou e um James de cueca desesperado saiu correndo. Eu ouvi os flashes atrás de mim; o fotógrafo, de alguma forma, tinha conseguido algumas fotos de James, mesmo sendo segurado por um homem muito maior do que ele. Era quase impressionante.

Vi o rosto de James avaliando a confusão e transformando-se de desesperado para lívido em uma fração de segundo. Parecia que ele queria assassinar o homem quando veio caminhando em minha direção, fulminando o paparazzo com o olhar o tempo todo. Ele entrou na minha frente e me bloqueou da visão.

— Entra — disse com os dentes cerrados.

Eu já tinha visto essa cara. Podia imaginar, pelo seu olhar, que ele planejava usar violência contra o homem.

— Entre comigo, por favor — implorei a ele, minha voz muito baixa.

— Vá, Bianca. Agora.

Abracei suas costas, não querendo que ele se metesse em problemas por causa de algum fotógrafo de merda.

— Parece que você vai atacá-lo, James. Eu não quero que você vá para a cadeia. — No instante em que falei, ouvi mais alguns cliques daquela maldita câmera. O homem era destemido.

— Prefiro ir pra cadeia a deixar esse cara sair com essas fotos suas. Agora entre.

— Seu homem ali pode lidar com isso — eu disse, minha bochecha nas costas dele. — E quem vai me proteger se você estiver na cadeia? Valeria a pena, se algo me acontecesse enquanto você estivesse lá? — Me senti horrível dizendo isso e eu sabia que não era nem mesmo um argumento razoável, mas estava desesperada para fazê-lo sair dali, e achei que assim pelo menos conseguiria chamar sua atenção. Algumas fotos escandalosas minhas não eram a minha maior preocupação.

Ele estremeceu, e eu senti uma ponta de alívio. Ele se virou para mim, ainda usando seu corpo para me bloquear da vista, e me guiou até a garagem.

— Tire essas malditas fotos da câmera dele, Stimpson, ou isso vai te custar a porra do emprego! — James vociferou sobre o ombro, sem diminuir o passo.

— O que diabos você estava pensando? — James explodiu no segundo em que fechou a porta entre a garagem e a minha cozinha. — Você gosta de dar ao mundo uma porra de show?

Endureci com suas palavras, quase um grito cheio de fúria. Não respondi. Empinei o queixo e caminhei, dura, pela minha casa e entrei no banheiro.

Se ele ia descarregar sua raiva em mim de uma forma que eu não pudesse lidar, acho que era melhor eu me dar conta desse fato o mais rápido possível. Tentei ficar calma, mas todo o meu corpo tremia enquanto eu esperava para ver o que ele iria fazer em seguida.

Joguei no chão meus trajes sumários antes de entrar no chuveiro, ligando a água. A enxurrada fria me atingiu por vários segundos antes de começar a esquentar.

Fiquei debaixo da água, sem me mover, por vários minutos. Levou um longo tempo até James se juntar a mim. Eu o senti mais do que vi, já que meus olhos estavam fechados.

Ele me abraçou com muito cuidado pelas costas. Meu primeiro instinto foi me afastar, mas deixei que ele me abraçasse. Eu podia senti-lo tremendo, e a ideia de magoá-lo, quando ele era tão vulnerável quanto eu, era abominável para mim.

— Eu sinto muito, amor. Claro que você estava tirando o lixo, como uma pessoa normal. Eu não deveria ter descontado a minha raiva em você. Me desculpa ter levantado a voz. Eu nunca colocaria minhas mãos em você com raiva. Independentemente dos demônios que eu possa carregar comigo, *aquele* não sou eu. Mas vi aquele olhar de medo no seu rosto quando levantei a voz. Eu me odeio por ter sido o responsável.

Eu não disse nada, mas também não o empurrei.

Ele me lavou, seu toque gentil.

— Você vem para o hotel comigo hoje? Você pode ter um dia de spa, enquanto eu resolvo algumas coisas. — Enquanto falava, ele ensaboava meu cabelo.

Eu suspirei, me sentindo fraca por causa do drama da manhã.

Por que não um dia de spa?, perguntei-me, considerando seriamente a ideia. Eu nunca tinha a oportunidade de fazer coisas assim. Eu só iria trabalhar à noite, e James gastaria uma quantidade absurda de dinheiro comigo, com dia de spa ou não. Realmente não significava nada a essa altura.

— Você pode convidar quem quiser. Eles vão te dar um tratamento de realeza, bem como a qualquer um dos seus amigos. Apenas convide o Stephan e diga para ele espalhar a notícia. Você pode ter uma reunião de comissários no spa, se quiser. O meu resort tem um dos melhores da cidade.

Eu cedi à suplica na sua voz. Ele era como uma criança, tentando fazer de tudo para reparar o acontecido.

— Ok — finalmente respondi. Eu parecia uma menina mimada aos meus próprios ouvidos. — Obrigada, James. É muito atencioso. *Você* é muito atencioso.

Lábios molhados beijaram minha bochecha de forma quase descuidada. Não era nada típico dele dar aquela risadinha.

— Sou *eu* que agradeço. Nada me faz mais feliz do que cuidar de você, da forma que eu puder. — Sua voz era um sussurro áspero na minha pele.

Virei e o abracei, sua vulnerabilidade quase palpável para mim naquele momento.

— Você me faz tão feliz, Bianca. Eu fiquei muito zangado comigo, por ter fracassado em te proteger... mais uma vez.

— Oh, James. O que eu vou fazer com você? Algumas fotos estúpidas não vão me machucar.

— Quando ouvi a porta da garagem se abrir, meu coração parou. Só o pensamento de você estar lá fora sozinha quando seu pai ainda está à solta já me deixa em pânico.

— Eu obviamente não estava sozinha, com aquele guarda-costas lá fora. Me parece que você tinha pensado em tudo.

Ele ficou rígido com isso.

— Por que você levou tanto tempo para reagir? Isso é o que eu quero saber.

Beijei o centro do seu peito, bem na curva entre os peitorais musculosos. Eu adorava aquele ponto.

Enchi minha palma de xampu e estiquei bem os braços para ensaboar seu cabelo cor de mel. Sorri para ele quando o movimento arrastou meu peito contra o dele. Ele se abaixou um pouco para facilitar para mim e encostou a testa no meu ombro. Eu o lavei enquanto ele me lavava. Foi a primeira vez que ele tinha me permitido cuidar dele com o mesmo carinho que ele normalmente usava comigo.

— Você se importa que eu te toque assim? É por isso que você costuma não me deixar fazer isso com você?

Ele balançou a cabeça de olhos fechados. Sua voz era áspera no meu ouvido.

— Você não. Eu amo qualquer toque seu. É carinhoso, e eu quero isso. Quero muito que você sinta esse carinho por mim.

Meu coração doeu um pouco com suas palavras. Queria tranquilizá-lo, mas as palavras formavam um nó na minha garganta.

Ele me abraçou apertado, sem me pressionar para que eu desse alguma resposta. Se ele queria uma mulher que conseguisse expressar sentimentos facilmente, acho que não teria me escolhido.

— Venha morar comigo. — Suas palavras eram baixas, mas sinceras.

Suspirei. Ele era uma força inegável. Alguns breves dias e já era quase impossível lhe dizer não.

— Que tal isso? Vamos passar mais tempo juntos. Se estivermos na mesma cidade, vamos dormir um na casa do outro, do jeito que fizemos nos últimos dias.

Ele praticamente tirou todo o meu fôlego.

— Obrigado — ele sussurrou e começou a me beijar. Suas mãos estavam em todos os lugares, sua boca era quente e ele me apoiava de costas na parede do boxe. Quando sentiu meu centro quente e o encontrou molhado, ele me ergueu contra ele e me empalou brutalmente.

— Me diga se estiver doendo — ofegou.

Ele me inclinou na parede de azulejos e começou a bombear.

Eu estava dolorida, deliciosamente dolorida, mas não teria dito isso para ele por nada, porque aí ele poderia ter impedido o orgasmo celestial que estava crescendo dentro de mim. Eu observava seu rosto lindo quando ele me ensinava, quando se movia, minhas mãos agarradas aos seus ombros. Seu rosto estava molhado, sua pele dourada era perfeita. Achei que ele parecia um anjo, com seu cabelo molhado escorrendo pelo rosto.

— Você é tão lindo — falei baixinho, mas ele me ouviu apesar da água caindo.

Ele claramente apreciava minha admiração, seu corpo estremecendo em preparação para o clímax. Eu o senti estremecer até meus dedos dos pés, e isso me deixou pronta.

Aconcheguei sua face quando gozamos juntos. Foi tão íntimo que deveria ter me deixado fria ou desconfortável, ou até mesmo com repulsa, mas não fez nada disso. Mais e mais, eu estava implorando por essa intimidade, não fugindo dela.

Capítulo 20

Depois de ter tomado banho e me vestido, procurei meu celular, com a intenção de mandar uma mensagem para Stephan sobre o dia no spa.

James levantou a mão.

— Me deixe falar com ele.

Enruguei o nariz, que ele bateu de leve com o dedo.

— Por que você precisa falar com ele? — perguntei com suspeitas.

— Por que não? — rebateu.

Desisti, vendo, por sua expressão inocente, que eu teria mais sorte perguntando a Stephan o que James estava mandando para ele em mensagens de texto.

— Vou preparar ovos para o café da manhã, a menos que você se oponha — eu disse a ele, colocando um velho vestido de verão. Achei que poderia me vestir de verdade depois de comermos. Nem me preocupei com roupa de baixo.

Ele me deu um beijo ardente. Seu gosto era uma delícia. Sempre era. Suguei sua boca quente e ele gemeu e se afastou. Depois, sorriu e deu um tapa na minha bunda.

Fiz uma retirada veloz. Nesse ritmo, a gente ia transar até morrer de fome.

Eu estava caminhando para a cozinha, o celular ainda na minha mão, quando ele começou a tocar. Olhei no visor. Reconheci o número, pois eu tinha perdido várias chamadas do mesmo código 702 no último mês.

Impulsivamente, atendi. Eu não gostava de mistérios, e queria saber quem estava me ligando com tanta persistência.

— Alô — falei ao telefone.

Não houve resposta do outro lado, só silêncio com o menor indício de música suave no fundo. Três segundos depois, desligaram.

Eu estava com a testa franzida quando coloquei o celular no balcão e comecei a preparar o café da manhã. As ligações eram estranhas, mas não chegavam a ser nada que me deixasse preocupada. Decidi não ficar pensando nisso.

Preparei uma boa porção de ovos e o que mais encontrei na despensa que combinasse: pimentão, cebola, presunto, peru defumado e um pouco de cheddar forte por cima. Era o melhor café da manhã que eu me achava capaz de preparar, então fiquei bem contente com o esforço.

James comeu uma quantidade absurda. Seu prato devia ter o equivalente a uns cinco ovos, mas ele comeu tudo bem depressa, como se nunca tivesse provado uma iguaria tão deliciosa na vida, quando, na realidade, foram só algumas coisas que eu consegui juntar aleatoriamente, já que eu ficava fora muito tempo. Ainda assim, apreciei o seu entusiasmo.

Eu não deveria ter ficado surpresa ao encontrar novas adições ao meu armário, tanto para mim como para James. Estava abarrotado, quando antes costumava ser bem esparso. Disparei um olhar perverso para ele quando notei a mudança. Ele nem pareceu notar, olhando entre minhas roupas novas. Então James tirou de um cabide um shortinho cargo minúsculo branco e me entregou. Era mais curto do que tudo que eu tinha. Ele escolheu uma regatinha dourada com um padrão geométrico em preto e branco. Depois me entregou as peças sem dizer uma palavra.

Levantei as sobrancelhas diante de suas escolhas arbitrárias, mas vesti sem protesto. Eu poderia pelo menos ver se serviam e como ficavam em mim.

O short era muito curto, mas o tecido era mais elástico do que parecia e estranhamente confortável. Que eu me lembrasse, nunca tinha comprado um short branco na vida. Olhei o contorno da calcinha cuidadosamente, um pouco preocupada que o fio-dental rosa pudesse marcar, mas o tecido parecia grosso o suficiente. A blusa era confortável e ficava soltinha ao redor dos meus quadris. Decidi que eu gostava das escolhas de James quando observei o look no espelho. Valorizava o corpo, mas era de bom gosto. Bem, tão de bom gosto quanto um short curto poderia ser.

Eu tinha quase finalizado meu cabelo simples e maquiagem mínima quando James apareceu de dentro do closet vestido e fabuloso, como sempre. Seu traje era diferente de qualquer coisa que eu já o tinha visto usar antes. Era uma bermuda de linho que se agarrava aos quadris deliciosamente. Meus olhos se demoraram nele mais do que em qualquer coisa. Ele vestia uma camisa em tom vivo de azul, com as mangas dobradas nos braços e o colarinho aberto. A cor destacava seus olhos e seu bronzeado à perfeição.

Fiquei surpresa que ele estivesse com roupas casuais. Eu não imaginava que ninguém no resort dele o tivesse visto em qualquer traje que não fosse um terno completo. Ele parecia prestes a passar as férias nos Hamptons, não a trabalhar algumas horas.

— Ficou bonito — falei quando ele se aproximou da minha penteadeira e ficou atrás de mim. — Mas estou surpresa por ver você em qualquer coisa que não seja um terno.

Ele apenas encolheu os ombros, estudando-me com aquele seu olhar intenso. Ele passou por mim, mexendo na caixinha prateada de joias que tinha nos seguido de Wyoming. Eu havia tirado a gargantilha antes de tomar banho, e ele a colocou de volta ao redor do meu pescoço sem dizer uma palavra. Fiquei passando os dedos quando ele mexeu de novo na caixinha e tirou um par de enormes brincos de diamantes em lapidação princesa que eu nunca tinha visto antes. Ele os colocou em mim sem dizer uma palavra, pressionando-se nas minhas costas de um jeito íntimo.

— É demais, James — eu disse, mas não os tirei. Ele parecia sentir uma necessidade de fazer isso, de me encher de presentes. Eu deveria ter me oposto mais, eu sabia, mas seu olhar caloroso me impediu. Ele gostava de fazer isso, e foi o que extinguiu qualquer impulso meu de impedi-lo quando percebi *o quanto* ele gostava.

James pegou a grande caixa de joias novamente e tirou uma caixa preta de tamanho considerável. Franzi os lábios, sabendo que ele tinha feito outra coisa absurda.

Ele abriu a caixa e me mostrou dois braceletes iguais de diamantes. Eram grossos e reluziam com mais diamantes minúsculos do que eu era capaz de contar. Não me passou despercebido que eles pareciam iguaizinhos a algemas incrustadas de joias.

Ele observou meus pulsos e passou um dedo leve sobre as abrasões ainda visíveis ali.

— Estes aqui vão precisar esperar mais alguns dias, eu acho. — Ele fechou a caixa e a devolveu ao lugar.

Então, pressionou a palma aberta na minha barriga, me puxando com mais força para junto dele. Sua outra mão serpenteou pela parte interna das minhas coxas e apertou por dentro do short e da calcinha minúsculos. Era chocante como ele conseguia me acessar facilmente ali.

Respirei fundo bruscamente assim que ele introduziu um dedo em mim. Eu procurei seu olhar aquecido no espelho.

Ele olhava para a própria mão como se estivesse hipnotizado.

— Minha *personal shopper* vai comprar mais shorts desse para você. Não apenas suas pernas ficam fenomenais, mas eu também posso fazer *isso* sempre que eu quiser. Adoro esse tipo de liberdade.

Infelizmente, ele retirou o dedo rapidamente, beijou minha nuca e suspirou pesadamente antes de ir embora. James voltou para o meu closet e trouxe dois pares de sapatos que eu não tinha posto ali. Ele calçou um par de sapatos sociais brancos que destacavam sua pele dourada à perfeição, e me entregou um par de sapatos azuis com salto plataforma. Vi imediatamente que combinavam com a sua camisa.

Involuntariamente, eu sorri.

— Parece que hoje em dia você conhece o conteúdo do meu armário melhor do que eu, Sr. Cavendish. — Meu tom era ranzinza quando me abaixei para calçar o sapato. Era confortável para ser um salto de nove centímetros, eu tinha que admitir.

Ele não respondeu, apenas sorriu, esperando por mim.

— Como você conseguiu colocar tanta coisa na minha casa sem que eu notasse? — perguntei.

Ele franziu os lábios, pegando meu braço e me tirando do banheiro, seguindo em linha reta para a porta da frente.

— Stephan deixou a *personal shopper* entrar. Quando eu vou ganhar minhas próprias chaves?

Fiquei rígida. Não deixei de notar que ele, de alguma forma, havia mudado o rumo da conversa.

— Por que você precisaria das chaves?

Ele suspirou e me lançou um olhar semicerrado enquanto saíamos pela porta da frente. Eu nem mesmo questionei que iríamos pegar o carro dele. Não conseguia imaginá-lo dentro do meu carrinho.

Um novo fotógrafo assustador tinha montado acampamento na minha calçada. No entanto, ele não estava tirando fotos quando saímos, muito ocupado discutindo com um Clark intimidante. Clark se moveu na frente do homem e nos bloqueou de sua visão assim que fomos avistados. Eu não podia imaginar que o sujeito conseguiria tirar nenhuma foto nítida de nós quando James me empurrou rapidamente para dentro do carro. Clark não saiu da cara do homem até estarmos abrigados em segurança.

— Muito bom, Clark — James elogiou quando Clark deslizou para seu assento.

Clark assentiu e começou a dirigir.

— Eu demiti o Stimpson, senhor. Sinto muitíssimo pelo que aconteceu esta manhã. Pensei que ele fosse mais confiável, ou nunca teria conseguido o emprego.

— Obrigado — James disse, segurando firmemente a minha mão. — Ele pelo menos teve sucesso em recuperar todas as fotos que foram tiradas?

A voz de Clark era discretamente furiosa quando respondeu.

— Ele afirma que sim, mas é impossível dizer. Só tenho a versão dele dos acontecimentos.

A mão de James apertou a minha quase dolorosamente.

— Eu mesmo deveria ter cuidado disso — James falou em tom sombrio.

Ele fechou a divisória de privacidade depois disso e ficou perdido em seus pensamentos na maior parte da viagem. Não foi até chegarmos perto do hotel que ele falou. O impressionante resort era visível de longe, e observei-o enquanto nos aproximamos cada vez mais.

— Você já esteve na propriedade antes? — ele perguntou.

— Não.

Eu me lembrava de todo o burburinho de quando ele inaugurou alguns anos atrás. Era um dos cassinos mais elegantes da região, com restaurantes cinco estrelas e um point de casa noturna que era bem famoso. Eu também tinha ouvido muita gente mencionar o grande shopping center ligado a ele. Mas eu raramente ia para aquela região e, quando ia, normalmente era para encontrar amigos, mas nunca nos cassinos e hotéis mais caros.

Ele beijou minha mão.

— Vou ter que te mostrar o caminho para o spa. Stephan disse que te encontraria lá. Parece que ele escolheu um bom número de amigos para vir, considerando que foi tão em cima da hora.

Eu sorri, pensando na reação de Stephan para um dia de spa. Não era naaaada a cara dele.

— Ele reclamou do spa?

James sorriu.

— Reclamou. Mas eu falei que você estava com saudades dele, e foi o suficiente. Ele nunca teve um dia de spa antes?

Balancei a cabeça, rindo.

— Nenhum de nós teve. Esse tipo de coisa é um absurdo de caro.

Chegamos à enorme entrada onde se lia Cavendish Hotel & Casino, enquanto ele falava.

— Bem, hoje você vai receber o tratamento de realeza, posso assegurar. E pode ir todos os dias da semana, se quiser. Vou informar aos funcionários que você tem carta branca.

Não me incomodei em protestar. Sabia que não ia fazer muito uso dessa extravagância. Eu já me sentia mimada o suficiente só indo hoje.

Ele me levou primeiro pela parte do shopping, pois foi por onde tínhamos entrado. James enlaçou um braço possessivo pela minha cintura, sua mão segurando meu quadril calorosamente. Passei a mão sobre a sua e ele foi me conduzindo por um tour curto, porém completo, pelas lojas. Ele me apresentou a vários gerentes em todo o shopping, mas eu sabia que não me lembraria de quase nenhum dos nomes.

Apenas a dona do famoso estúdio de tatuagem do cassino se destacava. Seu cabelo escuro tinha mechas azuis e sua boca, os lábios cheios e vermelhos. Cada centímetro de pele exposta era coberto de tatuagens. E ela expunha bastante pele. Vestia uma camiseta curta e um short jeans cortado que era tão curto que fazia o meu parecer excessivamente recatado.

Ela sorriu para mim calorosamente, mas fiquei rígida imediatamente ao vê-la. Eu já tinha visto essa mulher em várias fotos com James na internet. Os rumores eram de que eles tinham tido um caso *caliente*. Um reality show tinha sido filmado na loja dela, eu me lembrei de repente. Seu nome era Frankie, e tentei não ser abertamente grosseira com ela, mas foi difícil.

James abraçou a mulher, mostrando abertamente sua afeição em relação a ela, o que fez a minha visão ficar um pouco vermelha e borrada. Ele me apresentou simplesmente pelo nome, sem me dar um título ou explicar o nosso relacionamento. Seguimos em frente depressa.

Fiquei tensa e dura depois desse encontro. Eu sabia que era irracional ficar ciumenta e temperamental depois daquilo, mas ainda não conseguia me livrar da sensação. James me levou por todo o shopping e pelos restaurantes, então pelo caro cassino e, por último, pelo hotel, até entrarmos no spa.

Fiquei feliz em ver meu grupo de amigos, quando James me levou a uma elegante sala de espera antes do salão e do spa.

Era um grupo *impressionante* reunido em tão pouco tempo. Mas, por outro lado, *quem iria recusar um dia grátis de spa?*

Stephan estava aguardando na sala luxuosa, flanqueado por um grupo risonho formado, em sua maioria, por mulheres. A única exceção estava sentada bem próxima dele. Javier parecia mais feliz do que nunca rindo de algo dito por Stephan.

Marnie, Judith, Brenda e Jessa estavam logo ao lado do casal fofo, tagarelando animadamente.

Marnie e Judith se levantaram com um salto, dando gritinhos animados quando avistaram James e eu. Elas me abraçaram, agradecendo a James ao mesmo tempo, e conversavam entre si e davam risadinhas o tempo todo.

Olhei para James. Ele sorriu complacentemente, acenando para Stephan, que retribuiu com um gesto da cabeça, como se respondendo a uma pergunta silenciosa. Os dois homens da minha vida pareciam estar desenvolvendo sua própria forma de comunicação. Perversamente, achei esse fato reconfortante e desconcertante.

James dirigiu-se ao grupo.

— Por favor, divirtam-se. Não hesitem em aproveitar qualquer serviço do spa e do salão que vocês quiserem. É por minha conta, claro.

Ele apenas sorriu e acenou com a cabeça quando todos os seis lhe agradeceram quase ao mesmo tempo.

Ele se virou para mim e se curvou para me dar um beijo suave no rosto.

— Vou sentir sua falta, amor. Não tenha pressa. Vou ficar ocupado por algum tempo. Se precisar falar comigo, ligue no meu celular — ele sussurrou as palavras no meu ouvido baixinho e então partiu.

Capítulo 21

Ninguém sequer se preocupou em esperar que James saísse de perto para começar a falar sobre ele.

Todos pareciam estar de acordo: James era um sonho, doce e fabuloso em todos os sentidos imagináveis. Recebi todos os comentários sonhadores e os conselhos bem-humorados com um sorriso irônico.

Stephan se levantou e beijou minha bochecha, sorrindo.

— Você está brilhando de felicidade. As coisas estão indo bem? — perguntou, sua voz bem baixa, mas eu ainda conseguia ouvi-lo apesar de todas as mulheres que falavam alto e que ainda estavam exaltando os encantos óbvios de James.

Apenas concordei.

— Você está feliz por ter finalmente concordado em vê-lo? — ele perguntou, seu tom quase reprovador.

Lancei-lhe um olhar.

Uma hostess do spa veio falar comigo, parecendo atormentada.

— Sinto muito, Srta. Karlsson. Estamos prontos para a senhora agora. Peço desculpas pela demora. Por qual serviço seus convidados desejam começar?

Só fiquei piscando para ela por um longo momento. Eu nem sabia quais serviços havia, e nem fazia cinco minutos que eu estava esperando.

Olhei para o meu grupo em busca de ajuda.

— O que faremos primeiro? — perguntei, achando que alguém devia ter uma preferência.

Judith não hesitou.

— O pacote de luxo do jeito como está listado seria perfeito. Massagem em primeiro lugar, eu acho.

A hostess assentiu, parecendo aliviada.

— Sim, por aqui. — Ela nos conduziu para outra área de espera. Era ainda mais elegante do que a primeira, com paredes de pedra e vidro opaco por toda parte. Havia um balcão de chá, mas, antes que pudéssemos nos servir, a hostess nos apresentou a nossos atendentes individuais. A minha era uma pequena e delicada asiática chamada Mina.

Ela parecia ansiosa e nervosa, quando me perguntou o que eu gostaria de beber.

— Posso trazer literalmente qualquer coisa, Srta. Karlsson. Por favor, não hesite em pedir.

Era uma oferta intimidante. Eu preferiria só ter um cardápio.

— Chá, por favor.

Ela disse o nome de dez chás diferentes que o spa oferecia.

— Eu vou escolher o *youthberry oolong* infundido com erva-cidreira. Sem açúcar, obrigada — falei.

Ela pareceu aliviada, como se estivesse preocupada que eu pudesse desejar pedir algo mais complicado. Ela colocou uma bandeja de serviço de chá diante de mim e me preparou o chá como se fosse um ritual. Achei encantador, e disse isso a ela.

Ela ergueu os olhos, com um grande sorriso para mim.

— Eu treinei no Japão, quando era pequena. A senhora deveria ver a minha mãe. O meu serviço de chá faz vergonha comparado ao dela.

Finalmente, ela serviu a xícara de chá impressionantemente preparada, então saiu brevemente e retornou com bandejas de comida. Havia frutas, vegetais, pequenos sanduíches, canapés, queijo e biscoitos. Ela trouxe bandeja após bandeja, e eu peguei pequenas amostras de cada uma.

Todos os meus amigos estavam recebendo o mesmo tratamento em assentos confortáveis por toda a sala revestida de pedra. *Era quase como estar dentro de uma caverna luxuosa*, refleti.

Ouvi Judith dizer para os presentes ali que o sanduíche de pepino era divino. Eu comi o que tinha pego. Era bem delicioso, eu tinha que admitir. E o chá era de morrer, suave e sem uma pitada que fosse de amargor.

Mina trouxe uma bandeja de bolinhos pequenos, trufas e tortas de fruta. Peguei uma das tortas e lhe agradeci. Comi aos pouquinhos, provando mais do que comendo. Eu estava com o estômago nervoso, já que não sabia o que esperar do dia no spa, e surpresas me deixavam nervosa. Eu não sabia relaxar nem em um spa. O pensamento era um pouco desanimador.

Depois de termos feito o lanche e bebido o chá, fomos levados para uma grande sala de massagem. Era mais uma com aspecto de caverna, com vidro fosco separando cada um de nós para a massagem. Podíamos conversar, mas não precisávamos todos ficarmos nus na frente dos outros. Fiquei aliviada.

Mina me explicou como eu deveria me preparar para a massagem e, em seguida, me deixou a sós. Eu me despi e coloquei minhas roupas em um grande armário disponível no meu nicho de massagem. Me parecia errado tirar minhas joias em público e deixá-las em um armário, mas fiz mesmo assim, sem saber o que nos aguardava. Entrei rapidamente debaixo do lençol branco só de calcinha, como Mina tinha instruído, e deitei de barriga.

Eu vi sapatos brancos se aproximando de mim pelo buraco na maca onde eu encaixava o rosto.

— Srta. Karlsson, meu nome é Jen e sou eu que vou fazer massagem na senhora hoje — me disse uma voz muito suave.

Jen enumerou todas as técnicas que ela oferecia, e eu pedi a dos tecidos mais profundos. Ela começou a trabalhar imediatamente. Ela era boa. Eu nunca tinha feito uma massagem daquele jeito antes, nunca por um profissional de qualquer tipo, e a sensação era divina. Todos deviam estar tendo uma experiência similar, pois, logo depois que o serviço começou, ninguém disse uma palavra, nem mesmo Marnie ou Judith, que eram notórias por não conseguirem ficar de boca fechada. Houve alguns gemidos de apreço ouvidos ao longo de todo o período, mas foi tudo.

Todos nós usávamos robes de toalha semelhantes ao seguirmos nossos respectivos atendentes para o serviço seguinte. Para ele, usamos salas diferentes. Os procedimentos faciais também duraram uma hora, e o meu rosto ficou limpo e fresco quando acabou.

Todas as meninas se encontraram em uma sala moderna de paredes de pedra que abrigava a coleção de piscinas projetadas para parecer termas naturais com um toque moderno. Stephan e Javier tiveram que ir a uma piscina separada, já que elas não eram unissex, embora fôssemos os únicos ocupantes no momento.

Ficamos debaixo d'água por um longo tempo, e, em geral, eu fiquei ouvindo a conversa das outras com um meio-sorriso.

— O Stephan e o Javier não são fofos juntos? — Judith perguntou para a sala.

Eu concordei em silêncio. Não era só que eles eram bonitos. A maneira como se olhavam, mesmo casualmente, fazia bem para a minha alma. Eu queria tanto que eles dessem certo que quase tinha medo de ter esperanças.

— Você aprova, Bianca? O Javier tem seu selo de aprovação? — Marnie indagou, tirando-me das minhas reflexões.

Eu me perguntava por que todo mundo achava que eu era dona do Stephan. A ideia era bizarra para mim. Eu nunca lhe diria com quem sair. Do meu ponto de vista, eu sempre quis que os caras com quem ele saía gostassem de mim, e não se importassem que eu ficasse bastante por perto, já que normalmente era assim que as coisas acabavam sendo.

— Para ser sincera, qualquer pessoa que o Stephan queira tem o meu selo de aprovação. Eu só quero que ele seja feliz.

Por alguma razão, isso ganhou exclamações de aprovação por toda a piscina. Em seguida, o tópico passou para como eu e o Stephan éramos fofos juntos.

— Vocês são parentes, não são? — Brenda perguntou. Do grupo, ela era a que nos conhecia há menos tempo. — Stephan me contou que vocês eram uma família.

Eu sorri.

— Não de sangue, mas em todos os outros sentidos, sim. Ele é como um irmão e meu melhor amigo. Se isso não é família, não tenho a menor ideia do que é.

Outra rodada de exclamações me fez sorrir. A conversa logo passou para James, é claro.

— É sério, Bianca? Parece bem sério. — Isso veio de Judith, que não tinha pudores em bisbilhotar.

Eu tinha dificuldades com conversas de meninas; na verdade, tinha dificuldades em me abrir e eu queria tentar.

— Eu não sei. Parece que é, mas ainda é tudo muito recente. — Respirei fundo e continuei. — Ele quer que eu vá morar com ele. — Fiquei surpresa comigo mesma por fazer essa revelação, mas eu queria a opinião delas.

Todas ficaram boquiabertas e levaram a mão ao peito. Foi cômico.

— O que você respondeu? — perguntou Jessa. Pela cara das outras, ela foi a primeira a se recuperar.

Dei de ombros.

— Falei para ele que precisávamos passar mais tempo juntos antes que eu pudesse considerar algo assim. Mas ele não muda de ideia tão facilmente. Ele fez uma estilista, ou *personal shopper*, sei lá como se chama, me comprar um guarda-roupa inteiro em cada uma das casas dele, assim, ele já meio que considera que estamos morando juntos, mesmo que eu nunca tenha concordado com isso.

Mais exclamações cômicas e agora alguns gaguejos.

— Que loucura, né? — perguntei, na esperança de ouvir uma opinião sensata.

Eu não recebi nenhuma. Até mesmo a sensata Brenda achava que ele era romântico e que estava desesperadamente apaixonado por mim.

Não contei a elas que ele nunca tinha dito que me amava. *Vai doer dizer isso em voz alta*, pensei.

— Vocês teriam bebês de modelo — Judith disse com um suspiro, na terra da fantasia.

Jessa me observava atentamente e pareceu ver algo no meu rosto com as palavras de Judith.

— Oh, meu Deus, vocês já falaram sobre ter filhos?

Fiz uma careta.

— Ele mencionou brevemente e deixou o assunto de lado quando viu que me dava vontade de sair correndo aos gritos. Foi tudo rápido demais, não foi? É uma loucura evoluir tão rápido em um relacionamento, não é? — perguntei, procurando novamente por uma voz de sanidade.

— Martin disse que sabia que iria se casar comigo no nosso primeiro encontro. Ele disse que simplesmente sabia, como se algo na mente dele se encaixasse. Ele declarou que eu era a peça faltante do quebra-cabeça da vida dele e insistiu até eu enxergar também. Isso foi há vinte anos e dois filhos, então funcionou para nós. — Brenda sorriu quando a história dela também ganhou as exclamações coletivas.

Certo, até mesmo eu poderia admitir que a história era bem bonitinha.

— James me parece um homem que sabe o que quer.

Brenda continuou.

— Também não o vejo mudando de ideia, não do jeito que ele olha para você.

Ok, não vou receber nenhum conselho sensato desse pessoal, decidi.

Em seguida, passamos para manicures e pedicures e os rapazes se juntaram a nós outra vez. Eles não eram um casal fofo, decidi, observando-os. Eles eram lindos juntos: Stephan tão musculoso e dourado; Javier tão, bem, dono de uma beleza delicada e porte elegante.

— Eu e Marnie estamos oficialmente perdendo o controle, meninos — Judith disse para todos.

— E algum dia você o teve? — Marnie perguntou com um tom de zombaria na voz.

— O que aconteceu? — Jessa perguntou, rindo da mulher escandalosa. Elas eram como uma dupla de comédia, jogando a piada de uma para a outra como se fosse uma coreografia divertida.

— Tentamos convencer um cara a fazer um *ménage* com a gente, e ele nos recusou! — O tom de Judith era desnorteado.

Eu ri um pouco. A mudança inesperada da conversa tinha me surpreendido.

— O Capitão Damien? — Stephan perguntou-lhes, com pena, mas não conseguiu segurar o riso.

Marnie e Judith estavam nas cadeiras de pedicure uma ao lado da outra e fizeram um sinal afirmativo com a cabeça ao mesmo tempo, como se em sincronia.

— Não levem a mal, meninas, ele está perdidamente apaixonado pela Bianca — Javier respondeu, suas primeiras palavras em um bom tempo.

Stephan lançou um olhar para ele, e Javier franziu a testa para mim com compaixão.

Fiquei com o rosto corado. Esperava que ele estivesse brincando, ou ao menos, enganado.

— Isso não é justo! — Judith me falou. — Você tem o Sr. Magnífico. Deixe o Damien pra gente!

Enruguei o nariz.

— Damien é apenas um amigo. Ele não está apaixonado por mim. — Minha voz quase tinha um tom de desculpas. Olhei para Stephan em busca de apoio. — Você conversa com ele o tempo todo, Stephan. Fala pra elas que ele não está a fim de mim.

Stephan fez uma careta.

— Eu já disse, repetidas vezes, que você não tem esse tipo de interesse nele, mas, para dizer o mínimo, ele tem uma queda bem duradoura por você.

— O que você quer dizer com duradoura? — perguntei, meus olhos estreitos para ele.

— Dois anos, por aí. E ele parou de sair com mulheres e de curtir há pelo menos seis meses, para que você começasse a levá-lo a sério quando ele te convidasse para sair novamente. Ele acha que o fato de que ele pega geral é o que impede que você o enxergue como mais do que um amigo.

Fiquei chocada. Tudo isso estava acontecendo sem o meu conhecimento, e Stephan decidiu me contar quando estávamos fazendo o pé com estranhos e na frente de cinco dos nossos amigos. Mandei meu melhor olhar de "Você está louco?" para ele.

173

Mile Hight

Fiquei muito quieta depois disso, e os outros sentiram a repentina tensão entre Stephan e mim. Foram uns bons dez minutos antes que eles começassem a conversar novamente, mas continuei em silêncio, pensativa.

Eu não entendia por que Stephan tinha escondido isso de mim, mas supunha que era algo difícil de trazer à tona, quando ele sabia o que eu sentia claramente.

Stephan sentou-se ao meu lado quando fomos fazer as mãos. Ele ficava bem bonitinho, um cara grande e musculoso de roupão macio e fazendo as unhas. Eu sabia muito bem que era melhor não fazer esse comentário.

Ele me deu uma olhada inquisitiva.

— Desculpa. Isso acabou saindo em um momento ruim, mas, quando você perguntou tão diretamente, eu não podia negar. Foi a primeira vez que eu tive a oportunidade de falar, sabe?

Eu entendia o lado dele e balancei a cabeça afirmativamente.

— Sim, foi estranho. Mas também é estranho para você. Só não entendo o que eu poderia ter feito para dar a Damien a ideia errada. Não faz sentido.

Stephan ficou um pouco vermelho, e eu o observei, fascinada.

— Do que eu percebi, o seu desinteresse dá pilha pra ele. Acho que ele gosta de mulheres indecifráveis e misteriosas, e você é o máximo quando se trata disso. O problema é: você é assim porque sinceramente não está interessada nele. Mas isso simplesmente não parece intimidá-lo. Ele acha que só precisa esperar o seu relacionamento com o James acabar e você vai voltar atrás uma hora ou outra.

Suspirei.

— Bem, que desperdício do tempo *dele*. Queria que alguém pudesse colocar algum juízo na cabeça dele.

— Acredite em mim, princesinha, eu tentei.

Fomos acompanhados de volta para a sala de espera do chá. Mina me ofereceu mais lanches e bebidas. Tomei mais chá, desta vez, provando o jasmim oolong.

Vestimos de novo as nossas roupas antes de sermos levamos para a parte do salão de beleza. Observei muito cuidadosamente cada item das minhas joias ao colocá-las de volta.

Também escolhi o tratamento capilar completo, pois precisava de um corte. Minha cabeleireira era agradável e amigável. Ela imediatamente começou a tentar me convencer a fazer luzes.

Mina a interrompeu em tom de desculpa.

— O Sr. Cavendish deixou instruções para não colorir o cabelo dela — explicou e, em seguida, foi embora.

A cabeleireira parecia perplexa, mas logo se recuperou. Eu quase queria lhe dizer para fazer as luzes mesmo assim. *Quem se importava?* Era só cabelo. Mas eu me sentiria terrível se isso, de alguma forma, fosse lhe causar problemas, então deixei passar. James era chefe dela, afinal de contas.

Ela indicou um ponto na minha testa.

— Que tal uma franja curta e reta? Destacaria os seus olhos, e seu cabelo é liso o bastante para esse estilo que está bem em alta agora.

Dei um pequeno encolher de ombros.

— Faça tudo o que você achar que fica bonito. Meu cabelo sempre só fica liso assim, então, tenha isso em mente. Eu geralmente apenas aparo e deixo desse jeito. Eu não me importaria com uma mudança, desde que não requeira muito tempo para arrumar.

Ela assentiu decisivamente, parecendo saber o que queria fazer. Fechei os olhos e deixei-a trabalhar.

Fiquei bastante satisfeita com o resultado, apesar da minha apatia. Tinha valorizado o meu rosto e destacava os meus olhos. A franja curta fazia-os parecerem maiores no meu rosto.

Todo mundo pareceu concordar e eu fiquei um pouco corada com todos os elogios que me fizeram.

Depois, passamos para os cosméticos. A mulher que fez minha maquiagem tentou me ensinar como ela fazia e me passou uma grande bolsa de cosméticos quando terminou. Gostei do que ela fez; os efeitos eram sutis, mas bonitos, e o olho esfumado não ficou pesado demais no meu rosto branquinho como eu pensei que ficaria. Achei que combinava muito bem com o meu novo corte de cabelo.

Fomos conduzidos de volta à sala do chá para terminarmos, e a hostess me perguntou se eles poderiam oferecer algum outro serviço.

Verifiquei a hora no meu telefone e fiquei surpresa ao ver que era quase hora de começarmos a voltar e nos prepararmos para o trabalho naquela noite.

— Não, obrigada.

— Espero que estejam satisfeitos com os nossos serviços, Srta. Karlsson.

— Muito. Gostamos muito. Obrigada. — Enquanto eu falava, James entrou na sala, como se tivesse cronometrado a coisa toda minuciosamente.

Ele sorriu largamente quando me viu, parecendo feliz e... malicioso. Instantaneamente, eu soube que ele tinha feito ou estava planejando fazer algo absurdo.

— O que você está planejando? — perguntei-lhe assim que ele estava ao alcance da minha voz.

Seu sorriso apenas ampliou, e eu fiquei um pouco preocupada.

Ele olhou para todos, sorrindo calorosamente.

— Como foi?

Ele foi inundado com respostas entusiasmadas, todas positivas, é claro. Quem poderia reclamar de um dia de spa gratuito? Ele parecia satisfeito que todos tivessem se divertido.

— Tenho uma coisa para você — James me disse, aquele sorriso feliz o tempo todo em seu rosto. Ele estava positivamente radiante.

Mordi o lábio, inclinando a cabeça para olhá-lo. Eu estava com medo de perguntar.

— O que é? — perguntei, nem mesmo tentando esconder a minha preocupação.

Ele riu.

— Não sei se vou conseguir fazer jus só falando. Vou ter que mostrar. E para os seus amigos também, eu acho. Eu prometi.

Fiquei perplexa quando ele começou a desabotoar a camisa, ainda sorrindo, os olhos colados nos meus.

— O que diabos você está fazendo? — indaguei.

Alguém, acho que Judith, deu um gritinho de encorajamento.

Ele estava me fazendo um strip-tease?, me perguntei, genuinamente confusa. E involuntariamente excitada.

Ofeguei. Meu coração parou de bater quando vi as letras vermelho-sangue tatuadas no seu peito perfeito. *Bem sobre o coração*, eu pensei. Ele tinha maculado sua pele perfeita por mim. Senti lágrimas brotarem dos meus olhos.

Toda a sala ao nosso redor virou um caos, com Marnie e Judith gritando descaradamente e pulando como duas malucas.

De Stephen, ouvi um descontente:

— Que porra é essa, cara?

Respirei fundo, meus olhos colados no *Bianca* escrito em letras pequenas e legíveis sobre seu coração.

— É falsa, né? — perguntei. — É uma piada, né?

Seu sorriso não vacilou quando ele limpou uma lágrima horrorizada do meu rosto.

— Por que as lágrimas?

— Sua pele perfeita... Você não deveria ter feito uma marca nela por minha causa. Você tem a pele mais linda da face da Terra. Parece uma vergonha — falei, minha voz um sussurro suave.

Isso provocou uma risada surpresa nele.

— Você vai se acostumar. E acho que vai gostar mais da outra — ele me disse.

— Por favor, me diga que a outra é no seu pau!

Disparei um olhar severo para Judith com isso. Ela apenas se dissolveu em risinhos indefesos.

James mordeu o lábio inferior de sua boca bonita, virando-se para me mostrar as suas costas.

Capítulo 22

A tatuagem tinha sido gravada diretamente sobre o plano da sua omoplata direita. E, como o próprio homem, era deslumbrante.

Cheguei perto de suas costas para observá-la atentamente. Lágrimas escorriam largamente pela minha face, o que era constrangedor, mas irreprimível.

Era um retrato do meu rosto, meu cabelo fluindo para fora e assumindo o formato de lírios que criavam a moldura perfeita, como se fosse uma pintura. Ele havia pego um dos meus autorretratos e o marcado permanentemente na sua pele. Era a coisa mais doce, louca e romântica que eu já tinha testemunhado, e eu não sabia o que fazer com a informação. Apesar disso, amei a tatuagem à primeira vista, amei ter a pintura transformada em algo tão maravilhoso. Até mesmo os lírios usados para enquadrar o retrato tinham sido copiados do meu trabalho, reconheci. Fiquei de repente contente por ter passado tanto tempo nas pinturas que ele havia usado, tentando captar cada detalhe perfeitamente.

James estava me disparando olhares de expectativa por cima do ombro, seu rosto mais feliz e despreocupado do que nunca.

— Bem, o que você achou?

— Oh, James — eu disse, minha voz ficando embargada. — É maravilhosa. É mais colorida do que qualquer tatuagem que eu já tenha visto. Nunca vi nenhuma parecida com esta. É mais uma pintura do que uma tatuagem. Por que parece tão diferente?

— Não usei tinta preta para o contorno, mas cores mais claras. E com a pele escura de James, pude usar tinta branca para a cor da pele, o que deu um aspecto bem de pintura. Ele é uma das melhores telas em que tive o prazer de trabalhar. Tenho que te agradecer por finalmente me ajudar a pôr as mãos nele. Obviamente, você inspirou o súbito interesse dele pela tatuagem. — Eu não a tinha visto se aproximar até que ela falou, mas a tatuadora, Frankie, de repente, ao meu lado, apontando detalhes da tatuagem nas costas, estava quase tão perto dele quanto eu. Fiquei rígida.

Eu sabia que era irracional e ilógico, mas perceber que outra mulher tinha feito a tatuagem, uma de quem ele obviamente gostava, me deixou um pouco maluca. A névoa vermelha que eu estava começando a reconhecer como ciúmes agora era um filme pernicioso sobre a minha visão.

— Posso cobrir agora, James? Já terminou de mostrar e contar? — Frankie perguntou-lhe, parecendo atrevida, mas brincalhona, seu sorriso caloroso voltado para ele.

Ele sorriu para ela, ainda olhando por cima do ombro, deixando-me olhar o quanto eu quisesse.

Eu ainda estudava o retrato incrível. Queria passar meus dedos sobre ele, mas, mesmo com meu conhecimento limitado no assunto, eu sabia que era recente demais para poder ser tocada. Em vez disso, minha mão agarrou o topo do seu ombro e me aproximei bem para observá-lo atentamente, tentando ignorar a mulher que estava perto e íntima demais, ao meu lado e de James.

Eu estava sorrindo na imagem, um sorriso leve, meio enigmático, meus olhos com as pálpebras pesadas e misteriosas. Ela havia até mesmo conseguido reproduzir o azul dos meus olhos espantosamente bem. Ela era muito talentosa, eu tinha que admitir. Eu nem sabia que uma tatuagem podia ficar daquele jeito. A maioria dos meus amigos tinha uma ou duas, mas geralmente eram contornadas em preto pesado ou totalmente pretas. O que Frankie tinha feito parecia muito mais suave do que isso. Era difícil até de pensar que a arte feita em James era a mesma coisa.

— É lindo. Você é muito talentosa. Eu nem sabia que uma tatuagem poderia ficar assim — falei para Frankie, tentando ser educada, mas minha voz saiu rígida e um pouco fria.

James pareceu notar meu tom de voz, seus olhos voando de volta para o meu rosto, me observando atentamente, seu sorriso feliz oscilando um pouco, seus olhos assumindo um ar solene.

Eu me arrependi na hora. O tom errado de voz, e seu humor absurdamente feliz parecia ter sido subjugado.

Tentei lhe dar um sorriso, mas pude sentir que parecia forçado.

— Terminei de olhar. Se ela precisa cuidar da tatuagem... — eu disse para ele, recuando.

Frankie se adiantou imediatamente, esfregando um gel incolor sobre toda a superfície da tinta. Fiquei olhando suas mãos nele e senti o ímpeto muito estranho de me interpor entre eles.

Eu me afastei, dando-lhes as costas.

A voz de Frankie ainda era amigável quando ela se dirigiu a mim.

— Você é muito talentosa. Eu só me esforcei para fazer justiça à sua pintura. Foi um verdadeiro deleite poder trabalhar em uma foto como essa, em um corpo como o do James. É o que eu chamo de obra de arte. — Sua voz se tornou um flerte evidente na última frase, e eu sabia que ela estava falando sobre o corpo de James.

Contei até dez, odiando-me por ser tão fraca e ter um ciúme tão insano.

Ouvi Frankie dando instruções de cuidados a James brevemente.

— Então, hum, prazer em conhecer você, Bianca. A gente se vê — Frankie disse, sua voz ainda amigável, mas um pouco incerta.

Um breve olhar para o meu grupo de amigos mostrou a maioria deles olhando para mim, de olhos arregalados, como se não estivessem certos do que extrair do meu comportamento. Eu não podia culpá-los. Me senti ridícula, mas ainda não conseguia olhar para James, preocupada que, se Frankie ainda estivesse perto dele, eu acabaria fazendo alguma coisa completamente insana.

Stephan era o único do grupo que parecia alheio à minha estranha reação, seu olhar intenso focado em James.

Só fiquei ainda mais tensa quando James me abraçou por trás.

— Precisamos de um minuto, pessoal. Obrigado a todos por terem vindo tão em cima da hora — James se dirigiu ao grupo, educado, mas brusco. Seu tom era uma dispensa cortês. Ele agarrou minha nuca, naquele ponto dominador, e me levou para outra sala.

Reconheci-a imediatamente: era a sala das termas de mentira. Uma das atendentes nos seguiu.

— Posso ajudá-lo com alguma coisa, Sr. Cavendish? — indagou, com a voz nervosa.

— Sim. Por favor, certifique-se de que não seremos incomodados até termos terminado aqui.

Eles estavam nas minhas costas quando falaram, e eu olhei resolutamente para as piscinas rasas, sentindo um rubor colorir minha face. Eu sabia o que eles iriam pensar, é claro. Nem mesmo eu sabia o que James tinha planejado.

— Claro, senhor. Por favor, me informe se posso ajudar em mais alguma coisa.

Ouvi a porta se fechar, assim que ela terminou de falar. O som da porta se fechando ecoou na sala enorme.

James ficou em silêncio por um longo instante, sua mão pesada no meu pescoço.

— Você parece tensa — James me disse de um jeito despreocupado, sua voz quase desinteressada. Ele tirou a mão, e ouvi roupas farfalhantes atrás de mim. Prendi minha respiração, tentando ouvir o que ele estava fazendo.

— Tire a roupa, Bianca — ordenou, ainda no mesmo tom casual.

Tirei, minhas mãos tremendo um pouco. Não sabia por que estava tão nervosa. Eu tinha transado com ele mais de uma vez naquele mesmo dia, e, ainda assim, me sentia nervosa. Eu só nunca sabia exatamente o que ele havia planejado.

— Sente-se na borda da piscina e coloque as pernas na água, até os joelhos — ele me disse, ainda no tom desinteressado.

Eu me sentei na beira da água, inclinando o corpo para trás e me apoiando nas mãos, observando-o.

Ele estava completamente nu quando caminhou na direção da piscina rasa. A água chegava apenas até seus quadris, e sua ereção era claramente visível por cima da água. Eu tremi, mordendo o lábio enquanto o observava.

Ele mergulhou na água até ela ficar no ponto logo abaixo da tatuagem no coração e se ergueu logo em seguida. Todos os pontos molhados no seu corpo estavam lisos e pingavam. Senti água na boca. Ele passou as mãos sobre seu tronco escorregadio, observando-me enquanto tocava seus músculos abdominais e acariciava seu peito. O plástico que cobria seu coração foi a única coisa que ele deixou intocada.

Ele deslizou até mim, seus quadris movendo-se diretamente entre meus joelhos quando ele se aproximou.

— O que você sente quando vê alguém pondo as mãos em mim? — perguntou. — Até mesmo o toque mais casual. Deixa você louca? Você sente que pode fazer algo insano, ou mesmo violento? Isso te deixa enjoada no fundo do estômago? Faz seu peito doer, seu estômago se apertar? Uma névoa vermelha toma a sua visão? Você perde a capacidade de ser educada, ou até mesmo de pensar coerentemente? — Ele veio de encontro a mim quando falou, sua boca falando diretamente no meu ouvido, seu tom tão frio que fazia meu corpo inteiro estremecer com um tipo de medo delicioso. Ele estava com um humor peculiar e tinha planos para mim. Eu sabia. E não era nada que eu pudesse prever.

— Responda — ordenou, mordendo minha orelha com força suficiente para me fazer arquear as costas, apertando meus seios em seu peito liso.

— Sim.

— Sim, o quê? Qual dessas coisas acontece quando você vê as mãos de outra pessoa em mim?

— Todas elas. Eu não posso nem confiar em mim mesma, de tão louca que isso me deixa. Não reconheço a pessoa que me torno quando estou com ciúme. Não é nada com que tive de lidar antes. Odeio isso.

Ele estava se adaptando ao meu corpo enquanto eu falava, trazendo meus quadris para a beira da piscina, o que deixou minhas palavras ainda mais ofegantes e desesperadas.

James se colocou na minha entrada.

— Bom — ele disse, sua voz ainda fria, mas agora com raiva. Ele me penetrou lentamente por causa do ângulo, meus quadris logo na beirada da piscina.

— Por que isso é bom? — perguntei com um pequeno gemido, meus olhos voando para os seus enquanto ele me penetrava. Eu tinha sido bem condicionada. Meus olhos não conseguiram afastar-se dos dele agora que ele estava dentro de mim.

— Quero que você sinta o que eu sinto. Quero que você saiba o que isso faz comigo, o que é sentir ciúmes e cobiça. E agora você sabe.

Uma de suas mãos que estava no meu quadril subiu para o meu pescoço. Ele circulou-o, apertando levemente.

— Segure meu pulso nas suas mãos — mandou.

Eu obedeci.

— Se você desviar os olhos de mim, eu solto — ele me disse. — Mas quero que você me arranhe enquanto tento enforcar você. Quero que você tente arrancar a minha mão. Quero que se esforce, mas não desvie os olhos até quando não aguentar mais. Essa vai ser sua palavra de segurança, já que você não vai conseguir falar.

Fiz que sim, trêmula e olhando fixo nos seus lindos olhos.

James usou a outra mão para afastar mais as minhas pernas, ao mesmo tempo em que a mão no meu pescoço começava a apertar. Ele me penetrava devagar, mas eram movimentos pesados e muito profundos.

Minhas mãos começaram a puxar sua mão firme no meu pescoço, e eu cravei as unhas naquele pulso grosso, hesitante no início, mas, conforme a pressão aumentava, eu me debati desesperadamente, sentindo a cabeça ficar zonza. Minha cabeça caiu para trás e ele me apoiou desse jeito, suas mãos apertando e soltando no ritmo das suas estocadas pesadas.

Minha visão começava a ficar borrada, e era quando ele soltava e começava o processo inebriante todo de novo. Eu não tinha me dado conta de que meu pescoço poderia ser uma fonte tão intoxicante de prazer; não desse jeito. Até meu pulso parecia pulsar no ritmo que James tinha dentro de mim. Fiz o que ele me disse e tentei tirar suas mãos de mim, particularmente sua mão e punho, mas nenhum centímetro do meu corpo queria que ele parasse. O sufocamento e o esforço eram uma maravilha para mim.

Eu vi com clareza que adorava me opor a ele, gostava de lutar contra ele de forma selvagem, sendo que meus esforços nem sequer o faziam se mover, nem mesmo diminuíam seu propósito. Sua força me ancorava ao chão. Eu me deleitava.

Sua mão ficava mais forte conforme ele bombeava sem cessar.

Minha visão fico manchada, e eu gozei tão violentamente que não tinha certeza de quanto tempo o orgasmo havia durado, e não estava certa se tinha apagado durante aquele momento de confusão.

Quando recuperei o foco, James estava com a mão que antes agarrava meu cabelo segurando-me no lugar conforme ele se levava do restinho do orgasmo, ainda dentro de mim. Ele dava pequenas estocadas trêmulas, deliciosas e involuntárias, seu pescoço arqueado para trás. Seus olhos encontraram os meus novamente, saciados e com as pálpebras pesadas.

— Foi demais, amor? — ele perguntou, sua voz rouca e baixa. — Você estava tendo um ataque tão forte, que eu não sabia se você estava desmaiada. — Enquanto ele falava, me abraçava contra o seu corpo, inclinando minha cabeça para trás para olhar para ele.

— Foi... delicioso. Foi perfeito, James.

Ele engoliu em seco, me estudando.

— Teria sido, se tivéssemos conseguido manter contato visual no final. Mas provavelmente eu não tenho que perguntar se enforcamento está na sua lista de "sim". Acho que eu consigo descobrir por mim mesmo. Preciso ter muito cuidado com isso. Você é muito delicada, e tenho o ímpeto de ser... extracuidadoso quando tenho seu pescoço nas minhas mãos.

Ele saiu de mim de repente, estremecendo ao fazê-lo. Assim como eu.

— Temos de ir andando. Precisamos nos apressar, na verdade. — Ele me puxou para a água e me arrastou pelos degraus, segurando firme no aro da minha coleira.

Ele nos secou com eficiência profissional e deixou as toalhas macias do spa no chão.

— Se vista depressa — demandou.

185
Mile Hight

R.F. Lilley

Capítulo 23

Nós nos vestimos rapidamente e saímos correndo do resort. James segurava a minha nuca e me puxava para fora da vasta propriedade. Eu estava completamente perdida quando alcançamos o cassino; o lugar era colossal.

O carro de James estava esperando quando chegamos ao guichê de valet; Clark já se encontrava pronto e com a porta aberta. Ele inclinou a cabeça para nós educadamente, seu rosto caloroso e sorridente. Achei que o homem estoico podia estar suavizando em relação a mim.

— Senhor. Srta. Karlsson.

James ficou em silêncio até Clark entrar atrás do volante e começar a dirigir, um tanto depressa, em direção à minha casa, antes de chegar perto da minha orelha para falar comigo. Estávamos sentados muito perto um do outro, mas não nos tocando, o que era incomum para James.

— Então, quando vou poder furar esses aqui? — perguntou baixinho. Enquanto falava, ele ergueu a mão, beliscou primeiro um mamilo e depois o outro. E rapidamente retirou a mão.

Minha mente simplesmente ficou meio que… vazia. A conversa tinha pairado no fundo da minha mente em uma forma meio desconexa quando eu tinha visto as tatuagens, mas mesmo assim era um choque ouvir em voz alta. Refleti a respeito, pensando sobre a tinta que ele havia aplicado em sua linda pele. Se ele queria tão desesperadamente que eu fizesse isso, por que não? Eu não podia dizer que iria gostar dos piercings, mas também não podia dizer que não gostaria.

— Pensei que era tudo uma brincadeira — falei, mas não disse não.

— Eu não estava brincando, obviamente. Mas, se foi realmente isso que você pensou, não vou te obrigar. E certamente estou disposto a esperar até você estar pronta. Não há nenhuma razão para pressa.

Pensei nisso, realmente pensei no acordo que tínhamos feito. Eu tinha dito para mim mesma que ele estava brincando, mas eu realmente tinha pensado que ele estava? Se eu fosse sincera, sabia em algum nível que, embora ele estivesse brincando, ele sempre fazia exatamente o que dizia que iria fazer.

Encontrei seu olhar firmemente.

— Eu faço os piercings. Acho que tentei me convencer de que você estava brincando, mas estou começando a te entender o suficiente para saber que você sempre faz o que diz.

Ele puxou minha cabeça para trás de leve pelos cabelos e começou a me beijar, um beijo quente e de boca aberta. Ele não teve pressa antes de recuar.

— Obrigado por ser sincera. Mas você ainda assim não precisa fazer isso. Eu não vou te forçar, mesmo que isso me provoque um apelo forte.

— Eu faço os piercings. Eu disse que faria. E, embora não possa negar que nunca pensei em fazer algo assim, gosto da ideia simplesmente porque você quer tanto. Não consigo evitar. Quero te agradar. Eu *amo* agradar você.

Ele reagiu estranhamente com uma inspiração forte. Inclinou a cabeça para trás de encontro ao assento, fechando os olhos. Seu semblante parecia um pouco exausto.

Ele encontrou a minha mão e a apertou na sua.

— Obrigado, Bianca.

Uma risada inesperada me escapou de repente. Ele abriu os olhos, me dando um olhar perplexo.

— Desculpe -- falei para ele, sorrindo calorosamente para os seus olhos. — Você pareceu tão aliviado por eu decidir fazer os piercings nos meus mamilos que eu achei engraçado. Me pareceu algo muito estranho para você sentir alívio.

Ele sorriu calorosamente para mim. Foi um tipo triste de sorriso e eu senti o meu também desvanecer um pouco.

— Eu *estava* aliviado, mas não sobre o piercing. Não me interprete mal, estou muito feliz com a notícia. Mas o que você disse tranquilizou a minha mente. O pensamento de que você ama me agradar me dá esperança. Se você ama mesmo me agradar, não vai me deixar. Você vai ficar comigo e morar comigo. Se não agora, então em algum momento. Pelo menos eu espero convencê-la disso.

Corei. Eu ainda achava que ir morar com ele era ridículo, mas percebia que já tinha me acostumado um pouco com a ideia, e só pelo motivo ao qual ele se apegava. Eu amava agradá-lo. Mais do que isso: eu o amava. Será que eu teria a coragem de dizer? *Não tão cedo.* Ainda era um choque para mim até mesmo pensar nisso, que dirá assimilar totalmente. Como isso tinha acontecido tão rápido? Mas como seria diferente? Com ele sendo tão charmoso e perfeito, tão dolorosamente lindo, mas excêntrico em todos os pontos certos, e em todas as formas que eu conhecia tão bem, como eu poderia não o amar?

— Você gostou da Frankie? — indagou. A mudança de assunto me fez corar, mas por um motivo diferente. *E por que ele parecia tão presunçoso quando fazia essa pergunta?*

Minha boca apertou involuntariamente.

— Você dormiu com ela? Porque você parece gostar dela — falei, tentando libertar minha mão.

Ele me agarrou mais firmemente, ainda com aquele sorriso presunçoso.

— Não. Ela é uma amiga muito próxima, então eu gostaria que você se desse bem com ela.

Senti meu rosto ficar vermelho e olhei para longe de seu rosto enfurecedor.

— Duvido. Ela gosta de tocar em você e de falar sobre o seu corpo.

— Faria você se sentir melhor saber que ela é uma lésbica estrela de ouro e uma dominadora? Ela e eu somos tão platônicos como um homem e uma mulher podem ser.

Corei impossivelmente mais forte, me sentindo boba e ridícula de repente. Porque me fez sentir melhor saber disso. Mil vezes melhor. Eu era uma idiota.

— O que é uma lésbica estrela de ouro? — perguntei.

— Nunca esteve com um homem, nunca nem pensou nisso. Ela gostou de *você*, eu percebi. Provavelmente eu é que deveria ficar com ciúmes, pela forma como ela estava te olhando. Mas não estou. Ela é uma amiga boa demais. Pode até invejar o que nós temos, mas nunca cruzaria nenhum limite. Ela sabe que você é importante para mim.

— Eu-eu não... mesmo se ela quisesse — gaguejei, me sentindo agitada com os rumos que a conversa tinha tomado.

Ele achou que eu seria submissa a qualquer dominador? Eu não entendia isso e tinha muita vergonha de perguntar. Não estava apenas interessada em James porque ele poderia me dominar.

Eu me perguntei, pela primeira vez, se ele sentia que eu o tinha usado apenas por esse aspecto da sua personalidade. Queria lhe perguntar, mas as palavras não saíam. Nunca me senti usada por ele, e só pensava que um homem tão perfeito e confiante não poderia se sentir usado. Não por alguém como eu.

Ele beijou minha mão de leve quando paramos na minha casa.

— Eu sei. Mas, em alguns círculos, um dominador que sequer se aproxime do submisso alheio está cometendo uma grande quebra de conduta. Não é algo com que você tenha que se preocupar. E não me sinto ameaçado pela Frankie. Seria um prazer se vocês duas pudessem ser amigas, na verdade. Você estaria disposta a jantar com ela algum dia? Nós três, eu quero dizer.

Me senti constrangidíssima. Eu quase tinha sido abertamente hostil com a mulher.

— Se ela ainda quiser, eu estaria disposta. Me sinto idiota. Tive tanto ciúme dela... Tive certeza de que vocês dois tinham sido amantes.

Ele apenas deu aquele sorriso presunçoso novamente e me conduziu para fora do carro.

— Ela não vai se incomodar com isso. Vou marcar.

Eu tinha apenas trinta minutos para me preparar quando cruzamos a porta, então me apressei e fiz minhas malas antes de começar a me vestir.

Eu mal tinha tirado o sutiã e pego um que eu preferia para o trabalho, quando James colocou o corpo atrás do meu. Ele já tinha se trocado e vestido uma calça azul-escura e uma polo azul-clara que agarrava seu peitoral bem definido de um jeito que me distraía. Ele estava pronto antes que eu tivesse terminado de fazer as malas. James agarrou meus seios, massageando-os, e passou os dedos nos meus mamilos, girando-os quase cruelmente.

Ofeguei, arqueando as costas. Ele soltou a carne do aperto abruptamente. Senti-o colocar a mão no bolso, ainda pressionado contra mim. Olhei para os meus seios trêmulos enquanto ele prendia grampos de mamilo em cada crista endurecida.

James me deu uma palmada forte na bunda e se afastou.

— Certo, vista-se. E nem pense em tirar isso. Vou levar você e o Stephan para o trabalho. Ele já está pronto e esperando.

— Você não vai se atrasar para o voo se nos deixar primeiro?

Ele apenas me deu uma olhada.

— Eu consigo. Mas você precisa parar de discutir e se vestir. Se eu tiver que te bater, então nós dois vamos nos atrasar.

Mexi nas minhas roupas, verificando minha mala duas vezes para garantir que tinha pego tudo.

— Lembre-se, você não precisa mais levar roupas para ir a Nova York. Está tudo pronto lá, e você pode comprar qualquer coisa que quiser se eu por acaso esqueci algo. A propósito, fiquei um pouco distraído, mas seu cabelo está lindo. Gosto do corte. Realça seus olhos devastadores.

Lancei um olhar para ele. Ele pensava que os *meus* olhos eram devastadores? Eu não deixava de perceber a ironia, seu olhar turquesa deslumbrante cativando-me sem esforço.

— Obrigada. Obrigada pelo dia no spa. Foi uma surpresa muito agradável para os meus amigos e eu.

— Disponha. Você pode levá-los sempre que quiser. A equipe sabe que você tem carta branca. Não precisa marcar hora, nem mesmo ligar antes, se bem que não é má ideia que eles fiquem sabendo. Tudo o que é meu é seu, amor. Sou sincero quanto a isso em todos os sentidos que você possa imaginar. Sinta-se à vontade para testar.

Endireitei minha gravata enquanto ele falava, sentindo acentuadamente os grampos em meus seios pesados.

Fui para a penteadeira e fechei meu relógio sobre as marcas vermelhas de um pulso. Observei a outra e me perguntei como cobrir. Na verdade, nem sequer estava desconfortável, só tinha uma coloração evidente. Enquanto eu pensava, James circulou meu pulso com dedos longos e pegou a caixa de joias prateada. Ele tirou de dentro uma caixa menor que eu não tinha notado. Ele abriu, mostrando um bracelete de platina que combinava bem com o padrão da pulseira do Rolex que ele tinha me dado.

— Você está algemada e de coleira, meu amor — James disse ao prendê-la no meu pulso. De fato, pareciam algemas, pensei, quando ele saiu comigo de casa, puxando minha mala. — Estão irritando muito os seus pulsos?

— Não, nada. Meus pulsos não me incomodam nada.

— Que bom. Tenho planos para você. Vamos passar algum tempo em nosso playground amanhã, antes de termos que nos preparar para o evento beneficente.

Eu tinha quase esquecido sobre o evento. Ele havia me arrebatado tão profundamente desde o momento em que tínhamos nos reencontrado, que eu tinha esquecido tudo que não fosse o Sr. Magnífico.

Stephan começou a atacar James quase no momento em que entramos no carro.

— A Bianca achava que a história da tatuagem e do piercing era uma piada. Você não pode obrigá-la a isso, James — disse, parecendo pronto para uma discussão.

James sorriu. Contrariamente, era um sorriso um tanto caloroso e todo para Stephan.

— Eu nem sonharia com isso, Stephan. Bianca, eu te obrigaria a fazer algo assim, se você não quisesse?

Balancei a cabeça, lançando um olhar exasperado para Stephan. Eu estava corando involuntariamente. Eu super não queria falar sobre essas coisas com Stephan, especialmente não na frente de James.

— Stephan, ele sabe que eu achava que era uma piada. Por favor, não fique chateado com isso. O James é louco, só isso.

Stephan deu um suspiro muito sincero de alívio. Ele estava temendo o confronto, mas obviamente sentia uma forte necessidade de dizer alguma coisa.

— Está bem, está bem. Desculpa, mas é que vi aquelas tatuagens e me lembrei do que vocês dois tinham falado no bar. Não sabia que você era capaz disso, James.

James sorriu, me abraçou e beijou minha testa com bastante doçura.

— Eu não era, não até conhecer minha Bianca perfeita.

R.K. Lilley

Capítulo 24

O voo foi uma provação angustiante. Cada vez que meus seios doloridos repuxavam ou se mexiam nos grampos, o que era constantemente, eu pensava em James, e isso me deixava ansiosa e com desejo, mas eu ainda tinha trabalho a fazer.

Era um voo cheio; o único assento vazio era ao lado de James, como era seu hábito.

Eu corria, servia e passava por ele de novo e de novo. Meus seios sensibilizados disparavam pequenas descargas elétricas no meu sexo cada vez que eu sequer pensava nele.

James mal olhava para mim, trabalhando em seu laptop. Ele nem sequer olhava para cima quando eu fazia perguntas diretas, apenas dava respostas breves sem desviar os olhos da tela do laptop. Esta noite, ele era o mestre do desinteresse. Essa situação me fazia querer gritar, de tão agitada e acesa que eu estava. Eu queria bater nele de tão frustrada. O fato de que ele nem me olhava me enlouquecia.

Foram quase duas horas de voo antes que a cabine começasse a ficar quieta e sonolenta. A maioria dos passageiros da primeira classe bebia muito, então eu estava em pé na cabine, servindo quase constantemente.

Stephan foi para os fundos ajudar na classe econômica assim que nosso serviço regular estava terminado. Javier estava no voo como passageiro, embora não tivesse sido capaz de abocanhar um lugar na primeira classe. Voando de graça pela empresa, só conseguíamos assentos de primeira classe quando havia espaço disponível. Ele teve sorte de encontrar um assento, qualquer que fosse, já que o voo teve *overbooking*. Teria sido um desperdício, já que ele tinha tirado alguns dias de folga para ficar com Stephan na nossa escala.

Meus passageiros tinham sido todos atendidos, a maioria já adormecida ou próximo disso. Alguns rostos alertas podiam ser vistos, mas eu de repente estava desesperada demais para me importar, e minha reserva profissional habitual me fugiu em um momento impetuoso.

Sentei no assento vazio ao lado de James. Inclinei-me sobre o console que separava os dois assentos, pegando seu pulso, puxando-o de sobre o teclado do laptop. Finalmente, ele olhou para mim.

Seu olhar era divertido, e eu queria gritar.

— Sem tocar, Bianca. É uma ordem.

Soltei o pulso como se estivesse em chamas, respirando pesado, olhando para ele. Seus olhos sorridentes eram perversamente irritantes. Eu tentei me recompor e suavizar minhas feições, mas sabia que tinha falhado.

— Por favor, Sr. Cavendish, estou desesperada. Por que está me ignorando? Você colocou essas... coisas em mim, e eu não consigo pensar em nada além de você. Me encontre no banheiro. Preciso que você me toque.

Ele balançou a cabeça, parecendo achar graça.

— Não esta noite, Bianca.

Juntei as mãos com força, quase tomada pelo desejo de tocá-lo.

— Você está me punindo?

Ele passou a língua pelos dentes perfeitos. Meu sexo apertou, e eu senti um jato de umidade entre as pernas.

— Não. Apenas te ensinando. Às vezes, temos que esperar pelo que queremos. Eu tenho sido extremamente relaxado nessa parte das suas instruções, mas você precisa aprender.

— Estou tão molhada, James. E eu acho que, se você continuar falando, sua voz seria o suficiente pra me fazer gozar. Por favor.

Os olhos dele ficaram um pouco mais duros.

— Você não vai me convencer a mudar de ideia, sua viborazinha. E vai ser punida se tentar de novo.

Eu queria essa punição, queria muito, mas, em primeiro lugar, eu queria agradá-lo.

— Não posso suportar isso. O que devo fazer, Sr. Cavendish? Eu poderia ir até o banheiro e me tocar. Não é o que eu quero, mas acho que ajudaria.

Seus olhos se estreitaram em um brilho quase cruel.

— Não. Você também não pode se tocar. — Seus olhos se moveram para um lugar atrás do meu assento. — Você precisa mudar de lugar, Bianca. Este assento está ocupado.

Levantei, me afastando, me sentindo desconcertada e desolada. Notei distraidamente que Javier assumiu o lugar desocupado e me cumprimentou com um aceno cortês da cabeça. Retribuí e saí do caminho assim que Stephan se aproximou deles, agradecendo James por ceder seu assento extra.

Foi muita gentileza dele, pensei, distraída. James começou a conversar amistosamente com Javier, sem se preocupar em me dispensar outro olhar.

Entrei na cozinha, sem saber o que fazer comigo mesma. Tirei meu colete de serviço e fiquei apenas com a camisa branca e a gravata. Meus mamilos se destacavam como polegares por causa das pinças debaixo de uma camisa tão fina. Decidi que não me importava. Eu queria que James visse o quanto eram visíveis, o quanto eram impossíveis de ignorar. Ele tinha me deixada cheia de desejo e parecia não se afetar com isso. Eu queria afetá-lo.

Voltei para Javier e perguntei educadamente se ele precisava de algo. Senti o olhar de James em mim nesse momento, já que eu tinha interrompido sua conversa educada.

— Apenas uma garrafa de água, por favor. Obrigado, Bianca — Javier disse com um sorriso.

Eu sorri de volta, sem olhar para James. Eu me virei e voltei para a parte frontal do avião.

— Bianca — James chamou, sua voz muito casual.

Olhei para ele por cima do ombro, minha sobrancelha arqueada.

— Coloque o colete de volta, amor. Agora. — James me deu um sorriso sem graça, como se não tivesse me dado uma ordem arbitrária na frente de Javier e de estranhos.

Eu soltava fogo pelas orelhas no caminho de volta para a cozinha. Não tinha conseguido colocar meu colete de volta quando Damien saiu do cockpit para usar o banheiro. Ele entrou na cozinha quando me viu, sorrindo calorosamente. Eu o tinha visto brevemente no ônibus da tripulação, mas estávamos muito apressados para conversar. Seu sorriso desvaneceu um pouco quando viu que eu estava visivelmente agitada.

— Está tudo bem? — perguntou com preocupação na voz.

Apenas acenei com a cabeça e encontrei seus olhos enquanto respirava fundo algumas vezes. Eu deveria ter percebido que a ação iria acentuar meus seios chamativos, mas não percebi, não até seus olhos vagarem até eles e se arregalarem ao ver o contorno dos meus mamilos presos. Não pensei que ele pudesse ver os grampos propriamente ditos, mas realmente não tinha certeza. Achei que ele devia estar vendo meus mamilos exagerados. Seja lá o que ele tenha visto, pareceu congelá-lo no lugar. Ele não conseguia desviar os olhos do meu peito.

Ele colocou a mão no meu ombro, lambendo seus lábios nervosamente.

— Posso te ajudar com alguma coisa? — perguntou em voz baixa.

Só balancei a cabeça, ainda o olhando. Não tirei sua mão, nem pensei nisso. Minha mente não estava funcionando direito. Eu sabia que James não estava me tocando, mas só conseguia pensar que eram as mãos dele em mim. Então, embora eu soubesse que era a mão de Damien em mim, era quase como se fosse James. E, além disso, ele estava encostando no meu ombro. Mas eu estava em um estado absurdo.

— Por gentileza, tire essa mão, Damien. Você não deveria estar pilotando o avião ou algo assim? — James perguntou, entrando na cozinha. Sua voz era fria como gelo. Eu não tinha que olhar para seus olhos para saber que estariam do mesmo jeito.

Damien recuou sua mão, os olhos bem abertos, parecendo ter feito algo muito pior do que apenas tocar o meu ombro. Ele murmurou em acordo, recuou e foi para o banheiro.

Senti mais do que vi James se movendo para mim. Ele apanhou meu colete de onde estava pendurado em um armário aberto e o segurou para eu passar os braços. Fiz isso sem uma palavra, não olhando para ele.

— O que foi isso, Bianca? Você o quer? Me explique. — Sua voz ainda estava muito fria. Eu estava intimidade e... envergonhada.

— Eu... não o quero. Acho que ele foi pego desprevenido. E eu... eu estava distraída, pensando em você. Sei que ele estava em pé bem na minha frente, mas eu não conseguia me concentrar nele.

James agarrou meu cabelo na nuca, o único lugar onde ele me tocou, e puxou minha cabeça para trás para olhar para cima e diretamente nos seus olhos. Eles estavam mais pesados do que eu teria imaginado. Seja o que ele estivesse sentindo, eu não poderia ter adivinhado ao olhar para o seu rosto.

— Falei que isso não era uma punição, Bianca, mas agora é. — Ele puxou meu cabelo com força suficiente para me fazer ofegar. Sua voz era estranhamente indiferente. — Pode ser pior ou melhor, dependendo da sua resposta. Você estava tentando me fazer ciúmes, deixando-o te tocar, ou você sente atração por ele? Você o quer, nem que seja apenas um pouco?

Refleti a respeito, querendo dar a ele a resposta mais sincera possível, morrendo de medo da punição, quando ela significava essa privação esmagadora.

— Eu estava envolvida demais com meus próprios pensamentos para reagir ao que ele estava fazendo. Acho que eu teria reagido, teria recuado, se ele tocasse mais do que o meu ombro, mas ele não tocou e eu não recuei. Não penso nele assim.

Eu estava saboreando suas mãos em mim, mesmo com esse contato limitado, e me sentindo ainda ofegante.

— Não sinto Damien como uma ameaça, e nunca pensei em transar com ele. Eu não saberia te dizer o porquê. Percebo que ele é bonito e o valorizo como amigo. Ele é engraçado, encantador e simpático, mas nunca tive sentimentos platônicos. Talvez seja algo como o que você sente pela Frankie. Pelo que sei, ele é outro submisso. Talvez seja por isso que eu só consiga vê-lo como amigo.

Ele me estudou por muito tempo, seus olhos ainda piscando e tremendo, mas, se eu tivesse que adivinhar, diria que ele estava chateado e preocupado.

— Gosto da sua resposta — finalmente disse. — Não sei se acredito nela porque desejo tão desesperadamente acreditar, ou porque é a verdade. Você ainda vai ser punida, mas não vou fazer da forma como eu estava planejando quando vi a mão dele em você. Não deixe acontecer novamente.

— Com isso, ele se afastou.

O resto do voo foi longo, e James nem mesmo olhava para mim. Quando ele me privava, ele me privava de tudo, até de seus olhos bonitos e daquele olhar intenso que eu passei a adorar e necessitar tão desesperadamente. Eu não tinha percebido o quanto ansiava pelo seu olhar, o quanto me fazia sentir menos vazia, menos fria. Ele era o sol, e, quando se virava, eu me sentia muito fria e vazia, sentindo a dor do desejo.

Eu não tinha percebido antes. Era por isso que eu estava recebendo essa lição? Se ao menos ele soubesse a extensão do seu efeito em mim e soubesse como me mostrar o quanto eu precisava que ele me quisesse, o quanto precisava que ele me mostrasse...

A privação de seu afeto físico me afetou primeiro, mas eu achava que seu distanciamento emocional era, de longe, devastador. E eu não teria percebido, não teria me dado conta do quanto ele era generoso em sempre cuidar das minhas necessidades emocionais, até que ele pôs meu corpo em chamas e se descolou de mim completamente. Foi uma revelação.

Ele era um homem generoso, disso eu nunca tinha duvidado. Mas também nunca lhe dei crédito por ser tão generoso com suas emoções e sentimentos. Eram coisas que eu nunca tinha me dado conta de que precisava tão desesperadamente até ele ter me inundado com elas e depois, tão repentinamente, ter tirado de mim. Por quanto tempo eu sentiria a perda? Quanto tempo ele me faria atravessar o purgatório? Eram só algumas horas desde que ele tinha me deixado com desejo não realizado, mas eu sabia que não suportaria muito mais disso.

Eu queria me banhar no sol novamente.

Capítulo 25

— Nós vamos diretamente para a minha casa — James me informou, andando com a minha tripulação pelo aeroporto.

Ele não estava me tocando, mas puxava a minha mala. Mal olhava para mim, embora seu tom e postura parecessem relaxados.

Eu tinha passado do ponto em que queria que ele me fizesse gozar, que aliviasse a dor que viajava pelos meus mamilos torturados e ia diretamente para o meu sexo. Agora eu queria seu afeto, sua atenção. Queria que ele me abraçasse. Me causava quase raiva que ele me deixasse com tanta vontade fazendo tão pouco esforço. Mas nem mesmo a raiva mudou o desejo.

Levei um instante para processar suas palavras. Estávamos seguindo atrás da tripulação. Melissa me lançava olhares afiados, como se nós os estivéssemos atrasando. Eu a ignorei. Parecia a melhor forma de lidar com ela, de maneira geral.

— Eu poderia ter problemas por causa disso — falei para ele, usando um tom baixo de voz. — Temos que ir com a tripulação para o hotel e fazer check-in lá.

— Falei com o Stephan. Ele procurou no manual. A frase exata é "a critério da sua liderança". Stephan é o seu líder e ele permitiu. Você vem comigo.

Não discuti, tampouco respondi. Eu queria chegar à casa dele. Não sabia o que ele planejara, mas tinha certeza de que o quanto antes a gente chegasse lá, o quanto antes essa tortura iria acabar.

Acenei em despedida para a maior parte da tripulação quando chegamos à rua e dei um beijinho e um abraço em Stephan.

— Me liga se você precisar de qualquer coisa, princesinha — murmurou no meu ouvido e me soltou em seguida.

Eu me aproximei de James, quase encostando o quadril nele quando entramos em seu *town car*.

201
Mile Hight

Falei no seu ouvido, já que a janela de privacidade estava aberta e eu não reconhecia o motorista.

— Isso é mais do que uma gratificação atrasada. Você está me privando de cada parte sua. Você mal olha para mim.

— Não no carro — ele disse, olhando pela janela e me dispensando.

Me senti ferida.

— Qual é a punição por tocar você? — perguntei depois de vários minutos de completo silêncio. Eu tinha passado do ponto de só querer agradá-lo. Se era uma punição que eu podia suportar, estava disposta a arriscar seu desagrado. Ele havia me trazido a esse ponto.

— Uma simples. Se você me tocar, eu não vou te tocar — sentenciou em tom indiferente.

Foi como um tapa na cara. Desviei o rosto com lágrimas brotando nos meus olhos. Senti como uma rejeição, algo que eu nunca tinha experimentado de James, nem mesmo uma sugestão.

Foi uma viagem longa e silenciosa até Manhattan. As pinças nos meus mamilos eram uma dor constante. Eu havia me resignado a ficar perfeitamente parada, já que cada movimento agitava mais a tortura sensual.

Eu queria dizer coisas cruéis para ele, coisas dolorosas que podiam fazê-lo me tocar, mas me contive. Não queria fazer com que ele continuasse assim tão distante de mim. Sabia que quanto mais eu cooperasse, mais rápido eu teria o *meu* James de volta.

Finalmente, o motorista desconhecido nos deixou na garagem subterrânea na qual eu já tinha estado uma vez antes, na minha primeira visita à cobertura de Manhattan.

Ele tirou minha bagagem do porta-malas e inclinou sua cabeça para nós.

— Senhor, Srta. Karlsson. Estarei aqui às 21h para buscá-los para o evento de caridade.

James apenas assentiu e dispensou o homem. Ele puxou minha mala até o elevador, ainda praticamente sem dar importância à minha presença.

Abaixei o queixo, minha pose rígida, muito imóvel sobre meus sapatos altos de trabalho. Meu olhar parecia colado em seus sapatos sociais azul-marinho. Eram sexy. Pensei, a contragosto, que até mesmo seus pés exibiam um tipo de elegância.

O elevador chegou, e a porta abriu deslizando silenciosamente. James entrou.

Hesitei, ainda observando seus pés, aguardando algum sinal de que ele sequer lembrava da minha presença.

Ele suspirou, o som mais leve, e estendeu a mão para mim. Observei, compenetrada, sua mão ir para o colarinho da minha camisa de trabalho. Ele usou um dedo para pegar o aro da minha gargantilha. Conseguiu não tocar nem um centímetro da minha pele e me puxou para frente somente segurando o círculo cravejado de diamantes. Levou-me para dentro do elevador, mantendo o dedo curvado no aro quando passou o cartão e apertou o botão do andar. O elevador começou a subir.

— Minha submissa perfeita — murmurou, e foi tudo.

Eu suguei até mesmo essa pontinha de atenção aborrecida.

Ele me levou para seu opulento lar puxando por aquele dedo a minha gargantilha. Me perdi no labirinto de cômodos como da primeira vez ao ser conduzida para a cozinha. Ele só soltou minha coleira quando encontramos uma mulher desconhecida preparando a comida perto de um fogão muito grande. Era rechonchuda e de meia-idade, com cabelos castanho-claros e olhos castanhos gentis que eu notei no momento em que ela se virou para nos cumprimentar.

Ela sorriu. Era um sorriso bom, caloroso e doce.

— Sr. Cavendish, Srta. Karlsson, bom dia. Como foi o voo?

— Muito bom, obrigado. Bianca, esta é Marion. Ela é nossa nova governanta e cozinheira.

Pisquei algumas vezes, me perguntando se estava vendo coisas quando ela fez uma reverência com o vestido.

— Srta. Karlsson, estou ansiosa para trabalhar para a senhora. É um prazer finalmente conhecê-la. Por favor, me avise se eu puder ajudar com mais alguma coisa. Qualquer coisa.

Processei suas palavras, a forma como ambos implicavam que ela, de alguma forma, trabalhava para mim. Era um desdobramento desconcertante, mas não falei nada.

— Estou preparando omelete de legumes com queijo feta, como o senhor pediu, Sr. Cavendish. Há algo mais que eu possa providenciar?

— Vamos esperar na sala de jantar, Marion. Apenas sirva as omeletes quando estiverem prontas. Isso é tudo. — James segurou a porta aberta para mim, e eu passei para sua grandiosa sala de jantar. Ele puxou uma cadeira e sentei. James sentou-se ao meu lado, na cabeceira da mesa, e entrelaçou os dedos elegantes sobre o tampo pesado.

Observei aquelas mãos ao falar.

— O que aconteceu com a outra empregada?

— Tive que me desfazer dela. Ela se mostrou... não profissional. Parecia pensar que, porque trabalhava para mim há oito anos, podia interferir na minha vida pessoal. Achei algumas das palavras e ações dela inaceitáveis.

Refleti sobre isso por algum tempo, ainda observando suas mãos. Até mesmo elas eram um colírio para os olhos.

— Ela me parecia uma mulher desagradável, embora ela e Jules parecessem ser próximas — comentei, distraída. — Mas com a Jules ela era agradável.

Observei suas mãos se apertarem uma na outra bem forte quando falei.

— Sim. E esse era o problema. Ela deixou Jules entrar na minha casa contra a minha vontade e depois cometeu o erro fatal de insultar você. Eu a despedi naquela noite mesmo.

Respirei fundo, saboreando a leve consideração em relação a mim. Eu estava faminta pelo seu afeto.

Marion nos serviu rapidamente e se retirou com um sorriso. Comemos as omeletes deliciosas em silêncio. James terminou antes de mim. Eu o sentia me observando quando tomei um gole de água. Ele se levantou no instante em que engoli a última porção. Então me levou pela gargantilha pela cobertura, que tinha mais de um andar, e foi para seu quarto sem se demorar.

Eu estava mais do que feliz em ir. Estava vivendo em um mundo de expectativa torturada desde que ele havia colocado meus prendedores de mamilo, só esperando que ele ficasse a sós comigo desta forma.

Ele me levou para dentro do closet colossal do seu quarto.

— Tire as suas roupas — demandou ao remover a camisa de costas para mim. Obedeci sem uma palavra, tirando tudo, exceto as minhas joias. Ele tirou meu relógio e meu bracelete, colocando-os em uma bandejinha sobre a enorme cômoda de seu closet. Meus olhos tinham passado para os seus pés assim que eu estava nua. Agora, ele estava descalço, apenas vestindo as calças. Pensei sobre como até seus pés bronzeados eram sexy.

Ele passou uma corrente prateada pelo aro da minha coleira. Ela se ligava a cada um dos prendedores de mamilo e os fazia levantar.

Estremeci, esfregando as coxas uma na outra com inquietação.

Ele prendeu uma saia curta transparente preta em meus quadris. Eu já a tinha usado uma vez antes, em seu quarto de jogos. Não cobria nada, mas só de olhar eu já me sentia excitada. Meu corpo parecia pecaminoso, com só aquele toque de preto. Mordi o lábio, arqueando um pouco as costas.

Dizer que eu estava excitada era um vasto eufemismo. Essa etapa já tinha ficado lá atrás. Ergui o olhar só o suficiente para ver o membro duro pressionando a frente da calça azul-marinho. Gemi com a visão.

— Não me tente, Bianca. Você será punida por isso. Era isso que você estava tentando fazer?

Balancei a cabeça, já fora de mim de tanto que eu o queria.

Ele me conduziu pela gargantilha até o elevador que ia direto de seu quarto para o quarto de jogos particular. Choraminguei com a pressão cruel que puxava meus mamilos. James me deu uma palmada forte na bunda quando descíamos para seu quarto de jogos. Por fazer o barulho, eu imaginei.

Ele puxou um tecido preto do bolso e entrou atrás de mim no elevador. Era uma venda, percebi, quando ele cobriu meus olhos e o amarrou firmemente atrás da cabeça. O tecido era sedoso e luxuriantemente macio.

O elevador parou e ele me puxou para a frente pelo colarinho. Nossos passos ecoavam alto no corredor, mas o chão revestido, quando entramos na sala, provocava um som mais suave e abafado. Ele me levou alguns passos dentro da sala e parou.

— De joelhos — ordenou.

Obedeci, erguendo meu queixo, e percebi James se afastar.

Ouvi-o abrir gavetas por toda a sala. Algum tipo de equipamento girou fazendo um leve ruído, e o som de correntes tilintando veio logo em seguida, mas eu não tinha ideia do que poderia provocar esse barulho.

Sentei apoiada nos calcanhares, as mãos espalmadas nas coxas. Comecei a esfregá-las lentamente sobre as pernas enquanto esperava, sentindo expectativa e medo palpáveis sobre a minha pele. Minhas mãos se esfregaram e mexi os braços, passando-os pelos seios, apertando os globos redondos um no outro para criar uma fricção entre eles, ansiando contato, nem que fosse o contato da minha própria pele nela mesma.

— Pare com isso — James exaltou-se do outro lado da sala. — Se você se estimular, é tudo o que vai fazer. Tudo o que você vai conseguir é um vibrador para aliviar sua necessidade se continuar com isso. Qual dos dois você prefere? Meu pau ou um vibrador?

Perdi o fôlego e parei de me mover, embora quisesse mais do que nunca me mover depois de ouvir suas palavras.

— Seu pau. Meu Deus, eu quero o seu pau, James.

— Aqui dentro é Sr. Cavendish ou Mestre, Bianca.

— Sim, Sr. Cavendish.

Houve um barulho, como o de correntes tilintando juntas, e depois ele estava me colocando em pé puxando pela coleira. Ofeguei com o puxão brusco nos meus mamilos. Eles pareciam estar ficando cada vez mais sensíveis, não menos, quanto mais esses grampos cruéis continuavam em mim.

Ele me puxou sobre o chão revestido por talvez seis metros antes de parar abruptamente. Finalmente, tocou a minha pele e uniu meus punhos diante de mim. A ação aproximou e friccionou meus seios um no outro. Arqueei as costas. Ele colocou algo macio ao redor dos meus pulsos e fechou com um estalo alto de metal primeiro em um e depois o outro. *Algemas com revestimento macio*, pensei.

Ele se aproximou bem de mim e ergueu os braços acima de onde eu estava para puxar uma corrente de metal que tilintava ruidosamente em cada elo. James puxou o comprimento pelo meu rosto, pela minha coleira, ao lado de um seio e, por fim, pelas minhas mãos unidas. Ligou a corrente de forma um tanto barulhenta às algemas e se afastou. Ouvi os elos bateram uns nos outros novamente quando as algemas foram erguidas acima da minha cabeça com uma lentidão angustiante. Meus braços foram puxados para o alto até eu estar esticada e na ponta dos pés.

— Segure a corrente — James me instruiu.

Tentei, mas obviamente fiz errado, pois ele ajustou minhas mãos até eu estar segurando firme com as duas mãos na corrente que me puxava para cima. Ele deu um puxão repentino na minha trança certinha de trabalho e arqueou minhas costas para trás. Isso fez puxar a corrente entre os meus mamilos presos, como tudo parecia puxar.

Gritei alto.

— Quero que fique em silêncio — James me disse, sua voz rouca e áspera. — Não faça barulhinhos sensuais. Não me implore para parar. Fique o mais quieta que puder, a menos que precise da palavra de segurança.

R.K. Lilley

Capítulo 26

Dei um pequeno aceno com a cabeça, uma vez que não podia falar. Eu o senti se afastar. Ele se foi por longos minutos, e me senti desolada. Não conseguia me mover ou falar, porque ele tinha me mandado não fazer isso, então apenas a minha mente estava ativa. Era a parte mais torturante de todas, segundo o que eu imaginava que ele faria comigo, o que ele estava planejando, e só me restava esperar.

Uma música suave começou a tocar, as notas sombrias enchendo a sala. Tinha uma melodia sinistra.

Eu nem o sentia se mover… mas, de repente, senti algo macio roçando toda a pele das minhas costas. Uma pluma, eu percebi, conforme ele a descia pela minha coluna. Ele a removeu, mas foi imediatamente substituída por outra coisa, algo mais áspero, com fios finos que aderiam à minha pele ao percorrer o local onde antes estava a pena. A pena voltou, acariciando minhas nádegas e descendo pelas coxas.

Estremeci quando ele a passou lentamente atrás do meu joelho até o pé. Ele subiu de novo com a pena pelo meu corpo usando a outra perna. Percorreu cada centímetro da parte de trás do meu corpo antes de ser removida de novo. O objeto mais áspero começou a se mover na minha pele, espelhando exatamente a trilha das penas. Os lugares das penas tinham me feito estremecer no corpo todo, e a trilha mais áspera me fazia contorcer, lutando para não fazer barulho.

As tirinhas ásperas estavam ausentes, e a pena retornava, agora roçando logo abaixo das omoplatas. Demorou-se ali, como se sussurrasse lentamente sobre a pele com o máximo de cuidado. A pena foi removida e, no instante em que ela deixou a minha pele, James me açoitou usando as tiras ásperas violentamente.

Mordi o lábio tão forte que provei sangue, e minhas costas arquearam.

Bateu uma e outra vez, acertando apenas aqueles pontos sensíveis onde a pena tinha dado uma atenção tão especial. Meu coração estava tentando saltar para fora do peito, e as lágrimas escorreram pelas minhas faces, silenciosas, mas livremente, antes de ele parar.

Senti-o soltar a saia minúscula ao redor da minha cintura e deixá-la cair no chão. A pena, então, se pôs a acariciar minhas nádegas desnudas. Eu me perguntei se ele estava cronometrando o contato das plumas com o tempo da flagelação. Me parecia que sim, e era uma noção torturante, pois ele se demorou mais tempo no meu traseiro, com aquela pena implacável. Dos dois toques, eu achava que a pena era o mais cruel.

A ausência dela imediatamente foi substituída pelo ardor intenso das tiras. Aquilo continuou e continuou, marcando uma e outra vez, e comecei a me mover com cada golpe, circulando os quadris. A dor foi levando minha mente até um lugar confuso, e eu achei que poderia gozar se ele ao menos tivesse relado no meu sexo.

Ouvi suas respirações irregulares quando ele substituiu as tiras pela pluma nas minhas coxas. Quando a pena tocou a minha coxa, a meros centímetros do meu sexo, quase cheguei ao clímax. Eu não sabia se conseguiria me conter quando os pequenos chicotes substituíram a pena cruel. Eu me perguntei, muito brevemente, se poderia ser punida por aquilo.

Minhas respirações estavam tão irregulares que eu temia ser punida pelo barulho quando as tiras substituíram a pena e golpearam minhas coxas sensíveis implacavelmente.

Minhas costas se curvaram, meus pés se levantaram na ponta dos dedos quando o chicote acertou aquele ponto na minha virilha, e eu gozei, girando aletoriamente na corrente, mordendo o lábio e tirando sangue. Pelo menos eu mantive o silêncio, se não contássemos a respiração alta e ofegante.

— Caralho — James arfou, e isso foi tudo. Ele substituiu os pequenos chicotes por uma pena nas minhas panturrilhas. Foi um toque mais curto e um açoite mais curto.

Ele parecia ter terminado nas minhas costas e se afastado. Eu o senti me estudar por incontáveis longos minutos. Minha libertação tinha sido involuntária e feito muito pouco para aliviar a dor do desejo. Meu pulso ainda batia no ritmo do sangue bombeando nas minhas veias, e cada centímetro meu queria James dentro de mim, encostado em mim, tocando em mim. Meus quadris tinham leves espasmos circulares enquanto ele me observava.

Finalmente, senti-o se mover para a frente do meu corpo. Ele me observou atentamente na frente por quase tanto tempo quanto tinha levado nas costas.

Abruptamente, ele libertou meus seios dos pequenos grampos cruéis. Respirei fundo, contando até dez, tentando manter os ruídos na garganta. Ele começou a mover a pena pelo meu corpo, a começar pela bochecha. Ele circulou meus lábios com a pena.

Parou de repente e se afastou. Eu queria gritar com sua ausência abrupta, mas ele retornou quase instantaneamente e colocou algum tipo de cinta na minha boca.

— Morda isso se precisar — ordenou. — Não morda mais o lábio. Se continuar assim, você precisará de pontos. — Mordi, e foi um alívio imediato ter algo firme para morder.

Ele começou em mim com a pena novamente, cobrindo a frente do meu corpo com as carícias suaves. James espelhou o movimento com as tiras minúsculas do chicote. O padrão já era familiar, mas eu ainda agonizava sobre o que ele faria em seguida. A pena estava de volta, e eu sabia o que esperar quando era a vez dos chicotes, cada toque me dizendo de maneira sádica onde e por quanto tempo eu receberia a atenção daquelas tiras cruéis.

Ele acariciou a parte superior das minhas coxas primeiro, usando seu pé para afastar minhas pernas, serpenteando a pequena pena perigosamente perto do meu núcleo molhado. Senti a pena se arrastar um pouco pela umidade ali, e ouvi James inspirar bruscamente. Mas não houve pausa quando ele retirou a pena e me atingiu com o chicote quase no mesmo movimento, como se fossem dois lados do mesmo objeto. Eu me perguntei, um pouco distante, se eram.

Ele golpeou minhas coxas de novo e parou abruptamente, mas eu sabia que, se estivesse contando, teria o mesmo tempo da pena.

Minha cabeça caiu para trás, e eu suguei respirações duras e entrecortadas quando o leve toque fez contato com os meus seios. Ele acariciou os globos carnudos por longos momentos; felizmente, brincando apenas por um breve momento com os meus mamilos torturados. Quando começou me chicotear ali, eu estremeci, meu corpo à beira da libertação quando ele parou.

211
Mile Hight

Ele olhou para mim durante muito tempo, até que o ouvi abaixar as calças.

Eu queria chorar de alívio só de ouvir o som.

James se moveu para as minhas costas.

— Acho que já chega de lição e castigo — disse, sua voz áspera e afetada por tudo aquilo. Como eu queria.

Seu peito liso se moveu contra as minhas costas quando ele se inclinou sobre mim por trás.

— Segure as correntes com mais força — instruiu, suas mãos duras se fixando na minha cintura.

Obedeci ansiosamente.

— Arqueie as costas. Mais.

Senti a ponta do seu pau na minha entrada. Ficou ali por longos momentos, tremendo encostado em mim. Ele me penetrou, mas não como eu queria, não com um golpe duro, como eu desejava. Ele foi deslizando seu grande membro dentro de mim, centímetro a centímetro espesso, mergulhando no meu sexo molhado e apertado. Eu queria chorar. Eu queria implorar.

Sua boca se moveu para a minha orelha.

— Agora você pode me implorar — sussurrou, como se lendo a minha mente.

Eu implorei, soluçando, a tira caindo da minha boca, sua permissão agindo como uma comporta. Implorei com um sentimento sincero. Ele me afastou lentamente quando terminei. Sua boca se moveu para o local entre meu pescoço e ombro, no tendão, naquele ponto sensível e perfeito, e mordeu selvagemente no mesmo momento em que mergulhou em mim, bombeando com os impulsos mais rápidos e velozes. Era um ângulo maravilhoso e brutal, meus quadris se mantendo imóveis em suas mãos. Eu não tinha como acompanhar os movimentos dele nem me afastar, até mesmo meus dedos do pé se levantavam levemente do chão.

Ele me penetrava por trás, chegando até o fundo dentro de mim com um giro violento dos quadris.

James estava fazendo um barulhinho perfeito no fundo da garganta, profundo, mas quase involuntário, como se não pudesse acreditar no que estava acontecendo cada vez que ele me golpeava no âmago. Na terceira vez que ele fez esse barulho, eu gozei, gritando.

Ele não parou, ainda bombeando, uma das mãos serpenteando no meu quadril e sobre meu peito torturado. Doía, pois minha pele estava dolorida, mas aquela dor parecia disparar diretamente do meu peito para dentro do meu sexo, onde seu pênis rígido ainda trabalhava furiosamente.

O segundo clímax me apanhou assim, uma mistura de prazer e dor, provocando solavancos através das partes do meu corpo que ele tocava como um instrumento. Eu estava perfeitamente sintonizada, mas somente com seu toque experiente.

Seus impulsos estremeceram por um momento, a mão no meu quadril deslizando para a frente, e seu dedo começou a circular meu clitóris. Ele retomou o ritmo, o braço agora ancorado em mim da cintura para a pélvis e a outra mão ainda um torno do meu seio. Sua dureza me sacudia por dentro com aquele ritmo furioso.

Ele batia, batia, batia, sua respiração tão dura e irregular que eu podia ouvi-la sobre os meus próprios choramingos incontroláveis.

— Goze — ordenou asperamente.

Estremeci quando as ondas de prazer me levaram pela terceira vez. Ele se permitiu gozar comigo naquele momento, e o senti estremecer e se derramar dentro de mim, fazendo os sons que eu adorava, no fundo da garganta.

Seus braços duros me envolveram pela cintura, sua face tocando o topo da minha cabeça.

O amante carinhoso estava de volta? Eu queria isso, nunca o quis mais. Eu precisava de alguma reafirmação de que essa frieza que o tinha tomado não era permanente. Apenas uma noite disso e eu me sentia emocionalmente destituída. Mas ele me soltou rapidamente, saiu de mim e ouvi as correntes tilintando quando meus braços caíram, moles. Ele me colocou solidamente de volta nos meus pés, mas meus joelhos cederam quase instantaneamente. As algemas me seguraram na hora, já que ele só tinha me abaixado alguns centímetros.

— Recupere o equilíbrio. Coloque um pouco do peso sobre os pés — James mandou, baixando a corrente alguns centímetros mais.

Coloquei mais peso nos pés, recuperando o equilíbrio lentamente, mudando de um pé para o outro até sentir que conseguia ficar em pé sem ajuda, o que demorou um pouco.

Ele desenrolou as correntes acima de mim até eu conseguir aguentar todo o meu peso. Em seguida, soltou minhas mãos algemadas. Eu não tinha aguentado meu peso por mais do que uma fração de segundo quando ele me pegou nos braços como se eu fosse uma criança que ele carregou pela sala.

Aconcheguei minha bochecha ao longo de seu peito nu e suado. A sensação era divina. Seu cheiro era divino.

Ele me colocou sobre uma superfície firme e almofadada, e senti como se estivesse em uma maca de exame num consultório médico. Eu não tinha visto nada igual da última vez em que estive em seu quarto de jogos, mas só estive ali uma vez antes, e estava mais do que um pouco distraída naquela ocasião.

Ele ergueu minhas mãos acima da cabeça e as prendeu ali. Testei a restrição; não tinha nem um centímetro de folga. Ele fixou meus pés na base da mesa, levemente separados, e usou tiras macias de algum tipo nos meus tornozelos, embora eu não pudesse saber o que eram. Eu ainda estava vendada, e não era qualquer coisa que ele já tivesse usado em mim antes. Testei essas amarras também. Não havia como me mexer. Ele definitivamente não podia me foder nessa posição. Minhas pernas não se afastavam o suficiente da forma como eu estava presa.

Me contorci um pouco ao me dar conta disso, de repente temerosa sobre o que ele *planejava* fazer.

Ele bateu na frente da minha coxa, forte.

— Não se mexa — ordenou, sua voz dominação pura, sem nenhum toque de afeto.

Meu amante carinhoso ainda estava desaparecido. Achei que não havia nada que eu não suportasse para tê-lo de volta.

Capítulo 27

Um gritinho agudo escapou dos meus lábios quando senti o metal frio agarrar um dos meus mamilos firmemente.

Senti James desatando minha venda e, de repente, pude ver de novo. Ele tinha o que parecia ser uma pequena pinça de metal segurando meu mamilo. A ponta tinha um aro pequeno que se encaixava perfeitamente ao redor do meu bico endurecido. Ele colocou a mão livre dentro de uma gaveta da mesa e tirou uma caneta marcadora. Então, se curvou perto do meu peito enquanto marcava cuidadosamente o mamilo em ambos os lados.

Suas mãos estavam cobertas com luvas de látex que eu não o tinha ouvido calçar, embora ele devesse ter feito isso em algum momento desde que tinha me ligado à mesa. Seus olhos estavam atentos, estudando as marcas que ele tinha feito. Finalmente, James guardou a caneta e retirou uma agulha grossa com a extremidade afiada. Eu podia ver que era oca no meio, mas ainda estava surpresa com o quanto ela era grande e tinha uma grossura intimidante.

Ele sorriu de leve ao ver meus olhos se alargarem quando observei a agulha.

— Está pronta para o piercing? — perguntou, sua voz maliciosa.

Eu o estudei. Ele ainda usava as calças, apesar de o botão de cima estar aberto. Estava sem camisa, e vi meu nome em tinta escarlate sobre seu coração. De alguma forma, eu quase tinha esquecido de suas novas tatuagens. A letra escarlate era surpreendente e linda sobre toda a sua pele dourada.

Seu cabelo estava amarrado para trás. Era a primeira vez que eu o via assim, então ele podia trabalhar no piercing sem o cabelo nos olhos. Algumas pessoas eram mais bonitas com os cabelos emoldurando o rosto, mas com James isso não importava. Ele era deslumbrante mesmo sem todo o cabelo cor de caramelo caindo artisticamente sobre o rosto, que era perfeito demais para afetar sua aparência de uma forma ou de outra.

— Você é tão lindo — falei, não conseguindo conter o comentário.

Ele me deu um olhar muito quente. Ele adorava a minha admiração, eu percebia. Mesmo nesse humor frio, ele não era imune.

— Acha que bajulação vai me distrair?

Pisquei para ele. Não era bajulação. Era fato.

— Você é magnífico.

Ele não respondeu, apenas puxou meu mamilo tenso com a pinça e apertou a agulha grossa na minha pele. Eu segurei a respiração, esperando que ele perfurasse. Não consegui desviar o olhar.

Ele me surpreendeu quando se afastou, abrindo a gaveta debaixo de mim e deixando cair a agulha e a pinça dentro. Pelo seu rosto, ele havia se surpreendido.

Em seguida, tirou as luvas de látex e as jogou de lado. Seus olhos estavam nos meus seios quando ele se curvou sobre mim, sugando os mamilos torturados. Ele estava determinado, chupando a carne como se sua vida dependesse disso.

Me retorci sob seus cuidados, embora meus movimentos estivessem consideravelmente dificultados. Minha cabeça estava curvada para frente o máximo possível enquanto eu o observava. Ele sugava de olhos fechados. Suas mãos agarravam meus seios dos lados, empurrando-os para perto um do outro. James passou para o outro seio, abrindo os olhos para me olhar, para me observar ao lamber muito deliberadamente a pele e sugar tão forte que fez um choque de prazer disparar diretamente para o meu núcleo.

Ele não levantou a cabeça quando falou, sua respiração perfurando minha pele, os olhos firmes e pesados nos meus.

— Eu vou beber seu leite assim quando você amamentar nossos filhos... — Ele se abaixou e começou a chupar novamente, forte, como se os grandes globos já estivessem cheios de leite. Suas palavras fizeram meu sexo se fechar.

Falei para mim mesma que iria repreendê-lo por dizer algo tão ultrajante. Implicar que nós teríamos filhos era avançar um sinal e dizer que ele mamaria em mim como um bebê, bem, isso era errado, mas meu corpo não se importava. Eu me deleitava em qualquer coisa pervertida que saísse da boca dele.

Ele se endireitou. Meus quadris estavam fazendo pequenos movimentos de contorção, mesmo quando ele se afastou. Ele os observava, seus olhos quase preguiçosos, as pálpebras muito pesadas.

— Ainda não posso furar você. Não poderei chupar seus mamilos, nem mesmo brincar com eles, enquanto os piercings estiverem cicatrizando. Isso vai levar meses. Eu simplesmente não posso suportar fazer isso ainda. Talvez em uma semana ou duas. — Ele soltou meus tornozelos quando falou e depois os meus braços, abrindo rapidamente as algemas. Sempre me surpreendia quão rápido ele soltava minhas amarras, como se tivesse sido treinado para fazê-lo. Até onde eu sabia, ele poderia ter sido.

Ele me embalou contra ele.

— Coloque seus braços ao redor do meu pescoço, amor — ele murmurou, saindo da sala.

Até sua voz tinha mudado. Tinha suavizado entre um momento e outro. O amante carinhoso estava de volta. Meu James estava de volta.

— Senti sua falta — murmurei contra seu peito suado.

Ele olhou para mim, e eu pude ver a verdadeira surpresa em seus olhos quando ele entrou no elevador.

— Não posso evitar meus deveres em relação a você, sendo seu dominador. Eu sei do que você precisa, Bianca. E preciso que você saiba que ninguém mais pode te dar isso como eu posso. — Ele apertou o botão, e o elevador começou a se mover enquanto ele falava.

Eu queria responder, mas James agarrou meu cabelo e se inclinou para me beijar. Era um tipo desesperado de beijo, nada treinado. Ele devorou minha boca como se estivesse morrendo de fome por mim, como se a distância que ele tinha colocado entre nós o afetasse também. Ele lambeu minha boca e sugou o lábio inferior ferido.

Doeu, mas eu não me importava de sentir dor, e entrei no beijo com todo o anseio reprimido que ele havia construído em mim ao longo da noite fria.

Havia tanta coisa que eu queria lhe dizer, sobre os meus sentimentos, sobre os seus, e tentei colocar tudo isso no beijo. Eu era muito melhor em comunicar meus sentimentos com ele dessa maneira.

O elevador parou e ele desceu, ainda me beijando, ao caminhar para a sua cama linda. Ele me deitou nela e se afastou para tirar a calça com impaciência. Levou o mais breve momento, e logo estava de volta para me posicionar no meio da cama.

James abriu bem as minhas pernas e moveu os quadris entre elas, abaixando o peito no meu. Ele estava apoiado levemente nos cotovelos e avançou-os quase nas minhas axilas, de forma que ele podia aconchegar meu rosto e olhar para mim.

Seus olhos estavam tão calorosos e suaves que uma lágrima constrangedora deslizou pela minha bochecha. Seu polegar a pegou, e ele pressionou a ereção grossa contra o meu sexo, pressionando seus primeiros centímetros perfeitos dentro de mim. Ele me penetrou bem devagar no começo, embora eu estivesse lisa de excitação e dos fluidos compartilhados no nosso último arroubo de transa.

— Senti sua falta — falei novamente, e ele gemeu, entrando em mim com mais força, mas com as estocadas mais suaves.

— Fico feliz — ele me disse com o sorriso mais doce. — Fico aliviado por você querer mais do que apenas o meu lado dominante.

Eu queria demais lhe dizer logo ali que eu o amava, mas as palavras não se formavam e não passavam do nó na minha garganta. Beijei-o em vez disso, agarrando seu cabeço sedoso e o puxando de encontro a mim.

Ele pareceu satisfeito com isso, me beijando mais com um gemido. Suas estocadas aumentaram para aquele ritmo intenso que ele me ensinara a amar, e eu derreti debaixo dele, sentindo um orgasmo delicioso se formar no meu interior. Gritei na sua boca quando gozei e ele se juntou a mim com gritos tão altos quanto os meus, tão desesperados quanto os meus tinham sido.

— Você é minha — declarou, mas era uma afirmação mais carinhosa dessa vez.

Ele me esmagou debaixo do seu corpo quando terminou, como se não tivesse nem a energia para rolar de cima de mim quando normalmente era o homem mais inesgotável.

Não reclamei, mesmo assim tive um pouco de dificuldade para respirar. Mas eu gostava do seu peso em cima de mim. Eu me deleitava.

Quando ele finalmente rolou de cima de mim, foi só para se estatelar ao meu lado, com um braço pesado jogado por cima do meu corpo.

Nós não falamos por longos minutos, e eu senti uma névoa sonolenta invadindo meus sentidos. Mas algo estava me incomodando, um pensamento persistente que eu queria esclarecer antes que a exaustão me levasse.

— Você se sente usado por mim? — perguntei de repente.

Ele se ergueu sobre um cotovelo para encarar meus olhos diretamente. Estudou os meus parecendo triste, e fiquei um pouco triste de vê-lo.

— Não — respondeu, após uma longa pausa. — Eu me preocupo que você não goste de mim, não do jeito que eu gosto de você. Fico preocupado que você não seja capaz de retribuir os meus pensamentos. E percebo que, pela primeira vez na minha vida, eu deixaria você me usar, da forma como você quisesse, se chegássemos a isso. Se isso fosse tudo o que eu poderia ter de você, eu aceitaria.

Acariciei sua bochecha, sentindo uma necessidade quase incontrolável de tranquilizá-lo.

— Mas eu gosto de você. Me assusta às vezes o que eu sinto. — Minha voz era um sussurro, e foi tudo que eu consegui dizer.

Seus olhos se fecharam e ele apertou a bochecha na minha mão, parecendo aliviado, mas ainda quase angustiado, tudo de uma vez. Era difícil olhar para ele assim com o rosto tão marcado pelas emoções.

— Então venha viver comigo — disse baixinho. — Fique comigo. Jure que nunca vai me deixar.

Dei um suspiro pesado, mas o conhecia bem o suficiente para saber que ele não podia evitar ser tão exigente. Eu tinha lhe feito uma espécie de confissão, e seu primeiro e mais forte instinto foi insistir e usá-la para seu próprio benefício. Eu sabia, apenas sabia, que ele o faria. Quando eu dava, ele tomava mais: era isso que tanto me atraía como me deixava apavorada em relação a ele.

— Precisamos ser adultos racionais quanto a isso, James. Vamos começar por tentar ficar juntos, tentar passar tempo juntos quando temos oportunidade. Acho que é um bom começo. Então, sim, para a parte de "ficar com você". Veremos quanto ao resto.

Ele me arrumou contra ele para dormir, me aconchegando por trás, de conchinha, como dormíamos.

— Venha morar comigo. Vamos viajar tanto que não sei se você vai perceber a diferença, mas diga que você vem morar comigo. Só me conceda isso e eu vou parar de te pressionar para conseguir mais, por enquanto.

Surpreendentemente, sua persistência, na verdade, só me fez sorrir. Foi quando eu soube que estava bem e verdadeiramente saciada. Ou talvez fosse apenas uma desculpa para a minha súbita fraqueza. Fiz um esforço consciente para não analisar exaustivamente e só pensei sobre seu pedido. O que significaria viver juntos? *Não era um passo permanente, certo?* Eu sempre poderia me retirar, caso entrasse em pânico.

— Vou manter a minha casa. Eu ralei muito por aquela casa e vou ficar com ela — falei, chocada quando as palavras deixaram a minha boca, porque eu sabia como ele iria encará-las e, por incrível que parecesse, eu estava sendo cem por cento sincera.

Seus braços me apertaram quase dolorosamente pelas costas.

— É claro. Podemos ficar lá quando estivermos em Las Vegas. O que você quiser. Eu vou vender a outra casa em Las Vegas, se você preferir, embora provavelmente seja melhor a gente ficar com ela por causa dos estábulos, se você quiser continuar montando.

Senti um alívio tão grande com a minha própria confissão e no enorme alívio que ouvi em sua voz e senti em seu corpo, que eu coloquei os pés no chão. Eu queria isso tanto quanto ele, percebi. Só não chegava a admitir.

— Quero continuar montando. — Foi tudo que eu disse.

— Sim. Obrigado, Bianca. Você me faz tão feliz. Eu nunca soube que a vida poderia ser assim — ele murmurou no meu cabelo. Sua voz era grossa, como se embargada pelas lágrimas. Eu não era corajosa o suficiente para olhar para trás e confirmar.

— Então agora você não pode me pedir em casamento, ou fazer qualquer outra coisa louca, já que você disse que iria ceder se eu concordasse em viver com você.

Ele endureceu ligeiramente enquanto eu falava, e fiz o mesmo. Minhas palavras tinham sido uma piada, porque é claro que ele não ia me pedir em casamento, mas o tinham deixado tenso. Isso *me* deixou tensa.

— Quanto tempo eu tenho que esperar, então? — ele perguntou, seu tom sério. — Me dê um prazo e vou respeitar.

A palavra "sentado" quis se atirar da minha boca, mas contei até dez, tentando não entrar em pânico.

— Não posso te dar um cronograma, James. Não posso nem falar sobre isso sem ter um ataque de pânico. Vamos só aproveitar a parte de viver juntos, tudo bem?

Ele se aconchegou contra o meu cabelo, mergulhando profundamente até ter passado para o meu pescoço, e me beijou ali.

— Falaremos sobre isso em outro momento. Eu vou dar a você tempo para se acostumar com a ideia.

Meu corpo exausto começou a embalar no sono, mas não antes de eu ter o pensamento claro de que ele tinha, de alguma forma, conseguido me convencer a concordar com uma enorme concessão e ainda insistia em ganhar mais terreno em cima de outro já ganho.

Homem dominador impossível.

R.K. Lilley

Capítulo 28

Acordei piscando lentamente. James ainda estava aconchegado firmemente atrás de mim. E ele aparentemente tinha sido o que me acordou, murmurando baixinho no meu ouvido. Ele estava dizendo coisinhas doces, uma desculpa em seu tom suave.

— Me desculpe, meu amor. Eu deixaria você dormir mais; eu ficaria assim para sempre se pudesse, mas tenho que ir a um lugar e não consigo me obrigar deixar você. Por favor, acorde.

— Estou acordada — falei com a voz carregada de sono.

Ele beijou meu cabelo.

— Que bom. — Ele se sentou e deslizou da cama.

Fiz um som forte de protesto por sua ausência.

Ele riu, e era um som despreocupado, feliz.

Senti meu rosto suavizar, meu corpo todo amolecer, e um sorriso terno tomou meu rosto. Ouvir um som tão feliz saindo de James me fez feliz. Como seria diferente? Eu não poderia imaginar estar imune a ele.

Sentei-me lentamente, observando-o caminhar nu para a porta do quarto. Eu também estava nua e nem sequer consegui me cobrir quando me sentei de pernas cruzadas e fiquei vendo-o se mover.

Ele abriu a porta, curvou-se e pegou uma grande bandeja coberta. Fechou a porta novamente com o pé, carregando a bandeja para cima de uma cômoda grande e pesada. Ele tirou a tampa, pegou dois pratos grandes e voltou para a cama. Me entregou um, sentando perto de mim, de pernas cruzadas, e atacou o seu.

Era uma pequena porção de salmão levemente temperado com uma saladinha de gengibre e pepino ao lado. James comeu tudo em algumas grandes garfadas e eu não demorei muito para terminar a minha.

— Isso é delicioso, comer na sua cama — eu lhe falei entre as garfadas.

James tirou meu prato de mim, sorrindo, e me deu as últimas porções.

— Nossa cama, amor. Agora tudo é nosso, não se esqueça.

Lancei um olhar exasperado para ele. Isso era algo com o qual eu nunca poderia realmente concordar. O que era dele era dele. Não sentia nenhum tipo de posse em relação a nada e não poderia imaginar um momento em que isso aconteceria. Mas eu sabia que era inútil discutir com ele, e eu realmente não estava a fim, por isso, mantive o silêncio.

James descartou os nossos pratos na bandeja, cobrindo-os e empurrando-a para fora do quarto.

Ele me arrastou para o banheiro e então para o chuveiro, falando mais para mim com sorrisos do que com palavras. Ele me lavou enquanto se lavava, como se eu fosse uma extensão dele. Até mesmo passou xampu no nosso cabelo ao mesmo tempo, lavando o meu e depois o seu. Era estranho ter alguém cuidando de mim assim, mas eu sabia que era sua preferência, e eu estava começando a adorar da mesma forma que adorava tudo o que ele fazia comigo.

Ele até mesmo passou espuma nas minhas axilas e nas minhas pernas, me depilando habilidosamente, curvando-se sob os jatos do chuveiro para fazer as minhas pernas. Ele inclusive tinha a gilete que eu usava e preferia. O homem não perdia um detalhe.

Foi um banho rápido, embora tenha me parecido luxuoso. Ele nos enxugou depois disso, tocando as marcas que tinha feito no meu corpo. Tinha insistido em deixar minha coleira, mesmo no banho, e a secou cuidadosa e totalmente.

Seus olhos eram enigmáticos. Se eu o lia direito, ele amava e odiava ao mesmo tempo as marcas que tinha feito no meu corpo. As marquinhas irritadas tanto o fascinavam quanto preocupavam. Ele me puxou para a cama, me deitando para percorrer quase todos os centímetros meus com uma loção cremosa.

— Não é por aí que você deveria começar se quer que a gente saia da sua casa esta noite — falei para ele um tanto sem fôlego.

Ele sorriu perversamente.

— Na verdade, este sou eu *não* começando nada. E é a nossa casa.

Homem impossível.

Ele até me vestiu, embora não muito. Deslizou em mim uma tanga preta minúscula, um sutiã preto sem alças e uma camisola bem curta e bem transparente preta, e colocou os grandes brincos de diamante que combinavam com a gargantilha.

— Você viu as mudanças que eu fiz no nosso quarto desde a última vez que você o viu? — James perguntou, puxando a camisola sobre a minha cabeça. Ele vestiu um calção esportivo folgado e ficou com o peito nu.

Olhei ao redor. Não notei muita coisa desde que cheguei à casa dele. Eu tinha estado mais do que um pouco distraída, com olhos apenas para James.

Vi minhas pinturas quase imediatamente, assim que comecei a prestar atenção. Ele tinha dois dos meus autorretratos belamente emoldurados e pendurados de frente para a sua cama. Eu não sabia como não os tinha visto antes; eram as imagens mais visíveis em sua parede, posicionados para uma visão clara a partir da cama.

— Eles me fizeram companhia quando eu estava sentindo sua falta. Seu maior autorretrato está pendurado acima da nossa lareira na sala de estar principal lá embaixo. Os outros estão nos quartos das nossas outras propriedades. E o nu está no nosso quarto de jogos.

— Não vi — eu disse a ele. Isso era compreensível, eu supunha, já que eu tinha sido vendada durante a maioria das nossas atividades.

— Você verá na próxima vez. E eu troquei o colchão e toda a roupa de cama. Você disse que não queria que eu substituísse as camas, então, como você vê, elas ficaram. Além disso, se você não notou, a maior parte do quarto de jogos foi refeita.

Respirei profundamente, tentando processar suas ações. Era tudo muito doce, e meu coração parecia estar se retorcendo no peito de pensar em tudo o que ele tinha feito por mim, mas meu primeiro instinto foi o pânico.

Eu contava, respirava e tentava reagir calma e razoavelmente.

— Foi muito atencioso, James. Você não precisava fazer tudo isso.

— Eu queria. Temos de ir andando. Primeiro, nos encontraremos com a *personal shopper* para que você possa escolher um vestido. Você vai fazer o cabelo e a maquiagem enquanto ela faz os ajustes que possam ser necessários. — Enquanto ele falava, me puxou do quarto.

Eu me encolhi nos calcanhares quase imediatamente.

— Você não está vestindo camisa. Há pessoas na casa? Você vai dar um ataque cardíaco em alguém assim, James.

Ele me ignorou completamente, e eu me distraí rapidamente quando vi de relance a tatuagem nas costas. Ainda era muito chocante para mim e muito linda. Um pensamento me ocorreu.

— Você está apenas mostrando as novas tatuagens para quem quer que você possa?

Ele me deu um sorriso, que não me falou muito de nada. Ele estava feliz em geral e não ia vestir uma camisa tão cedo.

Ficamos no terceiro andar, mas caminhamos pelo longo corredor. Ele me puxou para o quarto mais próximo das escadas. Era um quarto de hóspedes muito escassamente mobiliado, decorado em azul, e havia araras de vestidos em todos os lugares de forma quase sufocante na sala.

— James, é você? — uma voz chamou do que devia ser o closet.

— Sim, Jackie — ele respondeu.

Uma mulher pequena e morena saiu do closet, segurando cabides cheios de vestidos coloridos em cada mão. Ela sorriu para nós.

Ela era linda, com cabelo liso e comprido, amarrado em um rabo de cavalo. Seus olhos escuros eram amendoados e vibrantes, com uma pesada sombra violeta que ressaltava sua pele azeitonada à perfeição. Seus lábios eram de um escarlate puro, e o tom se adequava à sua coloração. Ela era uma daquelas pessoas que podiam ser de qualquer etnia, mas, fosse qual fosse, era linda.

Usava bonitos óculos pequenos no nariz, tão atraentes que a gente ficava na dúvida se era para compor o look ou se ela realmente precisava deles. Exibia um vestido esmeralda que servia perfeitamente e era valorizado por um cinto azul-vivo. Os sapatos eram salto agulha de doze centímetros, cor rosa-choque. Ela usava um colar de pedras em tons profundos, com aros de ouro pesados nas orelhas. Ambos os pulsos estavam pesados com intrincadas pulseiras de metal.

Ela parecia elegante e intimidante, e, embora o traje de alguma forma funcionasse maravilhosamente, eu poderia dizer de relance que ela era uma mulher que não tinha medo de errar no quesito moda. Eu poderia apostar que ela pensava que não tentar era o único erro. Sua roupa era de uma elegância atemporal, mas ainda assim conseguiu ser tendência. Fiquei impressionada. Eu teria ficado feliz em alcançar qualquer uma dessas coisas. Era ambicioso tentar ambas.

Ela me olhou de cima a baixo sem pudores quando James me apresentou.

— Jackie, esta é a Bianca. Bianca, Jackie. Ela é responsável por todas as novas adições ao seu guarda-roupa.

Ela sorriu para mim com bastante expectativa.

— O que você achou? Está tudo bem se você odiar tudo. Eu só preciso de feedback, para ter uma ideia do que você *gosta*. O James é meu cliente favorito de todos os tempos. Ele me deixa vesti-lo do jeito que eu quero. Você pode imaginar? É o sonho de qualquer estilista, um cliente supermodelo que usar qualquer maldita coisa que eu escolho. — Ela me olhou criticamente enquanto falava, como se tirando minhas medidas mentalmente. Ela até começou a me rodear. Achei que ela era uma mulher pequena e esquisita.

— Eu, uh, não tive muita chance de olhar.

Ela assentiu, franzindo os lábios.

— Bem, quando você olhar, qualquer comentário seria bom. Isso me dará uma direção para o seu senso de estilo.

— A Bianca gosta do look mauricinho para os homens, Jackie — James disse-lhe. — Tenha isso em mente quando for comprar para mim.

Ela bufou.

— E assim começa. — Ela pareceu muito contrariada pelo comentário. — Vou manter isso em mente.

Atirei-lhe um olhar perplexo. De onde ele inventou essas coisas?

Ele deu de ombros para mim, sorrindo um pouco.

— Você esqueceu que Stephan e eu conversamos.

Ela ainda estava me circulando, me estudando de um jeito enervante.

— James estava certinho em relação ao seu tamanho. Você tem um corpo que é divertido para homens brincarem, mas não é muito divertido de se vestir. Suas pernas são uma vantagem, no entanto. Não há nada que eu ame mais vestir do que um conjunto matador de pernas. Se você perdesse uns quatro ou cinco quilos, porém, poderia ter proporções de modelo. Isso seria o ideal. Algo para se pensar.

Uma parte de mim concordava com ela sobre a necessidade de perder cinco quilos, mas ainda doía ouvir isso. Era insignificante, mas eu tinha passado de meio que gostar dela para pensar que ela era horrível depois de algumas frases curtas.

— Jackie — James disse, um aviso frio em sua voz. — Ela não precisa perder um grama. Se você a convencer a fazer uma dieta, eu vou *demitir* você.

Ela apenas sorriu, indiferente ao aviso e à minha expressão dura.

— Ok, ok, apenas uma leve sugestão.

Ela pôs as braçadas coloridas de tecido sobre a cama.

— Com base no seu tom de pele e tipo de corpo, escolhi cinco vestidos que achei que tinham a melhor chance de ficar bem em você. Experimente-os, se quiser, ou qualquer outra coisa que chame sua atenção. — Ela pareceu me dispensar completamente depois que terminou de falar, aproximando-se de James com os olhos arregalados.

Ela tocou a tinta vermelha no peito dele.

— Quando isso aconteceu? Tem que ser nova!

Ele apenas sorriu e virou para mostrar as costas. Ela ficou sem palavras com a visão.

Virei as costas para eles, pegando os vestidos na cama e entrando no closet para provar as peças, enquanto eles continuavam conversando.

Não dava para saber que era um quarto de hóspedes levando em conta o closet. Sozinho, já era do tamanho de um quarto, com espelhos que revestiam todas as paredes. Achei que era o quarto onde ele normalmente trabalhava com Jackie, vendo a quantidade de roupas, tanto masculinas como femininas, forrando as paredes, com etiquetas intactas.

Pendurei as escolhas de Jackie numa extensão de araras e as observei, em dúvida. Eram vestidos de festa. Eu gostava de saias e vestidos de verão se fossem frescos e confortáveis, mas me senti oprimida até de provar os vestidos para os quais estava olhando agora.

Respirei fundo e fui em frente. Eu não deixaria alguém como Jackie ver que eu estava intimidada pelas roupas, ou por nada disso, para falar a verdade.

Primeiro, peguei um vestido simples azul-marinho. Eu podia ver, pelo decote da metade superior, que eu não iria usar o vestidinho por baixo, então o tirei antes de passar o tecido sedoso pelas minhas pernas, quadris e, enfim, pelo busto. Era um vestido sem alças, com uma longa fenda na lateral. Fechava nas costas e eu não conseguiria sozinha. Quase o tirei só por causa disso, mas, com um suspiro, saí do closet para pedir ajuda.

Jackie ainda estudava a tatuagem no ombro de James quando eu saí. Ele me lançou um sorriso admirador.

— Ficou ótimo.

Dei-lhe um sorriso um pouco fraco. Quanto mais eu me preparava para o evento, mais me sentia sobrecarregada pelas minhas dúvidas. Esse não era o meu mundo, eu não queria que fosse, e não sabia se poderia fingir, mesmo para James.

— Pode fechar pra mim? — perguntei, minha voz muito dura, afinal, ele tinha uma mulher estranha passando a mão nas suas costas.

Ele se aproximou de mim, ignorando completamente a exigência de Jackie para ficar parado, e segurou as partes das costas e as fechou com mais facilidade do que eu esperava. O vestido não tinha nada de elástico no tecido de seda, e achei que iria ficar mais apertado.

Eu me virei para o enorme espelho pendurado na parede, aproximando-me para olhar o vestido com um olhar crítico. James me seguiu, vendo meu rosto mais do que tudo. Eu achava que ele podia sentir minha incerteza.

Achei que o vestido parecia bom o suficiente.

— Serve — eu disse indiferente. — E tem um bom comprimento. É impressionante, eu acho.

Jackie fez um muxoxo na garganta.

— Eles fazem dessa altura para saltos altos. Parece que você vai precisar de pelo menos um salto de sete centímetros para usar esse vestido. Serve bem. Um pouco sem graça, mas serve.

Voltei para o closet, engolindo um comentário sobre o fato de que ela é que tinha selecionado aquela peça.

Na sequência, escolhi um belo vestido lavanda. A gola era alta e eu não demorei muito para perceber que não poderia usar sutiã com aquele formato na parte de cima.

Eu normalmente não seria capturada nem morta sem sutiã em público, mas provei só para ver. A forma como ele prendia no pescoço dava um suporte surpreendente no busto, e a seda era macia de encontro à minha pele.

Era ajustado, mas não apertado, do pescoço até o quadril, onde ele se abria em camadas macias de chiffon. Uma fenda alta desnudava uma perna. Jackie gostava de seus vestidos de fenda alta. Era ultrafeminino, mas ainda sexy, e adorei instantaneamente.

James piscou para mim quando eu saí, ficando boquiaberto. Fiquei satisfeita. Na mesma hora, decidi usar o vestido. Os comentários de Jackie que se danassem.

Ela assobiou.

— Muito bom. Eu quase quero guardar esse para um evento maior.

— Não. Vou vesti-lo hoje à noite — informei a ela. Eu precisava de toda a autoconfiança que conseguisse para a noite, e James olhando para mim, da maneira como ele olhava, causava exatamente isso.

Ele engoliu em seco, depois lambeu os lábios. Todas as suas mensagens de nervosismo me faziam sorrir.

— Você está linda — ele disse, com sentimento. — Mas parece um pouco revelador. Você não acha que vai ficar muito transparente com os flashes das câmeras, Jackie?

Ela lhe deu um olhar do tipo "você acha que sou amadora?".

— Não estaria na pilha se isso acontecesse. — Ela voltou para mim, com a voz forte. — Agora para os acessórios. Você pode começar a se vestir, James. Deixa comigo.

R.K. Lilley

Capítulo 29

Jackie me indicou os sapatos de salto plataforma de dez centímetros azul-marinho com *peep toe*. Eram mais confortáveis do que pareciam, embora isso não dissesse muita coisa.

— Marinho combina com lavanda? — perguntei, em dúvida.

Ela me deu um olhar muito exasperado.

— Por acaso eu juntaria um com o outro se não combinasse? E James vai usar este incrível smoking todo azul-marinho. É bem arrojado. Só um supermodelo como o James poderia ficar bem nele. E ele mencionou que gosta quando vocês combinam, então acho que ele vai gostar dos sapatos.

Me olhando no espelho, eu tinha que concordar que os sapatos combinavam. Eu nunca teria imaginado que o vestido se destacaria ainda mais com sapatos brilhantes azul-marinho, mas *eu* não era estilista.

Ela suspirou, olhando para minhas joias.

— James obviamente quer que você use essa gargantilha e os brincos. Mesmo que sejam lindos, eu tinha outros acessórios em mente para esse vestido. Fazer o quê? Às vezes, tenho que comprometer a minha visão. Uma garota tem que comer. — Enquanto ela terminava de falar, James voltou a passos largos para o quarto, ainda sem camisa, trazendo uma caixa de joias nas mãos. Ele a colocou na cama sem dizer uma palavra, apenas sorriu ao sair de novo.

Jackie suspirou novamente, abrindo a caixa. Seus olhos se arregalaram. Ela me lançou um olhar especulativo. Tirou da caixa dois braceletes grossos cravejados de diamantes e veio até mim. Prendeu-os nos meus pulsos, sem fazer comentários sobre as lacerações que os cobriam. Ela me rodeou, franzindo os lábios enquanto puxava vários pontos no meu vestido, arrumando-o.

— Não precisa de ajuste, já que você é um absurdo de alta, então isso nos economiza tempo. — Ela pegou um robe branco macio de uma arara e o segurou para mim. — Para você não estragar o vestido enquanto faz o cabelo e a maquiagem. Temos um minuto para conversar.

Achei que soava ameaçador, mas encontrei seu olhar diretamente.

Ela arqueou uma sobrancelha para mim.

— James e eu nos conhecemos há muito tempo. Frequentamos a escola juntos. Sou a estilista dele, mas não porque preciso de dinheiro. Eu amo moda, mas também venho de uma família abastada. Já tive que fugir da minha cota de caçadores de fortuna, mas nada comparado ao que James tem que enfrentar.

Ela me olhou de cima a baixo, mas isso só fez minha postura endireitar.

— Você é bem atraente, mas devo admitir que não entendo. Sua vagina é banhada a ouro? Ele já foi perseguido por supermodelos e coelhinhas da Playboy. Ele comeu um monte delas; droga, a maioria delas, mas nunca falou sobre ter uma namorada. Nem mesmo uma vez. Agora você veio morar com ele, e ele está agindo como um homem de uma mulher só para sempre, de uma hora para a outra. Admito, estou intrigada e perplexa por essa mudança nele, mas não entendo nada. Como você o fez comer na sua mão, Bianca? E o que você sente por ele? Como uma entre seus poucos amigos íntimos, eu gostaria de saber as suas intenções.

Retribuí o olhar estreito dela com outro gélido. Se eu tivesse alguma dúvida antes, eu sabia agora: Jackie e eu não íamos ser amigas.

— Se você e James são tão amigos — comecei friamente —, você deve ter esta conversa com ele, não comigo. Você é praticamente uma estranha para mim. Não vou discutir com você os meus sentimentos nem as minhas intenções.

Ela simplesmente suspirou, como se eu a decepcionasse.

— Fui muito direta, não? Agora você não confia em mim. Eu sou franca, Bianca, mas nós não temos que ser inimigas.

Apenas dei um encolher pequeno de ombros, querendo que a conversa pessoal e constrangedora acabasse o mais rápido possível.

— Cabelo e maquiagem? — perguntei friamente.

Ela suspirou de novo.

— Siga-me. Elas arrumaram um espaço só para isso.

Jackie me levou até um cômodo grande no piso de baixo. Tinha paredes de vidro, e eu achei que devia ser algum tipo de sala de entretenimento antes que elas a tivessem dominado. Havia uma TV de tela plana enorme pendurada na parede e várias cadeiras reclináveis que tinham sido empurradas contra a parede, como se para dar espaço para o salão de beleza temporário. Duas mulheres estavam esperando e conversando, parecendo impacientes, quando entramos na sala. Havia uma cadeira de cabeleireiro em frente a uma mesa cheia de cosméticos e produtos para cabelo. Era intimidante imaginar que a instalação fosse inteira para mim.

Uma garota magra de cabelos escuros caminhou na minha direção, sorrindo. Seus cabelos castanhos pesados caíam em ondas até quase a cintura. Seu nariz dominava o rosto magro, mas de um modo atraente. De alguma forma, era um nariz marcante em vez de apenas grande. Seus olhos grandes e escuros ajudavam. E sua maquiagem havia sido artisticamente aplicada, com olhos esfumados e lábios cor de ameixa.

— Eu sou Amy — ela disse. — Vou cuidar da sua maquiagem. É um grande prazer conhecê-la, Srta. Karlsson.

Apertei a mão dela, refletindo que sua abordagem amigável foi o oposto da de Jackie.

— Prazer em conhecê-la, Amy. Por favor, me chame de Bianca.

A segunda mulher deu alguns passos à frente, seu sorriso tão amigável quanto o de Amy.

— Eu sou Ariel. Vou fazer o seu cabelo. É um prazer finalmente conhecê-la, Srta. Karlsson.

Apertei a mão dela, sorrindo. As mulheres agradáveis já estavam me ajudando a me livrar do clima chato que tinha ocorrido com Jackie.

— Bianca, por favor. Prazer em conhecer as duas.

Elas me sentaram na cadeira, atropelando-se para discutir meu cabelo e maquiagem, depois dando risadinhas uma com a outra. Obviamente eram amigas.

Facilitei para elas.

— Vocês são as especialistas. Confio no seu julgamento, então me arrumem do jeito que acharem melhor. — Eu nunca tinha gasto muito tempo ou pensamento na minha aparência, e não pretendia deixar meu estranho novo estilo de vida mudar isso.

Minha carta branca pareceu agradá-las, que se puseram a trabalhar. Fechei os olhos, deixando-as agir. Elas trabalharam em mim, secando meu cabelo e aplicando a maquiagem por talvez dez minutos antes de eu sentir James entrar na sala. As duas mulheres pararam por escassos momentos antes de retomar suas atividades. Imaginei que ele tivesse feito um aceno para que voltassem ao trabalho e se sentado para observar. Senti Ariel começar a brincar com o meu cabelo, puxando-o para trás e torcendo-o.

— Deixe o cabelo solto — James disse de algum lugar à minha direita.

Ariel deixou-o cair sem dizer uma palavra e passou a mão pelo comprimento.

James não ficou em silêncio por um minuto inteiro antes de falar de novo.

— Está me ignorando, amor?

Homem impaciente.

— Se você não notou, Amy está passando maquiagem no meu rosto. Estou tentando ficar parada.

Ele fez um pequeno barulho de descontentamento na garganta.

— Você pode abrir os olhos, Bianca. Posso trabalhar assim mesmo — Amy me falou. Percebi que ela estava apenas tentando apaziguar James, já que eu podia senti-la trabalhando nas minhas pálpebras.

— Tudo bem. Vou ficar parada até você terminar — eu disse a ela.

Passaram-se talvez trinta segundos antes de James falar de novo.

— Você gostou dos braceletes? — ele perguntou.

— São lindos. Obrigada — falei.

Amy e Ariel começaram a soltar pequenas exclamações de espanto ao ver minhas joias de diamante.

— Que luxo. De onde você pegou emprestado? Você precisa de um guarda-costas para andar com este tipo de joia. — A voz de Ariel transparecia espanto.

James respondeu por mim, mas senti meu rosto corar. Eu tinha tentado muito não pensar sobre o quanto valiam as joias que ele me dava, mas o comentário dela tornava difícil de ignorar.

— Na verdade, eu mandei fazer para ela — James contou. — É da coleção pessoal de Bianca.

Mais exclamações de espanto.

— Que namorado generoso — disse Amy, sua voz sonhadora.

— Isso não é nada. Ainda nem comecei a presenteá-la com as joias da minha mãe. Ela deixou o suficiente para pagar o resgate de uma rainha — James disse, um claro sorriso na voz.

Achei que as duas mulheres iam desmaiar quando se apressaram em lhe dizer o quanto ele era maravilhoso. Ele *era* maravilhoso, mas não tive coragem de me alegrar pela perspectiva de mais presentes extravagantes. Eles ainda só me deixavam desconfortável. E se ele não estava brincando, se realmente pretendia me dar algumas das joias que a mãe tinha deixado para ele, bem, isso era ainda mais desconcertante. Aquilo me parecia um passo ainda maior. Não se dava a uma mulher coisas com valor tão sentimental a menos que fosse a esposa, ou se você tivesse certeza de que ela seria. O pensamento fazia meu sangue gelar. Ele realmente pressionaria tanto com esse tema depois de eu mal ter concordado em viver com ele? Eu ainda não podia acreditar que estávamos caminhando tão rápido e, mesmo assim, ele queria mais. Tentei não entrar em pânico só de pensar.

— Ela me deixou até mesmo um anel de noivado de diamante cinco quilates, lapidação princesa, cercado de safiras em lapidação baguete. Vocês não acham que isso ficaria especialmente lindo na mão esquerda da Bianca?

Eu me senti um pouco zonza, mas as moças ficaram loucas, rasgando seda sobre o quanto ele era romântico. Falei para mim mesma, um tanto desesperadamente, que ele só estava brincando, que só estava se divertindo às nossas custas, mas eu estava começando a conhecê-lo bem o bastante para ficar preocupada.

— Apenas respire fundo, amor. Você se acostumará com a ideia depois que o choque inicial passar — James me disse, seu tom bastante casual, tendo em vista o assunto.

As meninas riram, como se ele estivesse brincando. Antes estivesse.

— James... — comecei.

— Respire fundo — ele disse novamente, e o claro sorriso em sua voz era irritante. Mas eu respirei fundo algumas vezes e ajudou um pouco.

Amy e Ariel terminaram meu cabelo e minha maquiagem num intervalo de tempo de segundos, quase como se tivessem feito daquilo uma ciência. Elas pareciam acostumadas a trabalhar juntas, então eu não me surpreenderia se esse fosse o caso.

— Obrigado, meninas — James disse, sua voz levemente rouca.

Eu conhecia aquele tom. Não era adequado em companhia de outras pessoas. Era carinhoso e afetado demais para isso.

— Pode abrir os olhos, Bianca. Nos diga o que você achou. Podemos mudar qualquer coisa que você não goste — Amy disse, adoravelmente sincera.

Abri-os e me olhei. Eu estava... deslumbrante. Estava mais bonita do que achava que a maquiagem era capaz de me deixar. Meus olhos estavam delineados em um marrom suave; os cílios, suntuosos e pretos. Minhas pálpebras tinham um toque de lavanda perto das sobrancelhas, com um violeta mais vibrante ao longo dos cílios. A cor destacava meus olhos de forma surpreendente, o delineador fazendo-os parecerem enormes no meu rosto arredondado. Um toque de bronzeador nas minhas bochechas tinha me deixado reluzente, e o leve rosado dos meus lábios os deixavam cheios e convidativos. Meus cabelos estavam retos e lisos, a franja curta harmonizada com a maquiagem para destacar meus olhos clarinhos em tons de água-marinha.

— Uau — consegui falar.

— Maravilhosa — James murmurou.

Meus olhos viajaram para ele quando falou. Ele tinha virado uma das cadeiras reclináveis em minha direção e estava descansando nela, confortavelmente, vestido com uma calça perfeita, uma perna apoiada sobre o joelho, sapatos azul-marinho brilhando na luz. Eram a versão masculina dos meus sapatos. Eu tinha certeza de que ele adoraria ter essa constatação, se já não soubesse. Diabos, eu estava adorando. Ele estava incrível, claro. Jackie estava certa sobre o smoking ser arrojado. Era elegante e marinho, mais ajustado do que um smoking comum, o que ressaltava seu porte musculoso perfeitamente. Até mesmo sua camisa e gravata-borboleta eram de um tom marinho que reluzia mais na luz do que o resto do conjunto. Era o tipo de coisa que poderia ser normalmente visto em uma passarela de semana da moda, pois ninguém que não fosse um maldito modelo de passarela ficaria bem naquilo. O azul-marinho destacava seu bronzeado, e os olhos turquesa brilhavam vibrantes em contraste aos tons escuros. Seu cabelo estava penteado para trás só um pouquinho.

Apontei para ele.

— Só levou mesmo dez minutos para você ficar assim? Isso é tão injusto.

Ele olhou no relógio. Não era um que eu já tinha visto antes. Eu rapidamente percebi que ele gostava de colecionar relógios. Dos caros, é claro.

— Amor, só levou quarenta e cinco minutos, então você realmente também não pode reclamar. Isso é inédito para um evento de tapete vermelho.

Eu acenei para as mulheres atrás de mim.

— Precisei de uma equipe para ficar pronta tão rápido, Sr. Magnífico.

Amy e Ariel riram ao ouvir o nome.

James sorriu.

— Todas as mulheres que vão ao evento esta noite tiveram uma equipe para arrumá-las, amor, e eu garanto que nenhuma outra só levou quarenta e cinco minutos, com equipe ou sem.

James educadamente dispensou a minha "equipe" de beleza, e eu as agradeci de novo.

Quando estávamos finalmente sozinhos, ele me colocou em pé e tirou o robe que protegia meu vestido. Seus olhos eram cálidos quando ele me encarou, estudando-me da cabeça aos pés. Ele sorriu quando viu nossos sapatos de couro envernizado correspondentes, azul-marinho.

— Suponho que você goste de me ver toda arrumada assim. Você vai tentar colocar essas duas atrás de mim para conseguir esse efeito com mais frequência? — perguntei, brincando só um pouco. Não dava para saber o que esse homem louco faria.

Ele passou a língua pelos dentes, um gesto que sempre me deixava louca.

— Para dizer a verdade, eu gosto mais de você sem maquiagem e sem nada mais. Nunca conheci uma mulher que ficasse mais bonita sem nada. Mas tenho que admitir que eu amo a ideia de te jogar na cara da imprensa quando você está tão arrumada e linda, e quando eles publicaram tantas coisas desfavoráveis a seu respeito. Vou fazer todos eles parecerem idiotas, depois de tanta bobagem que foi publicada.

Dei um encolher de ombros. Eu realmente não podia permitir que as coisas ditas a meu respeito me afetassem, ou nunca mais sairia de casa. Achei um pouco ingênuo da parte de James pensar que poderia mudar a opinião de todo mundo, depois das coisas que já foram ditas sobre ele. Eu certamente não estava ansiosa por nada disso.

Capítulo 30

Jackie reapareceu quando estávamos quase no elevador, entregando-me uma bolsinha *clutch* minúscula de couro envernizado azul-marinho. Era bonita, mas eu odiava ter algo comigo que me tiraria o uso de uma das mãos pela noite inteira, então eu recusei. Ela pareceu perplexa pela recusa, olhando para a bolsa em sua mão como se ela tivesse feito alguma coisa para justificar a rejeição.

Olhei para James.

— Eu preciso levar alguma coisa?

Ele considerou.

— Apenas o que você consideraria essencial. Se não tiver nada que queira levar, então você certamente não precisa.

— Mas a bolsa completa o conjunto! — Jackie disse.

Eu apenas olhei-a. Se ela estivesse prestando atenção, poderia ver nos meus olhos que eu não me importava tanto assim sobre "completar o conjunto". Ela finalmente entendeu e saiu do nosso caminho, embora o olhar que me deu fosse menos do que amigável.

— Você vai esta noite? — James perguntou a ela, ao me conduzir para dentro do elevador com a mão na minha lombar.

Ela encolheu os ombros.

— Talvez eu vá para falar no tapete vermelho sobre quem eu vesti esta noite. Publicidade gratuita e tudo mais.

James só balançou a cabeça, apertando o botão.

Jackie apressou-se para dentro do elevador. Ela pareceu ter percebido de repente que também estava saindo e apertou o botão para o décimo quinto andar. Ela viu meu olhar.

— Eu também moro neste prédio — explicou.

Bem, que conveniente, pensei.

Ela desceu no seu andar com um pequeno aceno desdenhoso.

— O que você achou da Jackie? — perguntou James logo que a porta se fechou.

Dei-lhe meu pequeno encolher de ombros, que o deixava louco. Eu queria um ar indiferente, mas arruinei tudo com uma pergunta idiota.

— Você dormiu com ela?

Ele não se ofendeu, como a maioria dos homens provavelmente o faria. James nunca parecia se importar com as minhas perguntas sobre seus casos passados. Ele não *gostava* das minhas perguntas, mas parecia sempre disposto a me responder. Eu apreciava sua franqueza, mesmo que não gostasse das respostas.

— Não. Sempre fomos estritamente platônicos, e somos amigos desde o colégio. Então, o que você achou dela?

Fiz uma pequena careta, mas não tão pronunciada que ele pudesse ver.

— No momento, estou me esforçando para poupar o julgamento. Ela me disse que vocês são amigos há muito tempo, mas ela parece estar nutrindo um vago desapreço por mim. Até agora, o sentimento é bem recíproco.

Sua mão agarrou meu quadril quase dolorosamente.

— Por quê? O que ela disse para você?

Lancei um olhar para ele.

— Ela acha que estou atrás do seu dinheiro, eu acho. É o que você pode esperar que todos pensem e digam. Preciso me acostumar com esse tipo de bobagem, eu suponho.

Ele usou o aperto no meu quadril para empurrar meu outro lado para seu abdome rígido e falou muito perto do meu ouvido, como se não estivéssemos sozinhos no elevador.

— Você não precisa aguentar isso. Podemos demiti-la. Você pode demitir qualquer um que não sirva para você, por qualquer motivo.

Coloquei a mão em seu peito, bem no coração, onde meu nome estava marcado, e olhei para seus olhos amorosos.

— Isso não é necessário. Você obviamente foi capaz de manter um bom relacionamento profissional com ela ao longo dos anos. Talvez só não peça mais para ela fazer compras para mim. Eu não queria mais nada mesmo. Já são coisas demais.

— Vou falar com ela, Bianca. Se ela te desrespeitar novamente, vou demiti-la. Ela vai receber um aviso claro, mas só um.

Esfreguei o pequeno lugar no seu peito.

— As pessoas vão pensar isso, James. Precisamos estar preparados. É uma conversa que eu, sem dúvida, vou ter de novo e de novo. Não há nenhuma maneira de eu provar ao mundo que não quero um maldito centavo seu.

Chegamos ao térreo, e ele me abraçou ao lado do seu corpo, uma das mãos buscando o aro do meu colar para enroscar o dedo, quando passamos pelo luxuoso saguão e fomos para o carro que nos aguardava. Naquele pequeno espaço da porta do prédio até o carro, três flashes dispararam na nossa cara bem quando estávamos entrando no carro. James me conduziu sem dizer uma palavra, com o corpo bem perto das minhas costas. Deslizei sobre o assento para lhe dar espaço, mas ele apenas me seguiu e colou-se ao meu lado quando a porta se fechou atrás de mim.

Ele beijou a pele logo atrás da minha orelha enquanto falava.

— E apesar disso, é tudo seu, amor. Até o último centavo. Quero colocar o mundo a seus pés. Não há nada que eu não faria por você. Você sabe disso, não é?

Esfreguei as mãos sobre ele de forma reconfortante, ouvindo uma estranha vulnerabilidade em sua voz. Acariciei seu joelho e encontrei o meu lugar favorito em seu coração, passando a mão sobre ele de novo e de novo.

— Não preciso de nada disso, James. Eu comecei a precisar de *você*. Eu amo sua honestidade, sua ternura e seu domínio.

Respirei fundo, de repente em pânico sobre as coisas que estavam saindo da minha boca. Eu nunca tinha dito nada tão revelador para ele antes.

243

Mile Hight

— Mas não preciso de nenhuma outra coisa — concluí com firmeza.

— No entanto, está à sua disposição — ele murmurou, enterrando o rosto no meu pescoço. Ele começou a chupar ali, e eu derreti. Ele recuou abruptamente. — Não quero bagunçar você antes do seu primeiro tapete vermelho.

Eu estava sem fôlego quando respondi.

— Pelo menos agora não estou nervosa. Não consigo me lembrar por que eu deveria me importar o suficiente para ficar nervosa. Eu só me importo em fazer você me tocar de novo.

Ele jogou a cabeça para trás e riu. Era sua risada feliz, e eu senti meu corpo inteiro ficar macio. Meu sorriso, quando nossos olhos se encontraram, era inacreditavelmente carinhoso. Eu achava que não havia muito que eu não fizesse para deixá-lo feliz. E, no entanto, eu tinha feito muito pouco com esse intuito. Me parecia milagroso que todos os meus pequenos gestos o afetassem tanto.

Ele ainda estava me dando aquele sorriso de menino quando o carro parou; o evento era aparentemente muito perto da casa dele.

James me tirou do carro habilidosamente, sua mão descendo rapidamente para a minha cintura. Ele me conduziu pela imprensa como se fosse um baile, as câmeras disparando diante de nós em rápida sucessão. Colei meu sorriso mais educado no rosto. Era um sorriso automático para fotos, ainda que um pouquinho frio. Eu o tinha aperfeiçoado desde tenra idade. Crescer depressa e dolorosamente me ensinou esse sorriso. Sim, era polido, mas eu tinha conquistado essa polidez.

Alguns fotógrafos gritaram comentários um pouco rudes, mas nós dois ignoramos. Eles estavam agindo daquele jeito por um motivo, e era a última coisa que eu lhes daria. Meu sorriso nunca nem saiu do lugar.

James beijou minha testa quando finalmente seguimos para a entrada do prédio.

— Você tem um talento natural. Aqueles lobos que se acostumem.

Minha mente já havia superado a estranha experiência do tapete vermelho quando vi uma entrada para algum tipo de salão de baile elaborado.

— Oh, James, eu não sei dançar. Eu nem pensei nisso.

Ele beijou minha testa novamente, e eu peguei o canto de seu sorriso na minha visão periférica.

— Você só precisa dançar comigo, amor. E todos sabemos muito bem que, se eu conduzir, você sabe acompanhar, mesmo sem experiência.

Tentei falar para mim mesma que ele podia estar certo. Talvez pudesse ser simplesmente tão fácil. Apesar disso, senti o nervosismo apertar meu estômago.

Uma sequência que parecia interminável de apresentações e de conversas sobre amenidades começou quase imediatamente. Imaginei, por causa de algumas cordialidades trocadas, que era um evento no qual a mãe dele tinha se envolvido antes de falecer. Ela percorria as instituições de caridade, eu fiquei sabendo, doando quantias generosas tanto do seu tempo, quanto de dinheiro. James havia mencionado brevemente que era um evento para angariar fundos em prol da pesquisa contra o câncer em um proeminente hospital de Nova York. Tentei dizer as coisas certas quando se dirigiam a mim, mas rapidamente me senti um peixe fora d'água. Eu nunca tinha ido a nada parecido com um evento beneficente antes, e todas aquelas pessoas importantes estavam me deixando confusa. Era meio assustador, para dizer o mínimo.

James, por sua vez, era um acompanhante perfeito para um evento desse tipo, incluindo-me em conversas que não tinham nada a ver comigo e mantendo a mão quente no meu quadril, muitas vezes mandando sorrisos calorosos e reconfortantes na minha direção. Ele parecia contente só em ter-me ao seu lado. Mas eu só me sentia desconfortável, como se não tivesse nada que estar fazendo ali. As apresentações rapidamente se tornaram um borrão para mim. A maioria das pessoas que conheci não deixavam uma impressão suficiente para que eu ligasse o nome à pessoa nem mesmo momentos depois do nosso contato. Mas havia algumas exceções.

Após termos nos misturado por uma hora inteira e consistente, veio até nós uma mulher de aparência mais austera que eu já tinha visto na minha vida. Devia ter setenta anos, com cabelos presos em um coque severo, e um vestido azul-marinho do pescoço aos pés, com linhas rígidas ressaltando uma silhueta franzina.

Ela parou diretamente diante de nós antes de falar. Seu tom era gélido, e o sotaque era nítido e britânico.

— James. Como você está esta noite?

Os olhos dele eram frios quando observaram a mulher, mas, no momento em que ela falou, detectei uma nota de algo que eu nunca tinha ouvido dele antes. Era quase como se ele adquirisse um tom afetado e levemente sarcástico, imitando o sotaque dela só o suficiente para atormentá-la. Eu o observei fascinada.

— Tia Mildred. Eu estou bem. E como vai a senhora nesta bela noite?

A sobrancelha dela se arqueou. Pensei que, com ela, poderia ser uma forma de responder. Ela nem sequer me dirigiu um olhar.

— Bem o suficiente. Mas tenho ouvido coisas a seu respeito. Coisas perturbadoras. Ainda mais perturbadoras do que suas extravagâncias costumeiras. Por favor, me diga que você não convidou uma aeromoça pé rapada para viver em uma das suas casas.

Fiquei rígida, mas não consegui desviar os olhos de James. *Como todo mundo parece saber que estamos morando juntos antes mesmo de isso ter acontecido? Eu* mal havia concordado com tudo aquilo.

Os olhos dele começaram a brilhar, mas não era um brilho do tipo bom. Era como se ele tivesse envolvido aquela mulher em conversinhas hostis por vezes demais a ponto de perder a conta, e eu achava que ele poderia estar ansioso para ofendê-la.

— Tia Mildred, apresento minha namorada, Bianca. Bianca, esta é minha encantadora tia Mildred.

A mulher megera só me dispensou um olhar malevolente e um sorriso de escárnio.

— Agora, tia — James começou naquele tom irritante —, é melhor a senhora ser gentil com minha adorada Bianca. Eu não a convidei para viver em uma das minhas casas. Eu lhe dei boas-vindas para viver em *todas* as minhas casas. E embora eu saiba que partiria o seu coração se algum dia acontecesse alguma coisa comigo, a senhora ficará em dívida com este anjo para cuidar das suas despesas quando eu falecer, pois ela vai ser minha única herdeira.

Disparei um olhar para ele. Eu não queria que ele me colocasse no meio do que era obviamente uma disputa familiar. Deixei meus olhos lhe transmitirem essa mensagem. Ele apenas sorriu para mim, acariciando minha bochecha com um dedo.

Mildred resmungou.

— Eu sei que você gosta de se divertir às minhas custas, seu pestinha, mas isso está indo longe demais. Francamente, que coisa ridícula de se dizer. Você vai dar à pobre criança delírios de grandeza.

Ele parou de sorrir, desferindo-lhe um olhar muito sério.

— Não é brincadeira, Mildred. Conheça o meu futuro. O nome dela é Bianca. Se conforme com isso. Meu conselho seria manter uma boa relação com ela. — Logo em seguida, ele me levou dali.

R.K. Lilley

Capítulo 31

Ele estava tenso enquanto me conduzia.

— Por favor, não me envolva nessa coisa de família, James. Isso me deixa terrivelmente desconfortável.

Ele apertou a boca.

— Basta lidar com isso usando a mesma praticidade com que você lidou com a imprensa, amor. Minha família é uma merda até o enésimo grau, e agora você é parte dela. Acredite em mim, é melhor enfrentar todos eles de cabeça erguida.

— Enfrentá-los é diferente de incitar aquela mulher horrorosa com mentiras sobre os herdeiros.

Ele franziu os lábios, me avaliando. Percebi que ele estava debatendo consigo mesmo o que iria me dizer.

— Não era mentira, Bianca. Você vai herdar tudo, em caso do meu falecimento. Já comecei o processo.

Oscilei um pouco nos meus pés, me sentindo de repente bastante zonza.

— Por favor, não, James. Não diga isso, e, se você estiver tão louco a ponto de essas coisas serem verdade, não faça isso. É a última coisa que eu quero. Sua família vai me desprezar.

— Lamento dizer que eles vão desprezá-la de qualquer jeito. São um ninho rancoroso de víboras, e, se alguma coisa acontecer com nós dois, toda a riqueza da família vai ser destinada às instituições preferidas da minha mãe. Eu sei que você vai me dizer que estou sendo apressado demais, que isso é repentino, mas é assim que eu faço as coisas, Bianca. Quando tenho a certeza de uma coisa, sou decidido. — Seus olhos eram firmes nos meus quando ele falava, e nós nos encaramos por um longo momento, enquanto eu tentava processar o que ele estava dizendo.

— Você não vai me dissuadir disso — ele continuou. — Estou bem resolvido quanto a essa decisão. Só precisa incomodá-la tanto quanto você deixar. Volte a fingir que você não sabe, caso precise.

Olhei-o bem nos olhos, por um longo tempo.

— Você é impossível — falei para ele.

Ele teve a audácia de sorrir.

Seu olhar disparou para um ponto atrás de mim e, em um instante, o sorriso tinha desaparecido, substituído por uma máscara muito cuidadosa e muito vazia. Aquilo me preocupou. Eu não queria ver o que o incomodava o suficiente para fazê-lo se fechar tão depressa.

Virei-me, um sentimento próximo de pavor no meu estômago, e, com toda certeza, era justificado. Jules estava a menos de três metros, claramente caminhando até nós em meio à multidão.

James se aproximou mais de mim, inclinando a cabeça no meu ouvido.

— Eu sinto muito. Não sabia que ela estaria aqui.

— Não estou evitando a Jules — falei, sem nunca deixar que meus olhos abandonassem a mulher deslumbrante.

Ela estava estonteante em um vestido de seda creme. Seus ombros eram perfeitos e delicados no vestido clássico sem mangas, a pele em um tom de bronzeado perfeito, em contraste com a seda clarinha. Meus próprios ombros eram largos, ossudos e brancos. Seu decote era perfeito, mostrando apenas o suficiente para ser elegante e sexy. Já o meu decote me fazia sentir vulgar em comparação. Se era justo ou não, eu a odiava.

— É o melhor a fazer, em geral, eu suponho — James disse baixinho no meu ouvido. — Estou vendo daqui, porém, que ela está determinada a criar problemas para nós. Por favor, meu amor, não a deixe atingir você.

Respirei fundo, mas não respondi. Da última vez que eu tinha visto a mulher, estava arrasada por causa das coisas que ela tinha dado a entender sobre seu relacionamento com James. Se eu confiasse em James, e estava começando a confiar, essa mulher só podia estar beirando a loucura, plantando histórias para a imprensa sobre seu caso romântico fictício. Eu estava determinada a não deixá-la me irritar. Ela não valia a pena, mesmo que fosse uma das mulheres mais bonitas que eu já tinha visto. Eu a desprezava por isso, por estar tão próxima do exemplo feminino da beleza impossível de James.

Jules nos deu o que parecia ser um sorriso verdadeiramente genuíno quando se aproximou.

— James! Bianca! Como é bom ver vocês dois. — Ela deu beijinhos no ar no rosto dele e no meu.

Nossas reações e posturas foram quase idênticas quando ela se aproximou; rígidos e sem passar confiança. James me abraçou junto ao seu corpo com um braço duro ao redor da minha cintura, sua mão subindo para agarrar meu quadril firmemente, um lado do seu corpo pressionado nas minhas costas.

Pensei, ressentida, que até mesmo o perfume de Jules era perfeito quando ela recuou com um sorriso nos lábios vermelho-sangue.

— Dá um tempo, Jules. Eu sei sobre as histórias que você andou plantando. O que é que você esperava conseguir com tudo aquilo? E trazer a *mulher* aqui? O que você está fazendo? Por que desperdiçar tanta energia? Só por puro despeito? Ou você é mesmo tão viciada em aparecer nas manchetes? — James falou com uma voz fria e desdenhosa que, de alguma forma, conseguia ser entediada. O sorriso de Jules quase não saiu do lugar, mas senti que tanto desdém a esmagava por dentro quando olhei em seus olhos cinzentos.

Ela está apaixonada por ele, pensei. Eu não deveria ter ficado surpresa, considerando tudo. E claro, a maior consideração era o próprio homem. *Quem não estaria apaixonada por ele?*

Eu não tinha notado a segunda mulher até que James a mencionou, embora fosse difícil de acreditar que alguém conseguisse ignorar aquela mulher deslumbrante. Talvez fosse seu tamanho. Ela era muito pequena, talvez um metro e meio de altura, com um cabelo preto encaracolado que pendia solto até a cintura.

Seu rosto tinha uma beleza devastadora. Até mesmo Jules não era páreo para aquela mulher. Tinha o rosto de um anjo, os olhos de um azul cristalino que contrastava com a pele bronzeada. O tom da pele era praticamente o mesmo da mulher que estava tão perto, ao seu lado. Na verdade, os tons de pele correspondiam tão perfeitamente a ponto de me fazer pensar que elas poderiam ser irmãs. Ou isso, ou tinham usado o mesmo spray bronzeador. Em caso afirmativo, valia cada centavo gasto.

Ela usava um vestido vermelho que combinava com os lábios carnudos. Era um estilo clássico que se equiparava ao vestido de Jules quase perfeitamente, até mesmo o tecido — uma seda era vermelha e a outra, creme —, como se tivessem planejado. Um anjo e um diabo. Elas estavam de mãos dadas, e eu sabia que essa mulher era problema para mim. Eu simplesmente sabia.

Provavelmente era o jeito que seu foco nunca desviava de James. *Como se ele a tivesse treinado para nunca desviar os olhos dele...*

— Bianca, querida, esta é Jolene. Jolene, Bianca. Eu sei que você estava morrendo de vontade de conhecê-la. O que achou? — Jules dirigiu-se a Jolene.

Jolene encolheu um ombro lindo, seu olhar nunca deixando James.

— Olá, Sr. Cavendish — ela disse suavemente. Sua voz era quase arfante e soprava notas sexy exageradas entre os poucos centímetros que nos separavam.

Olhei para James, quase com medo de ver a reação dele diante da mulher deslumbrante.

Ele a cumprimentou com um aceno firme da cabeça, os olhos gelados e ilegíveis.

— Jolene.

Jules ignorou todo o constrangimento, sorrindo para mim como se fôssemos amigas de longa data.

— Você e a Jolene têm muito em comum, Bianca. Aposto que você pode imaginar algumas dessas coisas...

A mão no meu quadril tinha se transformado em um absoluto punho de ferro.

— Bem, tivemos o suficiente de jogos imaturos por esta noite. Por favor, nos deem licença, meninas. Ah, perfeito. Acho que estou vendo seu irmão, Jules. — Tive um vislumbre da expressão quase em pânico no rosto de Jules quando James me puxou para longe. Ela estava procurando no meio da multidão, não parecendo nem um pouco feliz.

Não tive tempo de fazer nenhuma pergunta a James sobre a estranha conversa, ou as conclusões a que eu tinha chegado, antes que ele estivesse me apresentando para um homem deslumbrante que eu sabia, com um só olhar, que era o irmão de Jules. Eles poderiam ser gêmeos, embora ele fosse muito mais alto e mais largo.

— Bianca, este é meu grande amigo, Parker. Parker, esta é a minha Bianca.

O homem sorriu calorosamente, tanto quanto sua irmã, embora eu achasse que seu sorriso pudesse ser realmente genuíno.

— É um prazer conhecê-la, Bianca. James me instruiu a não te assustar, mas eu gostaria de agradecer por você finalmente tê-lo feito sossegar. Minha esposa e eu adoraríamos receber vocês para jantar. Quando for conveniente, é claro. Você deveria ver James com nosso bebê de dois anos. Você vai sentir uma vontade louca de ter um bebê quando o vir, te garanto.

Eu ainda estava rígida e chateada pelo contato com Jules e Jolene, e isso só me fazia ficar ainda mais tensa. Eu simplesmente não sabia como responder tal declaração. Nem sabia por onde começar.

James apenas suspirou.

— Essa não foi uma boa maneira de *não* a assustar, Parker. Claro, não ajuda em nada que acabamos encontrar sua irmã maluca. A propósito, ela anda mais louca do que nunca. Ela está aqui com Jolene.

Parker começou a vasculhar a multidão com o olhar.

— Aquela pirralha. Que diabos ela está fazendo aqui, a propósito? O que ela espera conseguir? Ela só está fazendo isso para você nunca mais querer falar com ela na vida. Vou falar com ela. Para que lado ela foi?

James apontou na direção que tínhamos vindo, e Parker partiu em um flash. James sorriu para mim.

— Ele vai dar sermão nela a noite toda.

Não pude responder, pois outra mulher se aproximou de nós, seu sorriso amigável e caloroso. Tinha talvez quase um metro e setenta, com cabelos cacheados loiros quase brancos, presos em um penteado elegante. Sua beleza era clássica, com feições harmoniosas e lábios rosados. A cor do seu vestido rosa-claro combinava perfeitamente com ela. Tinha um ombro só, cauda sereia, com camadas bufantes de tafetá, que balançavam quando ela andava. Eu não conhecia muitas mulheres que ficariam bem naquela roupa. Tinha um corpo bem esguio e absoluta confiança em si mesma. Me ocorreu que Jackie adoraria vestir aquela silhueta.

Ela caminhou diretamente para os braços de James e lhe deu um longo abraço. Observei o contato com a máscara fria que eu tinha adotado para a noite e me afastei deles com um passo cuidadoso. Eu me perguntava quais eram as chances de que James, de alguma forma, não tivesse dormido com essa mulher graciosa. Não muito altas, eu supunha. Ficaria feliz em estar errada.

Ela finalmente recuou para sorrir para nós dois, olhando para a frente e para trás entre nós. Ela sorriu, seu olhar agora fixando-se em mim.

— Você deve ser a Bianca. Estou muito feliz por conhecê-la. Sou a esposa do Parker, Sophia.

Sorri de volta, mas eu sabia que minha expressão era rígida. Eu tinha me resguardado demais para sequer adotar um sorriso verdadeiro.

— Prazer em conhecê-la, Sophia.

— Jules está de volta. Parker saiu para tentar colocar juízo na cabeça dela. Ela e Jolene vieram juntas.

Sophia fez uma careta.

— Aquela tolinha. — Ela olhou para mim, tentando tocar meu braço de um jeito tranquilizador. — Jules faz uma boa cena, mas ela é basicamente uma socialite mimada a ponto de nunca ter precisado lidar com a noção de que ela não pode ter tudo o que quer. Ela está sendo particularmente estúpida em entender que não pode ter o James. Eu e Parker ficamos loucos que, até hoje, o pai deles dá a Jules tudo o que ela quer. Ela nunca teve que trabalhar um dia na vida, e tem tempo livre de sobra para causar problemas.

Sofia olhou para James.

— Parker está considerando seriamente contar ao pai deles algumas das coisas que ela fez. Ela quase já convenceu os pais de algumas das fantasias sobre vocês dois. Como se ela estivesse apaixonada por você todos esses anos, o que é o oposto da verdade, que é a de que ela sempre faz tudo o que bem entende, com seja lá quem ela queira, homem ou mulher. Sabe, até contra *mim* ela agiu quando Parker e eu ficamos noivos. O fato é: ela acha que está apaixonada por você, mas é só porque ela é egoísta demais para saber o que realmente é amor. E você sempre foi claro sobre como se sentia. — Ela respirou fundo depois desse pequeno discurso. Eu só pisquei para ela. Não muitas pessoas eram tão abertas em um primeiro encontro.

— Enfim — ela continuou —, não se surpreenda se vir os pais de Jules e Parker e o clima for um pouquinho estranho. Eles não têm noção do que *realmente* está acontecendo.

James deu um suspiro pesado.

— Não posso dizer que estou ansioso. Talvez eu também dê uma palavrinha com eles. As coisas que ela tem contado para as revistas de fofoca são inaceitáveis.

Sophia ficou branca.

— Sim, você está absolutamente certo, mas acho que Parker é que deve falar com eles sobre tudo isso. Vou garantir que ele faça isso o mais rápido possível.

James assentiu, mas não parecia feliz.

Sofia pareceu identificar alguém na multidão atrás de nós e me beijou na bochecha.

— Por favor, vocês precisam vir jantar na nossa casa uma hora dessas. Prometo que a conversa será sobre coisas mais agradáveis. — Fiz que sim, rigidamente, antes de ela sair andando.

James ficou olhando-a ir, acenando para seja lá quem ela estivesse indo encontrar. Imaginei que fosse Parker, embora não tenha me virado para olhar. Ele me estudou por um longo tempo, parecendo solene e um pouquinho preocupado.

— Você está bem, amor?

Eu apenas o observei, sentindo um aperto doloroso no peito.

— Jolene era sua submissa — eu disse, minha voz muito baixa.

R.K. Lilley

Capítulo 32

Sua boca se apertou e a mandíbula trincou, mas ele não pareceu nem um pouquinho surpreso que eu tivesse adivinhado.

— Sim, ela era. Passado. Por favor, não vamos falar sobre isso aqui. Eu vou te dizer qualquer coisa que você queira saber, só que mais tarde.

Pensei nele fazendo todas as coisas que faz comigo com aquela criatura perfeita e senti enjoo. *Como eu poderia competir com uma mulher tão linda? E como ele iria me querer por muito tempo, quando tinha uma mulher daquelas, ainda tão obviamente apaixonada por ele?* O pensamento era assustador e desmoralizante.

Ele agarrou minha nuca firmemente. Meu olhar tinha ficado um pouco perdido com meus pensamentos, mas eu olhei para ele diretamente. Seu rosto estava composto, mas havia uma perturbação em seus olhos.

— Por favor, não pense assim — ele disse, sua voz baixa, mas dolorosa.

Arqueei uma sobrancelha para ele.

— Você está lendo minha mente agora? — perguntei. A brincadeira era apenas parcial. O homem tinha uma incrível capacidade de me ler.

Ele suspirou.

— De certa forma. Eu percebi só de olhar que você estava com dúvidas a nosso respeito. A meu respeito. Não posso mudar meu passado, Bianca. Tudo o que posso fazer é ser honesto com você, e eu fiz o meu melhor.

Tentei fazê-lo entender.

— Eu entendo. Mas compreensão e aceitação desse fato nem sempre são a mesma coisa. Seu passado, todas as outras mulheres… me intimidam. Não há como competir com isso.

Seus olhos ficaram um pouco selvagens diante das minhas palavras. Sua voz continha uma pitada de raiva quando ele falou.

— Nunca te pedi isso. Você não tem que enfrentar nenhuma competição por mim, Bianca. — *Alguém devia dizer isso a todas as suas ex-amantes*, eu pensei, mas, tendo o pensamento, eu sabia que era bobagem.

Ele me analisou, visivelmente se acalmando daquele jeito volátil que ele tinha.

— Vamos dançar — ele murmurou, levando-me na direção do salão de baile.

— Eu realmente não sei dançar — falei, minha voz muito baixa para não ser ouvida.

— Não importa. Eu quero te mostrar uma coisa. Venha.

Ele me levou, determinado, para o salão e me conduziu à pista sem mais delongas. Ele me puxou para a dança como se fosse a coisa mais natural do mundo. E acabou por ser exatamente isso. Ele conduziu, e eu segui. Ele me abraçou bem junto do seu corpo, quase um suspiro entre nós, e nos moveu como se tivéssemos praticado mil vezes.

Ele murmurava no meu ouvido enquanto nos conduzia pelos passos que acabaram sendo fáceis e naturais.

— Você pode não gostar da minha experiência, mas tem seus usos. Isso me fez ver muito cedo que você e eu somos diferentes. Isso que nós temos é diferente. Veja esta dança, por exemplo. É tão natural, conduzir e acompanhar, porque você e eu combinamos perfeitamente. E eu sabia que seria. Não tinha dúvidas, e eu estava correto. É assim que sempre foi com você, Bianca. Você não é experiente. E talvez por isso você não consiga ver como somos perfeitos juntos. Agora pelo menos eu vejo. É por isso que você precisa aprender a confiar em mim. Tenho certeza disso, tenho certeza de nós. Vou me esforçar para convencê-la disso também, meu amor.

Deixei-o me guiar pela dança e me senti como em um sonho. Ele assumiu o controle e foi mágico. Um violino marcado adicionou um aspecto melancólico à dança, mas também acrescentou emoção. Eu olhava para ele enquanto nos movíamos, mas poderia ter fechado os olhos, de tão natural que era tudo aquilo. Havia momentos em que eu poderia deixá-lo assumir o controle, e era perfeito. Eu pensei que esse efeito só poderia funcionar no quarto, mas, aparentemente, dominava a pista de dança também.

— Ah, James. — Suspirei, sem saber o que fazer com ele. Ele era uma força da natureza. — Tudo isso foi tão rápido. Você toma conta de cada parte minha.

Eu não queria arruinar o momento, mas o senti rígido instantaneamente ao ouvir as minhas palavras.

— Isso soa ameaçador — ele disse, sua voz muito baixa e carregando um desconforto quase imperceptível. Eu me perguntei, tristemente, se eu é que tinha posto a vulnerabilidade nos olhos dele. Se eu era a razão do seu comportamento tão comedido. Me repreendi em pensamento. Eu estava me dando crédito demais. Perversamente, o pensamento me fez sentir tanto triste, quanto tranquilizada.

Ele me levou da pista quando a música foi interrompida por um instante. Ele ignorou a música quando começou de novo, um lento e sensual acorde forte na música instrumental. Eu só sabia que eu tinha ensombrecido seu humor.

— Preciso usar o banheiro, James — falei baixinho. Principalmente, eu precisava de um momento para mim. Eu só tinha falado a verdade. Eu me sentia totalmente consumida por ele. Ainda assim, me doía desagradá-lo, como eu sabia que minha relutância constante o desagradava, e eu precisava de um momento sozinha para me recompor. Uma onda de tristeza me balançou. Era para eu ser a inocente nessa história, mas simplesmente não conseguia confiar em James da forma como ele confiava em mim. A mera ideia era impossível para mim. Eu nem confiava nos meus próprios sentimentos. Todos os sentimentos que ele provocava em mim se deparavam com a minha relutância, com o meu ceticismo e com a minha dúvida. Eu me sentia uma pessoa incompleta. A parte de mim que poderia confiar em outras pessoas, de alguma forma, estava ausente na minha alma.

— Claro. Por aqui — ele disse, sua voz tão baixa quanto a minha tinha estado, me conduzindo com a mão logo acima do meu cotovelo.

Senti o desejo de tranquilizá-lo, ou mesmo de me desculpar; pelo quê, eu não tinha certeza. No final, fiquei em silêncio.

Ele me levou para os toaletes, apontando no fim do corredor, quando nos separamos.

— Vou ficar esperando na antecâmara do salão de jantar. — Ele se afastou.

Até mesmo o banheiro era assustador, enorme, com mármore branco e creme no chão e grossas colunas que pareciam fora do lugar em um banheiro.

As cabines eram feitas de vidro jateado que iam de transparente a opaco quando a porta era trancada. Eu já tinha visto esse truque antes em algumas boates badaladas de Las Vegas, mas ainda ficava vagamente impressionada com o efeito.

Fiquei ali dentro por um longo tempo, porta fechada, respirando fundo, dolorosamente. Tentei identificar o que estava me afetando tanto. Eu me senti caindo, novamente, tão forte no feitiço intoxicante de James, mas alguma parte minha não conseguia confiar nele.

Mas era ele? Ou era eu? Eu era tão superficial que, só porque ele era incrivelmente belo, eu não acreditava que ele pudesse realmente se apaixonar por mim do jeito que eu tinha me apaixonado de forma tão arrebatadora por ele?

Ele tinha o rosto de um anjo, mas seus olhos eram tão hipnóticos, como um espelho da minha própria dor em suas profundezas. Eu nunca tinha sido superficial, e sabia que sua aparência não tinha sido o que fez eu me apaixonar por ele. Era a alma por baixo de toda aquela embalagem maravilhosa. Eu tinha visto que ele era mais, então por que não me permitia confiar? Por que aquela submissa linda e sedutora, tão mais fisicamente próxima de ser uma igual para ele do que eu, havia balançado minha fé nele, apenas naquele breve encontro? Eu era insegura, ou apenas realista? Eu me repreendi, uma e outra vez, por ser tola. Se ele quisesse estar com Jolene, ele não estaria comigo…

Finalmente, quando senti que tinha me dado um incentivo suficiente, saí da cabine do banheiro. Dei um aceno educado para a funcionária do banheiro enquanto lavava as mãos.

Eu estava checando minha maquiagem cuidadosamente no espelho quando duas mulheres entraram vaporosamente pela porta. Fiquei rígida quando vi quem eram.

Jules praticamente abriu um sorriso radiante quando me viu. O olhar de Jolene era ainda mais confuso. Era selvagem e quase… fumegante.

Elas ficaram uma de cada lado meu, fazendo movimentos coordenados como se tivessem planejado. Eu era bem mais alta do que as duas, mas, apesar disso, elas conseguiam me fazer sentir oprimida.

— Bianca — Jules murmurou, passando a mão nos meus cabelos carinhosamente.

Endureci até me sentir um pouco instável. Seu sorriso ficou maior e perversamente mais caloroso.

— Como você está, amor? James anda fazendo você andar nas nuvens? Ele é muito bom nisso, sabe... Ninguém tão bonito jamais foi tão encantador quanto o nosso James. Você não concorda, Jolene?

Jolene me observava no espelho, mal piscando enquanto seus olhos deslumbrantes me analisavam.

— Ele é irresistível e completamente implacável quando quer uma nova mulher. No começo, ele me perseguiu com tanta paixão e fogo que eu ainda sonho com isso às vezes. Eu nunca me senti tão bela ou desejável como quando estava com nosso James. Foi o ano mais emocionante da minha vida.

Prendi a respiração. Meu coração batia tão forte no peito que era quase alto o bastante para abafar o resto de suas palavras. *Um ano?* Minha cabeça começou a girar.

— Conte tudo, Jolene — Jules encorajou a outra mulher. Era uma ordem, na verdade.

— Fiquei sob contrato com o Sr. Cavendish por um ano e dois meses. Eu pertenci a ele por esse tempo, exclusivamente, a menos que ele dissesse o contrário, para fazer o que ele desejasse, completamente à disposição dele. Foi meu próprio paraíso particular.

Contrato? Tentei assimilar tudo. Eu sabia um pouco sobre o contrato de que ela falava, embora ele nunca tivesse tentado fazer o mesmo comigo. Talvez porque ele tivesse medo de me assustar, talvez não. Mas um ano e dois meses? Ele afirmou nunca ter tido uma namorada antes, mas isso soava muito mais sério do que namorar...

— Quanto tempo isso faz? — perguntei a Jolene, mantendo o rosto cuidadosamente vazio, meu tom muito vazio.

Ela passou a língua pelos lábios, e o gesto me atingiu com força, como se ela houvesse aprendido aquilo depois de ser tão próxima a James. *Ela deve conhecê-lo muito melhor do que eu*, pensei.

— Três anos.

Fiquei um pouco satisfeita. Arqueei uma sobrancelha para o nosso reflexo.

— Já faz bastante tempo, para você ainda estar tão apegada a ele, não acha? — perguntei. Não me importava em nada se eu passasse por bruxa para essas duas mulheres. Da última vez que encontrei Jules, suas palavras tinham me devastado, e eu fugi como um animal ferido. Desta vez, eu queria que ela soubesse que eu não era mais um alvo tão fácil.

Os olhos de Jolene eram sérios, como se ela não sentisse nem uma pitada de malícia.

— Nosso contrato escrito foi há três anos, mas longe do fim de *nós dois*. Ele ainda me liga com frequência, entre as novas conquistas por quem ele acaba ficando obcecado. Faz só seis semanas que ele me levou para Las Vegas no jatinho particular para passar uma noite com ele.

Capítulo 33

Essa acertou em cheio, e eu me senti estremecer. Fiz umas contas distraídas no meu cérebro desconcertado. Ele havia admitido estar com uma mulher apenas um dia antes de ter me conhecido. As datas batiam com a afirmação. *Pelo menos ele não tinha ligado para ela enquanto nós estávamos dando um tempo...*

Voltei os olhos para Jules e a estudei, tentando muito me lembrar que essa mulher só estava tentando me causar problemas. E ainda assim, estava funcionando...

— E qual é o *seu* propósito em tudo isso, Jules? Vai mapear seu relacionamento com James para mim também?

Ela me deu aquele sorriso caloroso. O sorriso falso mais sincero que eu já tinha visto.

— Eu não sou submissa dele, se é o que você está perguntando. Ele sempre me viu muito mais como uma igual, para me tratar dessa maneira.

Ela não entende, pensei, um pouco chocada. A questão não era igualdade. Se eu podia dizer alguma coisa, James sempre fazia eu sentir que tinha o maior poder dentro do relacionamento, fora do quarto. Afinal, o problema que essa mulher tinha nos causado, perceber que ela nem mesmo fazia o tipo dele, e que ela não o compreendia de jeito nenhum, era surpreendente.

— Socialmente, sou uma igual — ela continuou —, e sempre formamos um par perfeito. Eu sou autoconfiante o suficiente para permitir os casos paralelos um pouco extravagante que ele tenha.

Tudo o que eu conseguia pensar enquanto ela falava era em como ela era patética.

— Você percebe que ele tem uma opinião diferente sobre o seu relacionamento, não é? Ele diz que faz pelo menos um ano que vocês transaram. Ele alega que você é só uma amiga.

O rosto dela franziu quase imperceptivelmente, mas eu vi a tensão ao redor da boca, escrita em seu rosto jovem como se fosse uma antiga amargura.

— Ele só está aproveitando a juventude. Sou uma mulher compreensiva. Ele precisa disso em uma parceira. É um fato que só alguém que faz parte da nossa classe social poderia compreender.

Eu tinha quase esquecido sobre Jolene até ela pressionar os seios grandes e macios no meu braço. Meu olhar foi para o dela no espelho, e estava me fulminando.

— Não precisamos ser suas inimigas, Bianca — ela disse, sua voz quase sem fôlego. — Se você vai durar o tempo que for com o nosso James, deveria saber que ele só permanece interessado em mulheres que gostam de outras mulheres.

Eu pisquei para ela, tentando encontrar outro significado para suas palavras.

— Perdão? — perguntei.

Não dava para eu confundir a forma como ela se esfregava em mim.

— Não há nada que ele ame mais do que dominar duas mulheres ao mesmo tempo. Ele ainda não mencionou isso para você? Eu adorava quando ele trazia outras mulheres para a sala de jogos com a gente. E, claro, como a favorita dele, James me traz de volta para jogar com suas novas submissas.

Uma onda de náusea me atingiu, e meus punhos se fecharam. Eu não queria que essas mulheres soubessem como tinham me afetado, mas já era um grande esforço, e eu sabia que elas ainda não tinham terminado.

Jolene abaixou o vestido tomara que caia, expondo os globos perfeitamente proporcionais e generosos dos seus seios. Eu notei imediatamente os grandes aros prateados que perfuravam seus mamilos vermelho-escuros.

Seus lábios pecaminosamente cheios curvaram-se em um sorriso sensual.

— Ele dá isso só para as favoritas. Você não sabia?

Jules me chocou ao se pressionar com força no meu corpo pelas costas e pegar meus punhos com firmeza. No início, nem me ocorreu tentar me desvencilhar. Uma ameaça física dessas mulheres era a última coisa que eu esperava.

Ao mesmo tempo em que Jules se movia, Jolene estava passando os braços ao redor do meu pescoço e pressionando seu corpo macio contra mim. Seu corpo pequeno era muito mais forte do que eu poderia ter imaginado quando ela puxou minha cabeça para a dela.

— Só um gostinho, Bianca — ela sussurrou e colou a boca macia na minha. Registrei que me senti para lá de estranha ao ser beijada por uma boca macia e úmida. Fiquei paralisada de choque com o ataque inesperado até que ela enfiou a língua na minha boca. Comecei a lutar contra as duas mulheres, que agora me seguravam com força. Mordi a língua de Jolene com força o bastante para fazê-la recuar com um palavrão.

Ela pareceu absolutamente chocada pela minha rejeição quando se afastou, cobrindo a boca com a mão. Jules me soltou quase ao mesmo tempo e parou na minha frente, junto com Jolene, agora de rosto vermelho. Os olhos da mulher linda e sensual passaram por uma transformação surpreendentemente rápida, indo de chocados a duros.

Ela apontou um dedo para mim.

— Você está cometendo um erro, fique sabendo. Você não pode esperar ter sucesso em conservar o interesse dele, a menos que esteja disposta a ter uma mente mais aberta. Ele é completamente insaciável. Precisa de variedade, e, se você não puder proporcionar isso, ele vai terminar com você em uma semana. — Enquanto falava, Jules estava ajustando o vestido de Jolene de volta por cima dos seios, seu contato na outra mulher mostrando familiaridade.

Olhei feio para as duas.

— Isso não vai acontecer. Se James quer outras mulheres, ele é livre para tê-las. Vou deixá-lo tão depressa que ele vai ficar com a cabeça girando. E se vocês gostam tanto de mulheres, podem ficar uma com a outra. Por que se incomodar em querer o James?

A expressão de Jolene não mudou nada.

— Você não vai ser capaz de deixá-lo tão facilmente. E ele é impossível de esquecer. Guarde minhas palavras, você vai mudar de ideia sobre me desejar. Estarei esperando. — Enquanto ela falava, as duas mulheres entrelaçaram os dedos, um sinal claro de sua solidariedade.

Jules me deu um olhar muito significativo e saiu rebolando do banheiro. Elas saíram lentamente, como se não tivessem me atacado meros instantes antes.

Apenas fiquei em pé, olhando fixo para a porta fechada durante longos momentos, perplexa por todo aquele acontecimento maluco. Apesar da minha determinação para não deixar Jules nos causar problemas, as coisas que tinham me falado abalaram minha fé em James e na nossa capacidade de ter qualquer tipo de relação estável. Eu me afastei da porta fechada e me olhei no espelho. A visão que encontrou meus olhos me deixou com raiva. Minha boca estava manchada com o batom carmesim de Jolene, e meus olhos estavam arregalados e amedrontados. Esfreguei o dorso da mão na minha boca para tirar a cor ofensiva.

Eu tinha esquecido completamente da funcionária do banheiro. Só lembrei da sua presença quando ela gentilmente me ofereceu uma toalha. Agradeci-a sinceramente, limpando o vermelho dos lábios, tentando apagar cada vestígio. A cor colava à minha boca teimosamente. Eu a odiava.

A porta do banheiro se abriu e um James furioso entrou com tudo, como se tivesse chegado depois de uma corrida louca. Ele me encarou com olhos selvagens, vasculhando o banheiro com o olhar ao vir em minha direção.

Uma mulher linda de morrer entrou apressada atrás dele. Seus cabelos loiros com mechas desciam pelas costas com ondas de sereia. Ela usava um vestido tubinho cinza que conseguia ser ao mesmo tempo elegante e sexy. A peça a cobria do pescoço até o tornozelo, mas não fazia nada para disfarçar sua silhueta espetacular de modelo.

Não pude lhe dispensar mais do que um olhar, pois James chegou a mim rapidamente, colocando uma das mãos atrás da minha cabeça e com a outra ergueu meu queixo para me observar.

— O que aconteceu? — ele perguntou.

Minha mão agarrou onde a sua segurava meu queixo, e seus olhos voaram para as costas da minha mão, cobertas de manchas de batom vermelho.

Seus olhos passaram da minha mão para a minha boca e voltaram.

— O que aconteceu? — repetiu ele, seu tom severo.

— Não consegue adivinhar? As suas ex colocaram as mãos em mim. A baixinha não entende a palavra "não" muito bem — falei. Minha voz saiu mais fria do que eu pretendia para ele.

Sua mão apertou quase dolorosamente meu queixo. Sua voz ficou muito baixa, mas eu ouvi o pânico nela.

— Elas atacaram você?

— Jules segurou meus pulsos enquanto Jolene abaixava o decote do vestido e me obrigava a beijá-la. Sim, acho que você poderia dizer que elas me atacaram. Elas parecem ter algum tipo de rotina para pressionar as suas mulheres a experimentarem sexo a três. — Deixei meu rosto e minha voz inexpressivos, tanto quanto eu conseguia. Eu queria ver a resposta dele e o observei atentamente para consegui-la.

Ele se encolheu, uma dor horrível transparecendo no seu rosto, e me puxou para seu peito.

— Sinto muito. Eu deveria ter protegido você melhor. Juro que vou tomar todas as medidas necessárias para garantir que nada assim jamais aconteça de novo. Nunca sonhei que elas fariam algo como te encurralar dentro de um banheiro. E nunca imaginei que colocariam as mãos em você.

Eu deveria ter percebido que ele se culparia por tudo isso. Ainda me sentia irritada e amarga com tudo aquilo, mas, mesmo apesar disso, eu sentia vontade de suavizar com ele.

— Bianca, esta é a Lana. Ela é uma velha amiga minha — James nos apresentou enquanto ainda segurava meu rosto enterrado em seu peito. — Ela calhou de entrar quando você estava sendo atacada e fez a gentileza de ir me buscar.

Virei de frente para a mulher, sem deixar de observar a clara afeição que ouvi na voz de James quando disse o nome dela.

Ela era ainda mais impressionante do que eu tinha me dado conta, quando a olhei pela segunda vez, desta vez mais de perto. Ela me deu um sorriso amigável, embora muito cuidadoso. Tinha o rosto de uma princesa de conto de fadas, com os olhos tão azuis que eram violetas. Eu me perguntei se poderiam ser a cor verdadeira. Nunca conheci alguém com olhos roxos antes.

Seus cabelos loiros ondulados tinham todos os tons de loiro nas mechas que caíam pelas costas e ao redor dos ombros como um manto. Seu rosto era deslumbrante, os traços perfeitamente simétricos, os olhos grandes e de cílios grossos, seu nariz pequeno e empinado, boca carnuda e quase tão linda quanto a de James.

Seus olhos encontravam os meus, o que significava que ela tinha 1,80m ou mais, embora eu não pudesse dizer com certeza sem uma boa olhada no tamanho de seus saltos. Enquanto eu a observava, percebi que, de alguma forma, reconhecia essa mulher deslumbrante, embora não soubesse de onde. Ela não era o tipo de mulher que alguém podia esquecer.

Ela viu minhas sobrancelhas enrugadas enquanto eu a observava, pareceu ler meus pensamentos e fez uma careta.

— Você me reconhece — ela disse com um suspiro. Sua voz era suave e musical. Ela atirou um olhar severo para James. — James, você está no banheiro feminino, como parece ter esquecido. Vá esperar lá fora. Eu vou ajudar sua Bianca a se recuperar para que vocês dois possam fugir. Vou até mesmo me desculpar por vocês, mas você precisa sair deste banheiro antes de criar um espetáculo. Alguém pode entrar aqui a qualquer momento.

James beijou o topo da minha cabeça antes de ir para a porta, me lançou um olhar preocupado, mas falou com Lana.

— Não demore — ele avisou.

Ela segurou uma cadeira na frente de uma penteadeira para mim.

— Sente-se, querida. — Fiz como ela disse, respondendo automaticamente à gentileza na sua voz. Ela não devia ter mais do que 26 anos, mas tinha um semblante quase maternal, apesar da aparência sensual.

Eu a observei pelo espelho, mas ainda não conseguia identificá-la.

— De onde eu te conheço? — perguntei finalmente. Ela tinha uma bolsa enorme, embora elegante, toda aberta sobre o balcão, e estava mexendo dentro dela com determinação.

Ele me lançou um sorriso irônico.

— Tive uma carreira de modelo tristemente curta há alguns anos. Eu não servia para isso de jeito nenhum, mas as pessoas de vez em quando me reconhecem de algumas capas de revistas conhecidas que fiz. Eu só consegui as capas porque minha mãe era uma supermodelo dos anos 1980.

Enquanto ela falava, invoquei uma lembrança dela em um biquíni amarelo minúsculo, sobre uma prancha de surfe para alguma capa muito famosa da *Sports Illustrated*. Meu queixo caiu.

— Você também era uma supermodelo. Não trabalha mais com isso?

Ela deu de ombros, seu sorriso se tornando muito autodepreciativo.

— A verdade é que sou muito melhor trabalhando nos negócios da família do que sorrindo para a câmera.

Observei a mulher fascinante, feliz por uma distração do drama da noite.

— O que é o negócio da família?

Ela mostrou uma covinha encantadora para mim.

— Não use isso contra mim, mas minha família também é do ramo hoteleiro. Os Middleton são os infames concorrentes da família Cavendish. Imagine o choque de todos quando James e eu nos conhecemos e nos tornamos amigos muito depressa, há mais de oito anos.

Perguntei-me se amigos era tudo o que eles eram. Como duas pessoas tão escandalosamente lindas do sexo oposto podiam ser estritamente amigas? Especialmente se uma delas fosse James…

Ela pareceu ler meus pensamentos e fez uma careta. Seus olhos se arregalaram nos meus na frente do espelho e ela negou veementemente com a cabeça.

— Somos *estritamente* amigos. Saímos para jantar algumas vezes quando nos conhecemos. Eu acho que James estava brincando com a ideia de tentar me seduzir, mas nunca chegou a isso. Ele é um homem que sabe ler as mulheres, e ele sabia que eu não era receptiva. E devo te dizer, estou bastante aliviada com a mudança que vi nele desde que te conheceu. Eu tinha pensado, por muito tempo, que James estava tão perdido quanto eu, mesmo que por motivos diferentes.

— Perdido? — perguntei, completamente atraída por seu jeito sincero.

Ela fez uma careta, mas seus olhos lavanda de conto de fadas suavizaram-se em um sorriso.

— Não costumo ser um livro tão aberto, mas não consigo evitar com você. Faz sentido, suponho. Você e eu precisamos ser amigas. Eu adoro James, e te adoro só por ser a mulher que finalmente o fez se apaixonar.

Capítulo 34

Eu não corrigi suas palavras, embora me fizessem estremecer como se ela tivesse atingido um assunto muito sensível. Em vez disso, devolvi o foco para ela.

— Por que você disse que está perdida?

Ela sorriu. Foi um sorriso triste e inquestionavelmente doloroso. Ela só tinha esse efeito. O que ela sentia transparecia em seu rosto adorável, e era impossível não sentir pelo menos um pouco daquilo com ela.

— Desde que me lembro, estou apaixonada por um homem que nunca vai poder retribuir meu amor. Na verdade, ele está apaixonado por outra pessoa, mas demorei muito tempo para ver isso. Meu coração nunca foi capaz de seguir em frente, então, para grande horror dos meus pais, eu pareço ser imune ao sexo oposto. Até mesmo um homem tão bonito como James. Eu tentei sentir atração por ele no início, mas não adiantou. Acho que foi depois disso que eu soube que não deveria me importar mais. Sou o tipo de mulher que só vai se apaixonar uma vez. Infelizmente, essa única vez calhou de ser por um homem que só consegue me ver como irmã.

— Isso é impossível — eu disse a ela. — Você poderia ter qualquer homem que quisesse.

Ela apenas balançou a cabeça, finalmente tirando uma escova de sua bolsa monstruosa de grife e começando a cuidadosamente passar a escova no meu cabelo bagunçado.

— Que cabelo lindo — ela murmurou para mim quase distraída. — Você e eu poderíamos passar por irmãs, na verdade — acrescentou. Achei um elogio muito lisonjeiro. — Quantas mulheres têm cabelo naturalmente loiro hoje em dia? Você é a única outra que eu conheço. Mas, não, certamente eu não posso ter qualquer homem que eu quiser. E eu sempre quis um só. Akira Kalua. Atirei-me descaradamente nele e o melhor que consegui foi uma trepada de pena, desculpe o linguajar, mas é o melhor termo para isso.

— Akira Kalua — repeti, surpresa com o nome. Parecia vagamente familiar, embora eu não soubesse por quê. Achei que o nome soava muito havaiano. Eu tinha vários amigos havaianos, e havia uma grande população deles trabalhando na minha companhia aérea.

Ela sorriu quase melancolicamente, como se só de ouvir o nome trouxesse memórias tristes.

— Eu sou uma garota das ilhas no coração, se você puder acreditar, mas fui banida do paraíso há muito tempo. Deus, eu odeio Nova York.

Fiquei bem surpresa com essa confissão. Eu só tinha pensado que, com sua riqueza de família e aparência incrível, ela se encaixaria perfeitamente na Big Apple.

— Você é do Havaí? — chutei.

Ela assentiu, alisando o meu cabelo com uma mão reconfortante antes de procurar de novo dentro da bolsa.

— Nascida e criada lá. Meu pai se apaixonou pelo Havaí quando minha mãe estava grávida de mim. Maui, para ser específica. Quando eles estavam prontos para morar em uma casa diferente, eu não estava pronta para ir com eles. Eles tiveram que ir embora sem mim, e minha família adotiva havaiana acabou por ter-me por perto mais do que meus verdadeiros pais.

— Me fale sobre Akira — pedi. Ela apenas sorriu, balançando a cabeça. Depois, passou um lencinho demaquilante no meu rosto para remover o rímel borrado debaixo dos meus olhos. Eu queria muito ouvir sua história agora que ela havia me dado algumas pistas intrigantes. Da beleza do seu rosto e da tristeza em seus olhos, eu sabia que era uma trágica história de amor cativante.

— Uma outra hora, talvez. Você precisa ir com James antes que ele faça um barraco. Mas temos que nos encontrar de novo logo, logo. James me disse que você vive em Las Vegas. Passo muito tempo lá, gerenciando a propriedade da família. Fica só a cinco minutos da propriedade dos Cavendish, na verdade. Vou pegar o seu número com o James. Quer almoçar comigo?

Fiz que sim. Fazia minutos que eu a tinha conhecido, mas senti como se já fôssemos amigas. Era um pouco mais do que incomum para mim.

— Então você me conta sobre o Akira? — perguntei, estranhamente curiosa sobre a vida dessa mulher linda.

Ela me deu um olhar exasperado, vasculhando a bolsa novamente e me entregando um tubo de brilho labial.

— Só use o dedo. Eu juro que nunca tocou meus lábios. Ele vai fazer seus lábios parecerem menos machucados. E sim, vou falar sobre Akira quando nos encontrarmos para o almoço, se você quiser realmente saber. Nunca falo sobre ele, então, talvez seja terapêutico tirar isso do meu peito. Mas *você* tem que me falar sobre você e James.

Eu gostei de Lana, então concordei enquanto passava um pouco de brilho labial com o dedo, e depois devolvi o tubo para ela.

Ela sorriu para mim.

— Como nova. James vai querer sair daqui o mais rápido possível. Ele está em um estado raro. Ele deveria dizer algumas palavras, mas estou familiarizada com a instituição de caridade, então, avise-o de que vou falar por ele. Vou te ligar esta semana.

Quando me levantei, ela me envolveu em um abraço apertado. Abracei-a também, bem surpresa pelo gesto afetuoso.

— Deus, eu amo que você seja tão alta quanto eu. Não me sinto uma gigante perto de você. Nós temos que sair juntas — ela disse com um sorriso quando recuou.

James estava praticamente andando de um lado para o outro com impaciência quando saímos do banheiro. Ele agarrou meu braço com força ferrenha assim que eu estava ao alcance.

— Podem ir. Eu aviso que vocês saíram. Ah, e, James, me mande o número da Bianca. Vamos sair para almoçar, espero que ainda esta semana — Lana disse-lhe.

Ele deu um sorriso agradecido, ainda que tenso.

— Obrigado, Lana. Fico te devendo. — Ele começou a me levar embora, sem parar para falar. — O carro já está sendo trazido. Podemos fugir rapidamente. Eu preciso sair daqui.

Quase nervoso com impaciência, James nos conduziu para fora do baile até um carro que nos aguardava em uma explosão vertiginosa de atividade. Saímos por um pequeno beco traseiro onde não vi sinais de fotógrafos.

Percebi James se retraindo quando o carro começou a se mover. Quando olhei pela janela, eu o senti me observando, mas, quando me virei para encará-lo, ele estava olhando pela sua janela, com rosto de pedra.

Eu tinha infinitas perguntas que precisavam de respostas. Queria saber o que era verdade e o que era mentira nas coisas que Jolene tinha falado. Eu tinha fé que nada fosse verdade. Eu queria e precisava saber, mas estava quase com medo de ouvir sua versão, com medo de que nosso relacionamento não sobrevivesse às respostas. E não ajudava que eu não tinha nem ideia de por onde começar.

Estávamos quase de volta ao seu prédio antes de eu quebrar o silêncio. O espaço que se estendia entre nós no assento parecia ter quilômetros.

— Você disse que nunca teve um relacionamento sério antes, mas Jolene alega que você ficou com ela por um ano e dois meses, e que continuou a vê-la muitas vezes, até seis semanas atrás. Ela estava mentindo?

Ele ficou em silêncio por um tempo irritante, seu rosto imóvel enquanto ele olhava pela janela.

— Estamos quase no meu prédio. Vamos falar sobre isso lá dentro.

Não gostei dessa resposta. Eu sabia que a única resposta que eu teria gostado de ouvir teria que ser rápida e sem hesitação: "sim, ela estava mentindo". O motorista nos levou ao elevador da garagem subterrânea e desembarcamos silenciosamente. James pegou meu braço como se fosse meu dono, quando caminhamos até o elevador, mas não me tocou nem sequer uma vez enquanto estávamos sozinhos. Aquilo provocou um nó de um pavor absoluto na minha barriga.

Ele estava profundamente aborrecido, e tinha a ver com o que aconteceu no banheiro. Ele estava aborrecido sobre as perguntas que eu faria? Estava incomodado sobre como eu responderia a suas respostas? Ou era algo pior? Eu estava começando a me preocupar que pudesse ser algo ainda mais terrível, como se ele estivesse prestes a terminar comigo de uma vez por todas. Será que toda a ideia do relacionamento finalmente tinha feito sentido para ele e agora ele estava se dando conta de que não era o que ele queria? Ver a bela Jolene o tinha feito se dar conta do seu erro? O tempo todo uma parte de mim esperava que ele fosse fazer algo assim.

— Podemos conversar no nosso quarto? — James perguntou,

finalmente quebrando o silêncio quando nos aproximamos do último andar do prédio.

Eu o estudei. Ele nem sequer olhava para mim. Achei que pudesse passar mal de verdade.

— Não precisamos morar juntos assim tão depressa, James. Nem sequer deveríamos estar falando sobre morar juntos ainda, que dirá realmente dar esse passo. — *Eu perdi todo o meu orgulho*, percebi. Eu estava tentando fazê-lo entender que poderíamos recuar um passo em vez de terminar. Qualquer coisa para evitar que ele dissesse o que eu temia que ele quisesse dizer.

Ele me disparou um olhar quase doloroso, mas rapidamente o desviou, fazendo-me pensar que eu o tinha apenas imaginado.

— Vamos falar no nosso quarto — disse ele. Eu não fiquei mais tranquila.

O elevador chegou ao andar, e ele me levou até seu quarto sem dizer uma palavra. Eu vi em um relógio pelo qual passamos que eram apenas pouco mais de onze horas. Fiquei chocada que não fosse mais tarde do que isso. Muita coisa tinha acontecido nas últimas horas. Pensei em Lana Middleton. Ela tinha sido uma distração bem-vinda.

— Você sabe alguma coisa sobre Lana e Akira? — perguntei a James.

Ele continuou sem olhar para mim.

— Akira? — ele perguntou. Então ele também não sabia.

— Deixa pra lá.

Ele subiu na minha frente as escadas para o piso do seu quarto.

— Lana é a pior workaholic que eu conheço. Ela me faz parecer relaxado com a minha carga de trabalho de 7 dias semanais. Todo mundo que a conhece a adora, mas mesmo quando ela socializa é por trabalho. — Seu tom era impessoal enquanto mapeava Lana.

— Ela me convidou para almoçar — apontei.

— Isso significa que ela realmente gosta de você. Fico feliz. Ela é uma boa amiga, muito discreta e sem julgamentos, então você não precisa medir suas palavras com ela.

Pisquei, perguntando-me se ele queria dizer que eu poderia discutir sobre *nós* com ela.

— Ela sabe sobre as suas... preferências? — perguntei finalmente.

— Não exatamente. Ela sabe que tenho inclinações sexuais atípicas e que eu costumava dormir com muita gente, mas duvido que ela já tenha ouvido muitos detalhes além disso. Mas acho que ela seria uma boa pessoa com quem conversar, se você precisar disso. Como eu disse, ela pode ser confiável com segredos, e ela não vai... te repreender pelas suas preferências. Esse não é o jeito dela.

Ele basicamente tinha me dado carta branca para contar a Lana sobre nossas atividades de BDSM. Fiquei grata por poder fazer isso, embora ainda não soubesse se conseguiria. Eu nem tinha discutido isso com Stephan, e raramente guardava até mesmo os menores detalhes quando falava com ele. Decidi que poderia ser mais fácil dizer a uma mulher como Lana do que a Stephan. Ele era tão protetor em relação a mim que eu não sabia como ele reagiria às coisas que eu deixava James fazer comigo.

Nossa breve técnica de distração chegou a um final abrupto quando alcançamos o quarto dele. Ele se demorou na entrada quando me conduziu para dentro. Eu o olhei de relance. Ele estava agindo tão diferente do seu normal que fazia arrepiar todos os pelos do meu corpo.

Ele me observou por longos minutos, como se tentando conseguir respostas só de olhar. Seu rosto era uma máscara, mas as mãos tremeram de leve quando ele soltou a gravata-borboleta de seda.

— Tire a roupa, Bianca. — Quando ele finalmente falou, sua voz era perigosamente suave.

Disparei a ele um olhar desafiante, erguendo o queixo.

— Nós não podemos adiar isto, James. Precisamos conversar.

Ele assentiu.

— Sim. Retire suas roupas e suba na cama. Então vamos conversar.

Eu o observei atentamente, tentando decidir se era uma piada estranha.

Suas narinas se alargaram.

— Agora — disse ele. Houve um tremor tênue na mão que apontava para a cama. Finalmente, eu obedeci, levada por seu humor estranho e pelo desejo de saber exatamente o que significava.

R.F. Lilley

Capítulo 35

Tirei os sapatos ao me aproximar da cama, livrando-me do vestido fluido com alguns movimentos fáceis. Minha calcinha fio-dental minúscula de renda era uma memória distante entre um passo e outro.

Sentei-me na beira da cama, de frente para ele. Eu estava nua, mas não me senti tão constrangida como normalmente me sentia. Eu tinha muitas outras coisas com que me preocupar.

— Deite-se no centro da cama — James ordenou suavemente, ainda emoldurado pela porta. Ele estava completamente vestido com o smoking marinho devastador, apenas sua gravata estava bagunçada, embora ainda pendesse no pescoço.

Obedeci, mas aquilo não veio tão naturalmente como normalmente vinha. Pura força de vontade me fez levar meu corpo para o local onde ele havia ordenado.

— Abra as pernas e levante as mãos sobre a cabeça — continuou.

Disparei-lhe um olhar furioso. Ele estava saindo *demais* dos eixos.

— James — comecei.

— Faça — ordenou com um novo toque de aço em sua voz. Fechei os olhos, quase estremecendo quando lhe obedeci. Eu queria respostas, mas não podia mentir para mim mesma; eu queria aquilo tanto quanto ele.

Ele só se moveu depois de eu ter atendido ao seu pedido, caminhando a passos largos e usando as amarras escondidas em cada canto da cama para me prender rapidamente. Enquanto olhava para o meu corpo preso, alguma tensão parecia se esvair dele, bem diante dos meus olhos.

Ele se assomou sobre mim ao lado da cama por um longo tempo antes de finalmente falar.

— Agora você não pode fugir se ficar aborrecida. Pergunte o que precisar. Eu vou responder a todas as suas perguntas, e você sabe que vou ser sincero, mas você não vai fugir se não gostar das respostas.

Eu estava olhando diretamente para ele, mas podia ver meu peito subindo e descendo com respirações rápidas pelo canto do meu olho. Se sua tática era me distrair das perguntas que me preocupavam, ele havia conseguido lindamente. Agora que eu estava nua e amarrada, nada parecia tão importante quanto o que ele faria comigo, nem mesmo essas respostas.

Mentalmente me sacudi, fazendo minha atenção voltar para a discussão do momento, mas com grande esforço.

— Jolene estava mentindo, James? — finalmente perguntei, receando a resposta.

Ele correu a mão inquieta pelo cabelo dourado-escuro, bagunçando um pouco seu estilo de noite artístico. Ele começou a andar de um lado para o outro, encolhendo os ombros para tirar o smoking e jogando-o sobre uma cadeira. Eu estava pronta para gritar quando ele respondeu.

— Ela não estava mentindo. Ela foi minha submissa por contrato durante mais ou menos esse tempo. Mas não nos vimos "frequentemente" depois disso. Nós nos encontramos talvez seis vezes por ano, se muito, e geralmente quando eu estava entre uma submissa e outra. Sei que isso não deixa minha imagem melhor para você, mas sempre foi só físico entre mim e Jolene. Estou ciente de que ela acha que está apaixonada por mim, então foi errado da minha parte manter contato. Apesar de tudo, foi um relacionamento estritamente sexual. É uma coisa terrível de se dizer, mas eu nem gosto dela.

Eu me encolhi cada vez que ele mencionou coisas como "físico" e "sexual". Imagens terrivelmente vívidas das duas mulheres bonitas, entrelaçadas nuas, lampejavam pela minha mente. Virei a cabeça para o outro lado e fechei os olhos por um instante, tentando me recompor. Eu sabia que era bobagem ser tão ciumenta, mas saber e sentir eram duas coisas muito diferentes.

— Ela era a mulher com quem você estava na noite antes de eu te conhecer?

Ele disse palavrões, uma torrente longa e fluida, mas não olhei para ele.

— Sim — respondeu depois de uma longa pausa. — Apesar disso, eu sempre usei preservativo com a Jolene, se é isso que te preocupa.

Contei até dez mentalmente. A palavra "preservativo" atingia uma parte vulnerável em mim. Não era o preservativo, mas sim o ato que o acompanhava, e a mulher horrível com quem ele tinha feito aquilo, pintando uma imagem viva e dolorosa dos dois juntos na minha mente.

Minha próxima pergunta me envergonhou por algum motivo ridículo, e minhas bochechas assumiram um rubor quando comecei a falar.

— Jolene disse algumas coisas sobre me juntar a você e suas outras submissas...

Eu o senti sentar-se perto do meu quadril. Sua mão quente agarrou meu pulso. O aperto era leve, mas achei que ainda conseguia sentir a intensidade através do contato.

— Ela se juntou a mim e a duas das minhas submissas na sala de jogos, talvez um punhado de vezes. Nada disso importa, Bianca. Eu sei que te incomoda, mas é realmente insignificante. O que eu sinto por você é o que importa.

— Ela disse que não há nada que você ame mais do que dominar duas mulheres ao mesmo tempo — acrescentei baixinho, querendo puxar meu pulso para longe do contato quente da sua mão.

Eu o ouvi respirar fundo, mas mantive os olhos teimosamente fechados.

— Isso é mentira. Já fiz isso com algumas submissas, apenas com as que eu sabia que tinham preferências por esse tipo de coisa, mas nunca foi uma das *minhas* preferências. Suspeito que Jolene possa gostar.

— Jolene disse que você não fica com mulheres que não façam isso por você.

Sua palma fez contato com a minha coxa. Não foi um tapa exatamente, mas também não foi um toque macio.

— Isso é ridículo. Eu não pediria isso a você. Ficaria perturbado se você sequer sugerisse. Você não é só minha submissa, Bianca. Isso é muito mais do que uma relação física. Eu me sinto totalmente possessivo em relação a você. Se alguém te tocasse do jeito que eu te toco, homem ou mulher, eu perderia a cabeça.

Ele inspirou de um jeito trêmulo, antes de continuar.

— Eu quero compartilhar minha vida com você, ser monogâmico com você, e o meu passado é passado. Gostaria que houvesse alguma maneira que eu pudesse provar o que estou dizendo, de uma vez por todas. Tenho um passado sórdido, mas nunca menti para as mulheres com quem estive, e nunca prometi a alguém as coisas que prometo a você.

Minha respiração estava se estabilizando, a estranha neblina vermelha sobre a minha visão ficando melhor a cada palavra que ele dizia. Ele estava tentando me distrair das minhas dúvidas, e nenhuma parte minha desejava que ele parasse. *Estou caidinha por ele*, percebi. Era pior do que eu até mesmo tinha percebido, e eu sabia que já estava apaixonada por esse homem incomparável.

— Obrigada por responder às minhas perguntas — falei baixinho.

Ele ficou tão quieto por um longo momento que eu nem conseguia ouvi-lo respirar.

— Você não está chateada? — perguntou finalmente.

— Um pouco, mas vou superar. Tenho um ciúme louco quando penso em você com outras mulheres, e fiquei doente de preocupação pensando que você poderia querer que eu fizesse coisas com a Jolene, coisas que eu simplesmente não poderia fazer, mas não sou irracional. — Olhei para ele quando falei. Seu rosto transmitia uma dor profunda.

Ele rastejou por cima de mim ainda completamente vestido e se moveu até que estivéssemos nariz com nariz. A expressão horrível ainda estava em seu rosto.

— Eu nunca te pediria para fazer nada assim. Além disso, eu não permitiria. Você me prometeu exclusividade, e eu quero que cumpra sua parte do acordo com o mesmo afinco com que vou cumprir a minha. Você ainda vai vir morar comigo, ainda ficará comigo? Mesmo que eu tenha feito um péssimo trabalho ao tentar te proteger?

Eu concordei que ficaria, mesmo que minha dúvida ainda fosse um nó grosso no meu estômago; mas, como eu estava aprendendo repetidas vezes, era impossível resistir a ele.

— Você não pode exatamente me proteger no banheiro feminino, James. Isso é bobagem. E você certamente não poderia prever que elas fariam aquilo comigo. Eu não podia acreditar nem quando estava vendo acontecer. Jolene me mostrou os piercings dela. Realmente eu jamais quis ver aquilo.

James se levantou em resposta às minhas palavras, caminhando rapidamente para o seu banheiro. Ele voltou rápidos momentos depois com uma escova de dentes. Foi muito gentil ao escovar os meus. Era um ângulo estranho para mim, de costas e indefesa.

— Fale onde elas te tocaram. Quero limpar aquelas duas de você.

Achei que ele fosse pra lá de esquisito, sem contar que era algum tipo de TOC da parte dele, mas permiti sua estranha necessidade de lavar as duas de mim, dizendo-lhe cada coisa que elas tinham feito, e cada parte minha que tinham tocado.

Seu rosto era sombrio enquanto ele trabalhava, esfregando forte meus pulsos. Ele ficou por um longo tempo nos meus lábios inchados de beijo, que ficaram ainda mais inchados pela forma como ele tinha esfregado do que pelos beijos, mas isso não parecia importar para James. Quando finalmente terminou de esfregar, ele me hidratou completamente e passou algo que parecia vaselina nos meus lábios.

— Teria economizado tempo se você tivesse me soltado para tomar banho — eu disse a ele, tentando fazê-lo sorrir; qualquer coisa para aliviar a tensão nos seus ombros e o olhar sombrio no seu rosto.

— Não tive coragem de te soltar. Tenho esse medo irritante e persistente de que você vai fugir de mim de novo, e vou ter que sofrer durante mais um mês desolado. Aquele foi o mês mais longo da minha vida. Eu faria qualquer coisa para não deixar que isso acontecesse novamente.

Senti um aperto estranho e doloroso no peito ao pensar nele sozinho e sofrendo por minha causa. Eu não tinha me recolhido para fazê-lo sofrer. Eu tinha tanto medo, tanto medo da maneira como ele me fazia sentir, e da forma como eu parecia não conseguir evitar atender a todos os seus desejos.

— Faça amor comigo, James. — Minha voz tinha uma súplica clara quando me dirigi a ele.

Não precisei pedir duas vezes. Ele estava em cima de mim num piscar de olhos, beijando minha boca como se quisesse me devorar. Ainda estava completamente vestido, e a seda da sua camisa esfregou-se no meu peito de um jeito excitante. Ele apoiou a metade inferior do seu corpo um pouquinho fora do alcance. Fiz um movimento circular com os quadris, tentando alcançá-lo, mas minhas pernas me seguravam firmemente à cama macia. Arqueei as costas, esfregando meu peito mais forte contra o seu. Ele enfiou a língua profundamente na minha boca, e eu a suguei como faria se fosse seu sexo, o que o fez grunhir.

Ele se apoiou nos cotovelos, posicionando-os profundamente nas minhas axilas para poder aconchegar meu rosto nas mãos ao me beijar. Eu achava que era o mais próximo que James conseguia chegar de fazer amor docemente. Mas mesmo seu momento mais doce era excitante demais para aguentar.

Gemi na sua boca. Era uma súplica. Meu corpo pulsava por ele, e nada parecia suficiente até ele estar enterrado profundamente em mim. Ele não pareceu concordar e continuou assim por minutos longos e tortuosos, apenas as metades superiores dos nossos corpos se tocando enquanto ele venerava minha boca.

Instantes depois, ele começou a se abaixar sobre o meu corpo com beijos doces e torturantes em cada centímetro meu. Sua boca bonita era incrível e deliberadamente suave quando ele começou a salpicar de beijos as minhas costelas e umbigo. Ele tinha evitado meus seios trêmulos completamente, parecendo se concentrar em absolutamente todos os outros centímetros do meu tronco. Eu percebi que ele estava me torturando sistematicamente quando ele voltou sobre o meu corpo e começou a beijar o topo dos meus ombros e um dos meus braços presos.

Ele se afastou de mim enquanto se concentrava em um pulso aprisionado. Eu o observava, seu rosto tão sensual, sem frieza esta noite. Ele lambeu o local onde a corda preta encontrava o interior do meu pulso, e eu me retorci. Ele ergueu os joelhos para massagear minha mão por longos e angustiantes minutos. Me senti maravilhosa, mas queria gritar.

Ele voltou pelo meu braço, passou por meus ombros, e deu ao braço oposto, pulso e mão o mesmo tratamento. Eu me sentia na beira do orgasmo só com isso e a visão dele me aconchegando nos braços, sobre essa cama gigante, a ereção completa claramente delineada mesmo na calça azul-marinho de seda.

Respirei fundo enquanto ele se aconchegava sob os meus braços, lambendo até mesmo ali como se fosse uma iguaria rara. Ele lambeu e beijou só a pele debaixo dos meus seios, quando passou para o outro lado a fim de repetir o movimento. Eu me retorci.

— Não se mexa — ele murmurou, uma advertência em sua voz.

Ele continuou a me atormentar durante muito tempo, beijando e lambendo e fazendo carinho na minha pele, mas ignorando todos os lugares óbvios. Eu descobri, enquanto ele fazia isso, que ele tinha bastante habilidade para provocar o prazer sublime mesmo nas partes mais inocentes do meu corpo. Só de dar atenção às curvas dos meus joelhos, ele já me deixou sem fôlego.

— James — ofeguei —, ter você devia ser crime. Não é possível que exista alguém vivo tão bom nisso quanto você.

Ele me deu um olhar ardente sob seus cílios bonitos.

— Se existir, você nunca saberá — respondeu, um tanto sombriamente, pensei.

O contato pareceu acender um fogo nele. James então começou a me dar prazer seriamente. Ele lambeu seu caminho até meus seios e sugou um mamilo até eu estar pronta para gozar com a pressão quase dolorosa que ele exercia. James deu igual atenção ao outro mamilo e depois passou pelo meu esterno, umbigo e diretamente ao meu núcleo. Gritei quando ele finalmente enterrou o rosto ali. Não foi uma carícia sem sentido, pois ele usou os dedos e a língua para me fazer gozar em segundos. Ele nunca diminuiu o ritmo, mesmo enquanto eu retornava do meu nirvana, e me provocou outro orgasmo como se meus nervos fossem simplesmente teclas de um piano.

Ele estava numa espécie de humor implacável e me fez gozar de novo e de novo, até eu perder a conta, embora achasse que, do jeito que ele estava, eu duvidava que *ele* perdesse a conta.

Eu me sentia sem ossos, leve, quando ele finalmente me empalou. Mergulhou em mim com uma estocada seca, e meus olhos se abriram de repente. Eles só tinham se fechado porque ele estava absorto demais com o rosto entre as minhas pernas para notar o deslize.

Nossos olhares travaram e eu percebi, em um canto da minha mente distraída, que ele ainda estava totalmente vestido. Até mesmo a gravata permanecia pendurada ao redor do seu pescoço, embora mais frouxa. Olhei para baixo, para nossos corpos unidos, e vi que ele só havia aberto a calça e abaixado um pouco o cós, o suficiente para dar acesso. Algo sobre todas aquelas roupas escuras e formais no meu corpo nu e amarrado era uma das coisas mais eróticas que eu já tinha visto.

Sua testa quase tocou a minha quando ele se sustentou sobre o meu corpo, entrando e saindo com movimentos suaves. Foi muito gentil, para ele. James estava fazendo amor comigo devagar, com cuidado, desta forma.

Poucas gotas de suor escorriam de suas têmporas para as minhas. Achei incrivelmente sensual. Só o Sr. Magnífico poderia fazer do suor algo tão sexy. Eu queria lamber todo o seu corpo. E disse isso a ele.

Ele sorriu, embora não tenha sido suave, e continuou a pressão dentro e fora de mim com uma lentidão torturante.

— Não esta noite. Você estava pensando em outras amantes enquanto eu fazia amor com você. Agora eu tenho algo a provar. Talvez se eu transar até você ficar inconsciente, você não consiga ficar se perguntando se existe alguém melhor para mim do que você.

Lancei-lhe um olhar exasperado tanto quanto pude, considerando que ele estava lentamente me comendo para me deixar inconsciente.

— Você é impossível, James. Você interpretou tudo errado. Eu só estava pensando em você, e como eu tenho sorte de te ter.

Seu rosto perdeu um pouco o entusiasmo. Mexeu comigo. Com um grito, ele começou a bombear com vontade, e, pela expressão no seu rosto, estava se entregando completamente. Eu adorava. Bebi a visão do seu comedimento abandoná-lo conforme ele bombeava dentro de mim, seus olhos lindos transformados em fendas pelo esforço. Ele gritou meu nome, um tanto desesperadamente, quando seu orgasmo o levou. O meu me arrebatou momentos depois, sem que ele tivesse parado de se mover dentro de mim.

Ele largou seu peso em cima de mim por vários minutos depois do ato. Aconcheguei meu rosto no cabelo ao redor de seus ouvidos, sentindo um aroma maravilhosamente apimentado, misturado com suor e só um toque de colônia.

— Você é maravilhoso — sussurrei contra seus cabelos.

Ele ficou rígido, enterrando o rosto no meu pescoço, fazendo carinho nesse espaço.

— Eu quero te merecer, meu amor — ele sussurrou de volta. Pude ouvir o desespero em sua voz baixa.

— Você entende como isso é loucura? — perguntei na mesma voz baixa, como se pudéssemos ser ouvidos. — Não sou ninguém, e você é o homem mais extraordinário que já conheci. Eu não te mereço.

Ele fez um pequeno sinal de protesto na garganta.

— Você é o meu anjo, Bianca. Você exorcizou meus demônios. Não tenho pesadelos quando estou com você. Não preciso trabalhar setenta horas por semana para manter a mente distraída. Minha vida se tornou mais do que trabalho e assuntos sem emoção. Você me faz um homem melhor.

— Você é tão bom para mim — falei.

Ele estendeu a mão para desatar meus pulsos, beijando-me suavemente em todo o rosto enquanto fazia isso.

James me desamarrou e me embalou no seu peito em questão de instantes. Me aconcheguei no tecido macio e sedoso de sua camisa, muito cansada para despi-lo.

Eu já estava à beira do sono quando o senti se mexer.

— Amor, prometi a Stephan que você ligaria ou mandaria mensagem antes de ir para a cama. Ele queria ter certeza de que correria tudo bem com a sua noite. Não durma. Vou encontrar seu telefone.

Rapidamente percebi que eu precisava me sentar para continuar acordada quando James desapareceu em seu closet. Ele reapareceu em instantes, só de cueca boxer, carregando meu celular. Ele se posicionou atrás de mim na cama, me puxando entre suas pernas quando verifiquei meu telefone. Eu tinha várias mensagens de Stephan, perguntando como eu estava, e respondi dizendo que estava tudo bem e que o veria de manhã.

Verifiquei o registro de chamadas em seguida. Eu tinha perdido mais três chamadas de um número estranho, e minhas sobrancelhas se uniram quando vi que a pessoa tinha deixado uma mensagem de voz. Isso era novo.

Estava apertando play e segurando o telefone no ouvido antes de pensar melhor a respeito. Eu deveria ter esperado até a manhã seguinte, mas algo sobre o estranho que tentava falar comigo estava me incomodando. Se fosse meu pai, era melhor eu saber imediatamente, em vez de me preocupar com isso a noite toda.

O correio de voz era só silêncio no início, com o menor sinal de ruído de fundo. Uma musiquinha suave e calmante tocava, exatamente como em serviços de atendimento ao cliente. Porém, instantes depois, uma voz começou a falar de forma hesitante. Havia um medo paranoico familiar na voz dela, embora eu não a reconhecesse de nenhuma forma.

— Bianca Karlsson. Aqui é, hum, aqui é a Sharon. — Uma longa pausa. — Sharon Karlsson. — Meu corpo inteiro ficou rígido como o de um cadáver, e os cabelos na minha nuca se arrepiaram como um alerta. — Eu sou... casada com o seu pai. Eu, bem, acho que sou sua madrasta. Eu realmente preciso falar com você. Seu pai sempre me proibiu de entrar em contato com você. Ele nunca disse o porquê, mas, bem, hum, ele desapareceu. Ele sumiu há mais de um mês sem dar uma palavra, e eu tenho certeza de que dessa vez foi em definitivo. Então, eu realmente agradeceria se você se encontrasse comigo. Por favor, me ligue assim que puder.

Capítulo 36

Minha mão caiu no meu colo, ainda segurando o telefone.

— O que foi? — James perguntou, aparentemente não tendo ouvido a estranha mensagem. Não respondi, minha mente estava ocupada, preocupando-se sobre o desdobramento bizarro de o meu pai ter uma esposa.

James tirou o telefone da minha mão, e o vi refazer meus passos e segurar o telefone no ouvido para ouvir minha mensagem.

Maldito rico intrometido, pensei, quase com carinho.

Sua testa se enrugou quando ele ouviu a estranha mensagem. Ele estendeu a mão para colocar meu celular na mesa de cabeceira, então se aproximou para me aconchegar junto dele.

— Não gosto disso. Se você decidir se encontrar com ela, deve ser em público e certifique-se de que tenha pelo menos dois guarda-costas com você. Amor, me prometa.

Assenti distraidamente, nem perto de acompanhar sua linha de pensamento. Minha mente ainda obcecada com a estranha informação de que meu pai tinha se casado de novo. *Quando? Por quê?* Ele tratava essa mulher estranha melhor do que tinha tratado minha pobre mãe violentada? A mulher estava viva, então, claramente, tratava.

Apesar da exaustão do meu corpo, minha mente ficou agitada demais depois disso para que eu conseguisse dormir. James limpou nós dois, até mesmo removendo minha maquiagem, antes de apagar as luzes e se encaixar de conchinha atrás de mim. Sua presença era reconfortante, mas eu ainda me preocupei com a surpreendente notícia por um longo tempo antes de finalmente pegar num sono inquieto.

Eu estava naquela casa outra vez, deitada na minha cama dura e minúscula. Abraçava meus joelhos no peito, balançando e balançando, e tentando ignorar os gritos ásperos a apenas algumas paredes finas de distância. Se eu ficasse no meu quarto, tudo iria passar. Eles esqueceriam que eu estava ali e, pela manhã, meu pai dormiria o dia todo e nos deixaria em paz para que eu pudesse cuidar da minha mãe.

Mas não seria assim. Não dessa vez. A gritaria ficou mais alta. Minha mãe começou a berrar com terror.

Quando não consegui suportar os ruídos horríveis mais nem um momento, caminhei sorrateiramente pela casa para investigar. Apesar do meu medo avassalador, minha necessidade de pelo menos tentar ajudar minha mãe quase sempre me lançava no vendaval violento das coisas.

Olhei para meus pés magros descalços, desejando que eu soubesse onde encontrar meias limpas. Eu estava com tanto frio, um tipo doloroso de frio que chegava à minha alma.

Meus pais estavam falando em sueco, e juntei algumas palavras histéricas conforme me aproximava da cozinha, onde eles brigavam.

— Não, não, não. Por favor, Sven, guarde isso.

A voz do meu pai era um rugido de raiva.

— Você arruinou a minha vida. Você e aquela pirralha. Perdi tudo por sua causa. Minha fortuna, minha herança e agora, a minha sorte. Você tirou tudo de mim, só por estar viva. Diga-me por que eu não deveria tirar tudo de você, filha da puta idiota.

— Quando estiver sóbrio, você vai se arrepender. Nós temos uma filha juntos, Sven. Por favor, apenas vá dormir. Durma e você vai se sentir melhor.

— Não ouse me dizer o que fazer! Foda-se o sono. Foda-se você. E foda-se aquela pequena pirralha. Olhe para ela, espiando na porta, paralisada como um ratinho. — Seus olhos frios me encontraram.

Eu estava congelada no lugar, como ele tinha dito. Ele mudou o tom de voz quando falou comigo e assumiu um tom suave de zombaria.

— Por que você não se junta a nós, sotnos? Venha ficar com a sua mamãezinha bonita.

Fui para perto da minha mãe, tendo aprendido há muito tempo a não o desobedecer quando ele ficava nesse humor.

Ele deu um sorriso de escárnio para nós duas quando cheguei ao lado dela. Ele se elevava sobre nós. Minha mãe não olhou para mim, não estendeu a mão. Eu sabia que ela não queria chamar mais atenção para mim. Ela tentou me proteger, como eu tentava protegê-la também.

— Olhe para minhas meninas bonitas. A filha é ainda mais bonita do que a mãe. Então para que serve a mãe? Me diga para que você serve, mamãe? — ele perguntou.

Não ouvi sua resposta. Meu olhar estava focado exclusivamente agora no objeto que ele estava segurando a seu lado. Era uma arma. Senti um aperto de pavor no estômago. A arma era uma adição nova e aterrorizante à cena violenta.

Meu olhar voou de volta para o rosto do meu pai quando o riso deixou sua garganta. Foi uma gargalhada seca e raivosa.

Comecei a me afastar, balançando a cabeça de um lado para o outro em negação.

— Resposta errada, vagabunda — ele disse.

Ele balançou a pistola na frente dela.

— Você não pode tirar os olhos disso. Você quer? Gostaria que eu te desse isso? Pegue, se você quiser. Você acha que não posso te tocar com uma arma na sua mão?

Minha mãe o observava, seus olhos quase vazios de terror. Ela devia saber, assim como eu, pelo tom zombeteiro na voz dele, que ele a estava testando. Ela pagaria muito caro se pegasse a arma dele, mesmo que ele lhe dissesse para fazê-lo.

Ele riu.

— Eu insisto. Pegue a arma.

Inesperada e assustadoramente, ela pegou. Ela a apontou para ele com as mãos que tremiam.

— Saia — ela disse, sua voz trêmula e horrível com seu terror. — Você não pode fazer essas coisas, ainda mais na frente da nossa filha. Saia e não volte. — Ela estava chorando, mas conseguiu puxar o cão da arma.

Ele riu novamente. Sem medo e sem esforço, ele agarrou a mão da minha mãe. Sua mão cobriu uma dela e tirou a outra. Ele virou a arma, lenta e inexoravelmente apontando-a para longe de si e enfiando-a na boca dela.

Eu tinha me apoiado contra a parede, observando o contato deles, mas, quando vi sua intenção clara, de repente eu avancei, chorando de soluçar.

— Mamãe!

Parei como se eu tivesse encontrado uma parede quando meu pai puxou o gatilho, cobrindo nós dois e o cômodo inteiro com quantidades absurdas de sangue vermelho-vivo.

Meus olhos horrorizados encontraram os do meu pai. Ele não mostrava expressão nenhuma.

Acordei com a escuridão total, um grito severo enroscado na minha garganta. Eu não tinha noção de onde estava e comecei a me arrastar da cama enorme e macia, apalpando sem controle pelo escuro em busca de uma parede, um abajur, um interruptor, qualquer coisa. Eu precisava lavar o sangue. Eu estava apalpando a parede e soluçando como uma criança quando a luz de repente inundou o quarto.

Finalmente tive um sinal de onde eu estava, quando James correu para mim, me aconchegando em seu peito.

— O que há de errado, Bianca? O que eu posso fazer?

Ofeguei várias inspirações antes de conseguir falar.

— Banho. Eu preciso de um banho. Preciso lavar o sangue.

Ele não fez mais perguntas, e nos levou para o chuveiro em um instante. James virou o jato diretamente para mim, e a água fria que me atingiu por apenas alguns segundos antes de começar a esquentar me ajudou a me afastar do sonho.

Lentamente, meus soluços quebrados se transformaram em respirações ofegantes conforme eu ficava limpa na água, minha mente se afastando cada vez mais do reino dos sonhos.

— Você consegue falar? — perguntou James. Sua voz era tão vulnerável e cheia da sua preocupação por mim que eu não pude resistir.

— É o mesmo velho sonho sobre a morte da minha mãe. Eu estava naquele quarto, a menos de um metro de distância quando aconteceu. —

Senti as comportas do meu choro se abrirem, e contei tudo, cada detalhe sangrento, tanto do sonho como do evento horrendo. Ele não falou nada, só fez murmúrios de compreensão e me tocou de jeitos reconfortantes enquanto eu falava. Fiquei surpresa, pois me senti muito melhor quando coloquei tudo para fora. Na verdade, falar tinha ajudado.

Ele me ajudou a sair do chuveiro e nos secou. Ficamos aconchegados, nus na cama com apenas um lençol sobre nós. Ele estava de costas na cama e quase tinha me puxado sobre seu corpo.

Esfreguei minha bochecha sobre meu nome no seu peito. Ele acariciava meu cabelo molhado para trás, arrumando-o sobre o braço.

— Você fez tudo que pôde. Você disse à polícia tudo que viu. Não é mais seu fardo, Bianca.

— Sim, eu sei. Não tive esse pesadelo desde aquela outra vez, há mais de um mês. Acho que foi o fato de ficar sabendo sobre *ela*, a esposa, que levou minha mente de volta para aquele lugar escuro. Eu preciso dizer-lhe o que ele fez, avisá-la. Não conheço a mulher, mas ela merece. Deus, não quero falar com ela. Eu não quero nada com ela.

— Você poderia só enviar um e-mail, ou uma... carta. Não precisa fazer nada que não queira.

Pensei sobre isso. Parecia muito covarde ter medo de um simples telefonema.

— Vou ligar para ela amanhã — decidi.

Seus braços apertaram ao meu redor, quase dolorosamente. Era reconfortante para meus sentidos torcidos.

— Eu preciso ficar em Nova York esta semana. Você volta para ficar comigo no seu primeiro dia de folga?

Pensei e não demorei muito a responder.

— Volto. Você se importa se eu convidar o Stephan? Afinal, você tem espaço de sobra.

Eu sentia que toda a tensão ansiosa deixou seu corpo quando eu concordei em vir.

— *Nós* temos espaço de sobra — ele me corrigiu. — E sim, claro. Convide Javier também, se quiser. Ou quem você quiser. De qualquer forma, eu terei que trabalhar um pouco. Posterguei algumas reuniões importantes que precisava fazer. E só Deus sabe o que uma bagunça na minha gestão de Nova York fez com as coisas nas propriedades de Manhattan. Eu me sentiria melhor se tivesse alguém com quem você pudesse ficar enquanto estou trabalhando. Eu não gostaria que você se entediasse, embora você tenha um estúdio preparado para pintar lá embaixo. Nunca tive tempo de mostrar. Parece que nunca temos tempo suficiente. Quantos dias você pode tirar esta semana?

— Posso voar para Nova York na segunda de manhã e pegar um voo de volta na quinta-feira. E tirar uma semana de folga de banco de horas.

Comecei a pensar se Stephan não poderia tirar suas horas extras com Javier, em vez de mim. Meu namorado era podre de rico. Parecia bobo não tirar meus dias de folga.

Minha situação tinha mudado tão drasticamente de apenas uma semana para cá que eu me sentia quase zonza. Em vez de querer continuar minha vida exatamente como bem entendesse, eu me via querendo abrir mão das minhas coisas para agradar James e, claro, vê-lo mais.

Ele me deu um beijo suave pela minha concessão.

— Eu adoraria. Obrigado.

Suspirei, mergulhando mais fundo.

— Parece ridículo trabalhar horas extras, considerando tudo. Minhas horas regulares podem mais do que cobrir a minha hipoteca e as despesas de alimentação, e você me comprou roupas suficientes para durar uma vida inteira. Vou ver se Stephan vai trabalhar seus turnos extras com Javier. Aposto que ele não se importaria com a ideia.

— Obrigado — disse ele com sinceridade tranquila. — Vou fazer de tudo para valer a pena.

Aconcheguei-me nele, sentindo-me bem. Bem em relação a ele. Bem em relação a nós.

— Você já faz.

— Você me faz muito feliz, Bianca. Eu nunca soube que a vida poderia ser assim — ele murmurou no meu cabelo. — Fiquei sozinho por muito tempo; desde que meus pais morreram, na verdade. Mas não me sinto sozinho com você. Sinto que tenho uma família e um lar novamente. Você é meu lar. Todas as sombras escuras parecem desvanecer quando estamos juntos.

Beijei meu nome em seu coração, sentindo-me prestes a pegar no sono. Eu nem sabia que horas eram, mas não estava preocupada. Eu sabia que James não me deixaria dormir demais. Mais e mais, eu apenas confiava nele.

R.K. Lilley

Capítulo 37

Eu não conseguia evitar os bocejos enquanto me preparava para o trabalho na manhã seguinte. James acordou comigo, apesar da hora ingrata. Ele estava alerta, mas silencioso, enquanto nós dois nos arrumávamos. Ele vestia um elegante terno cinza-claro. Era tão claro que quase parecia branco num primeiro olhar.

Ele o combinou com uma camisa social turquesa vívida de colarinho branquíssimo. Uma gravata brilhosa tão branca quanto o colarinho vinha até o cinto cinzento. As pernas da calça eram bem estreitas e ajustadas, e ele tinha escolhido sapatos de amarrar também em um tom claro de cinza. O efeito total era devastador. Somente James poderia fazer jus àqueles trajes.

Ele se aproximou de mim por trás enquanto eu vestia a camisa do meu uniforme e segurou um pequeno objeto prateado na minha frente. Levei um instante para processar e entender que se tratava de um pequeno cadeado.

— Posso trancar sua coleira agora?

Endureci, mas minha cabeça se inclinou para a frente a fim de lhe dar acesso.

— Sim.

Para melhor ou pior, eu tinha tomado minha decisão.

Ele o fechou rapidamente, plantando um beijo suave na minha nuca.

— Vire-se — ele me disse. Eu virei e ele estava segurando a chave em uma correntinha ao redor do seu pescoço. Ele a colocou debaixo da camisa diante dos meus olhos. — Haverá seguranças na sua casa. Por favor, coopere com eles. Eles estão lá para te manter segura.

Apenas concordei. Sabia melhor do que ninguém que eu não estava segura, e me sentia grata pela proteção extra.

Ele entrou no carro comigo a caminho do hotel da tripulação, agarrou-me firmemente ao seu lado e enterrou o rosto no meu cabelo.

297

Mile Hight

— É mais difícil do que eu pensava deixar você ir assim — murmurou no meu cabelo.

Esfreguei a mão no ponto sobre seu coração onde ele tinha gravado meu nome. Eu sabia que a ação reconfortava a ambos.

— É só por alguns dias.

— Ligue ou me diga quando você vai aterrissar, e depois, quando estiver em segurança na sua casa. Vou me preocupar se você não fizer isso.

Assenti, o movimento esfregando seu rosto na parte de trás dos meus cabelos.

— Não te darei um beijo de despedida, amor. Se eu começar, sei que nunca vou parar.

Concordei novamente. Eu entendia o sentimento estranho. Em vez disso, quando o carro parou em frente ao meu hotel de tripulação, levei sua mão elegante nos meus lábios, beijei a palma e depois passei meus lábios sobre as cicatrizes fininhas no seu pulso, plantando também um beijo suave ali, e depois movendo meus lábios de volta para sua palma, permitindo-me apenas um momento para me aconchegar contra ela.

Ele fez um som suave na garganta que deixou minha saída do carro muito difícil. James pegou minha mão quando eu estava prestes a me afastar e copiou o movimento no meu pulso e na minha palma. Me afastar dele era pura agonia. Não olhei para trás. Eu sabia que só pioraria as coisas.

Apenas Stephan e Javier estavam no saguão quando entrei. Stephan de uniforme, e Javier vestido num estilo social casual, de camisa cor de lavanda e calça bege.

Eu estava cinco minutos *adiantada*, vi quando verifiquei meu relógio. Stephan sorriu quando me viu e veio caminhando a passos largos para me abraçar apertado.

— Senti sua falta, princesinha.

Eu o abracei com a mesma firmeza.

— Temos tanta coisa para conversar, mas eu precisava perguntar uma coisa a você e Javier.

Javier se aproximou de nós com bastante cautela, como se tivesse medo de interromper o nosso reencontro.

— O que foi? — Stephan perguntou.

— Você gostaria de ficar no apartamento mais incrível de Nova York nos nossos dias de folga esta semana? Provavelmente nós pegaríamos um voo na segunda de manhã e ficaríamos até a quinta cedo.

O sorriso de Stephan cresceu ainda mais.

— Não consigo pensar em nada que eu adoraria mais. Acho que isso significa que você e James estão resolvendo as coisas?

Fiz que sim, sorrindo e olhando nos olhos dele. Eu o deixei ver toda a minha felicidade, mas nenhum dos meus problemas. Era o que ele merecia.

Javier fez um ruído na garganta para chamar nossa atenção.

— Hum, então, você estava falando só do Stephan, ou…

Dei-lhe um sorriso amigável.

— Queria que os dois viessem, se você quiser. James tem uma quantidade absurda de espaço, considerando que fica em Manhattan.

Stephan chamou a atenção de Javier disparando um olhar abertamente perverso. Eu poderia ter jurado que Javier corou um pouco, mesmo com sua linda pele morena.

— Javier e eu só precisamos de um quarto, de qualquer maneira.

Pisquei. Isso estava evoluindo incrivelmente rápido, para Stephan. Tomei como um bom sinal. Ele parecia estar mais confortável minuto a minuto em ter um relacionamento aberto com um homem.

— Eu tinha mais uma coisa que queria falar com vocês dois. Decidi parar de trabalhar tantas horas extras e ficar com meus turnos regulares, basicamente. Espero que você não se importe de perder sua parceira de horas extras.

Stephan não pareceu nem ao menos perturbado.

— Já não era sem tempo, Bi. Achei que você iria se dar conta disso qualquer hora. Eu já perguntei ao Javier se ele queria ser meu parceiro de horas extras. Ele está fazendo algumas trocas para ficar com os mesmos dias de folga que nós, então deve funcionar perfeitamente. — Enquanto Stephan falava, fez uma carícia nos cabelos muito pretos de Javier.

Javier fechou os olhos, como se saboreando o leve toque. Eu não sabia se era simplesmente a única coisa que eu conhecia com a minha experiência limitada em termos de relacionamentos, mas me parecia que Javier era claramente o submisso de Stephan. A forma como ele fechava os olhos e as mãos nos bolsos para se impedir de tocá-lo também me lembravam demais de um ato de submissão. A mão de Stephan se moveu para acariciar um ponto nos ombros magros e retos de Javier, que soltou um gemidinho satisfeito. Eu os achava lindos juntos.

— O ônibus da tripulação está aqui. Vamos entrar — Stephan disse, soltando Javier.

Demos nossos nomes e entregamos a bagagem para o motorista, que as colocou nos compartimentos inferiores do veículo.

— Mais cinco pessoas vão chegar — Stephan informou ao motorista, quando entrou.

Stephan e Javier pegaram o banco de trás, e eu sentei na fileira logo à frente.

— Bianca, fique de vigia pra gente — disse Stephan, um tanto enigmático. Eu me virei e olhei para eles. Fiquei extremamente chocada com o que vi.

Stephan tinha puxado Javier para si e o aprisionado no banco abaixo dele. Ele estava montado no homem menor com um olhar muito intenso e muito acalorado, segurando os pulsos de Javier firmemente acima da cabeça dele. Eu o observei se abaixar e beijá-lo. Não foi um beijo casual, mas um beijo bruto, e eu conhecia um dominador quando o via. Meu olhar de choque voou para a janela quando me dei conta, de repente, de que eu estava de vigia e precisava fazer a tarefa, considerando as coisas que estavam acontecendo no banco de trás.

Ouvi Stephan murmurar algo para Javier, e que seja lá o que fosse ficava abafado em alguma parte da pele do outro homem.

— Bianca, você acha que poderia aguentar dez minutos sem mim no voo? — Stephan perguntou. — Eu sei que vai ser uma loucura, mas eu agradeceria muito.

— Claro — respondi sem hesitar.

— Viu? Eu disse que ela aceitaria. Em três horas, no máximo, vou pegar você de novo. Eu não sou *tão* provocador assim — Stephan disse em voz baixa para Javier. Isso me fez corar até a ponta dos pés, mas fiquei alerta, olhando pela janela.

— Você *é* um provocador — Javier murmurou, soando mal-humorado. — Três horas é uma eternidade.

Vi os pilotos no saguão.

— Pilotos chegando — eu disse, transparecendo um pouco de pânico aos meus próprios ouvidos.

Stephan sentou-se, soltando Javier. Eu olhei de relance para Stephan. Ele sorria descaradamente. Não pude evitar e sorri também. Javier parecia perturbado, mas feliz. Seu rubor era como um brilho feliz ao redor dele. Suas palavras não me mostravam isso, mas o rosto, sim. Ele me deu um sorriso tímido.

— Desculpe — ele murmurou para mim.

Retribuí o sorriso.

— Não precisa se desculpar. Nunca vi o Stephan assim. Acho que vocês ficam lindos juntos.

Isso o fez realmente brilhar. Javier estava caidinho por ele. Era preciso estar caidinha por alguém, como eu, para reconhecer outra pessoa na mesma situação, e eu conhecia aquele olhar apaixonado porque um certo Sr. Magnífico tinha o mesmo efeito sobre mim.

Eu ficava aliviada em notar. Queria que Javier sentisse esse mesmo tipo de amor por Stephan. Ele não iria querer fazer mal a alguém que amava tanto.

— Pare de fazê-lo corar, Bianca. Essa é a minha função — disse Stephan, bagunçando o cabelo de Javier carinhosamente. Com toda certeza, Javier ficou mais corado.

Eu me virei, balançando a cabeça com um sorriso estranho no meu rosto. Eu nunca tinha visto esse lado de Stephan; nem sabia que ele tinha esse lado.

O voo do sábado de manhã para Las Vegas foi uma loucura, como sempre era. Stephan tirou seus dez minutos de encontro com Javier no banheiro, como eu esperava. Os dois homens saíram corados e felizes. Todos sorrimos uns para os outros como bobos antes que Stephan e eu voltássemos para o trabalho e Javier retornasse para o assento.

Stephan e eu nos demos as mãos durante a aterrissagem, sorrindo um para o outro. Não falamos muito, só curtimos o momento.

Mandei mensagem para James enquanto o avião taxiava.

Bianca: Acabei de chegar em Las Vegas. Como vc está?

James: Bem. Me mantendo ocupado com o trabalho, mas sentindo sua falta loucamente mesmo assim.

Eu hesitei e mandei tudo para o inferno.

Bianca: Também estou com saudade.

James: Me liga quando chegar em casa.

Guardei o celular depois disso, já que entraria em contato com ele de novo em tão pouco tempo.

O trajeto para casa foi alegre, com Stephan e Javier rindo de praticamente tudo. Minha expressão correspondia à deles. Não conseguia me controlar.

Fui recebida pelo segurança na porta da minha casa, Paterson. Uma mulher que eu nunca tinha visto antes estava em pé ao lado dele, com ar sombrio. Era baixa e atarracada, e eu sabia só de olhar que era uma mulher durona. Ela tinha o cabelo escuro preso em uma trança curta e sem frescura. Seu rosto era redondo e claro, mas seus olhos eram duros e avaliadores. Ela não usava nada de maquiagem — eu duvidava que ela usasse em algum momento — e sua boca estava fixa em uma linha sinistra.

Seu corpo poderia ser robusto ou simplesmente ter ossos largos. Era impossível dizer com a camisa masculina folgada e de mangas curtas que ela estava vestindo junto com as calças largas. Ela era como os agentes, em sua própria maneira. Só de olhar para ela a gente pensava em aplicação da lei.

Paterson deu-me um aceno educado com a cabeça quando me aproximei da porta da frente. Eu podia sentir Stephan atrás de mim. Não precisei perguntar para saber que ele não sairia até que soubesse que eu estava acomodada em casa, segura e protegida. Ele fazia isso desde o ataque.

— Srta. Karlsson, esta é Blake. Ela é nova na equipe, mas eu já a conheço há anos. Ela é a melhor. Ela vai ser a sua guarda-costas pessoal em excursões públicas. Foi trazido à minha atenção muito claramente que eu negligenciei a sua segurança em banheiros públicos.

Ruborizei, lembrando-me do incidente no banheiro. Claro que James tomaria medidas extras depois daquilo. Eu deveria ter previsto. Assenti para Blake.

— Prazer em conhecê-la, Blake — cumprimentei. Eu não protestaria contra a segurança extra. Certamente não poderia argumentar que eu não precisava dela.

Blake retribuiu o cumprimento solenemente.

— É um prazer, Srta. Karlsson.

Será que eu conseguiria fazê-la me chamar pelo primeiro nome? Eu meio que tinha desistido de pedir isso para a segurança depois de Clark. Ele recusava teimosamente, apesar da minha insistência.

— Por favor, nos permita garantir a segurança da casa antes que a senhora entre — ela disse em tom solene.

Confirmei com a cabeça, destrancando a porta e entrando para inserir a senha do alarme. Tanto Paterson quanto Blake prenderam a respiração quando entrei na casa primeiro. Eu vi que tinha cometido um erro e me desculpei. O mínimo que eu podia fazer pelos meus guarda-costas era tornar o trabalho deles mais fácil.

— Vou fazer cópias das minhas chaves para vocês e dos códigos de segurança, para facilitar.

Paterson pigarreou, mas foi Stephan quem falou.

— Eu já fiz, Bi. Fiz cópias para eles e para o James.

Imaginei que eles estivessem todos prendendo a respiração, esperando que eu desse algum tipo de chilique, mas eu não era irracional. Stephan pode ter sido um pouco precipitado, mas era apenas uma conveniência neste momento.

— Obrigada — respondi. Pensei ter ouvido os três soltarem a respiração, aliviados. *O que disseram à equipe de segurança a meu respeito?*, *fiquei* me perguntando.

Paterson e Blake me pediram para ficar perto da entrada da frente enquanto Blake me rondava e Paterson fazia uma longa checagem da casa. Eu estava muito distraída com as novas adições na minha sala de estar para dar muita importância. Um Mac com uma tela grande tinha se alojado no lugar onde antes estava meu velho computador. Só fiquei olhando para ele por um tempo, piscando, minha mente cansada e vazia.

— O que aconteceu com meu computador velho? — indaguei em voz alta.

Stephan respondeu:

— Já era. Esse tem tudo que você precisa. Limpei o outro e coloquei tudo neste. James me pediu para fazer isso, assim ele não precisaria contratar um estranho para fuçar no seu computador. — A voz dele tinha um pedido de desculpas tímido.

Suspirei, me tornando cada vez mais resignada com a constante necessidade de James de me comprar coisas.

— Foi muita gentileza da sua parte. Obrigada.

— Você não está brava?

— Parece bobo ficar brava por ganhar um computador novo, não acha? Estou me acostumando com esse tipo de coisa. — Olhei para Stephan enquanto falava.

Ele sorriu para mim.

— Não foi incômodo algum. James também me deu um.

Pensei em todas as coisas que eu precisava falar com ele e simplesmente não tinha dado tempo ainda.

— Tenho muita coisa para te contar. Vocês passam aqui hoje à noite? — Javier já tinha ido para a casa de Stephan e estava esperando por ele. Os dois homens pareciam inseparáveis. — Será que a gente consegue um tempinho para conversar, só nós dois? Então poderíamos jantar com o Javier, a menos que vocês queiram ficar sozinhos. — Eu me sentia estranha de ter que pedir sua companhia exclusiva, mas disse para mim mesma que deveria me acostumar.

Ele me lançou um olhar de repreensão.

— É claro. Eu venho depois de tirar um cochilo. Só me mande uma mensagem quando você acordar. E sim, nós vamos jantar. Na minha casa. Eu vou cozinhar. Senti sua falta, Bi. Sei que preciso me acostumar, mas ficar alguns dias sem você é duro. Você nunca tem que perguntar quando quer passar algum tempo comigo. Basta me dizer a hora e o lugar, e eu estarei lá. Sempre.

Fui até ele e abri seus braços. Entrei neles, quase sem me dar conta de que não estávamos sozinhos. Suas palavras tinham tocado um acorde emocional em mim.

— Vá dormir um pouco. Como você pode ver, estou em boas mãos. Mando mensagem quando eu acordar.

Ele beijou o topo da minha cabeça.

— Boa noite — ele murmurou, e acompanhei-o até a porta.

Blake me estudava quando voltei à sala. Ela rapidamente rearranjou o rosto em uma expressão cuidadosamente vazia.

— Tudo certo — Paterson disse quando entrou na sala. Ele dirigiu a mim: — Se tiver qualquer problema, qualquer coisa, um de nós estará logo do outro lado da rua, em um SUV preto, em todos os momentos.

— Eu tenho um quarto vago. Não me importo se você quiser dormir nele. Há apenas uma cama de solteiro, mas é melhor do que dormir em um carro.

Paterson e Blake trocaram um olhar, mas não antes de eu ver surpresa nos olhos dos dois.

— Obrigada pela oferta gentil, Srta. Karlsson — disse Blake.

— Vou discutir isso com o Sr. Cavendish — disse Paterson.

Claro, o controlador Cavendish teria a regra de aprovar todas as decisões.

Paterson fez um ruído na garganta para chamar a atenção.

— O Sr. Cavendish também me pediu para lhe pedir, por favor, que atenda ao telefone. — A voz de Paterson era cuidadosamente educada, mas eu estava disposta a apostar que James não estava assim quando fez o pedido. Meu celular estava enterrado em algum lugar na minha bolsa de viagem, e eu estava com medo de ver quantas ligações tinha perdido desde que saí do avião.

— Com licença, por favor. Preciso tirar um cochilo — eu disse desajeitadamente aos dois seguranças. Não estava acostumada a ter empregados, e meu primeiro instinto foi tratá-los como convidados na minha casa.

Ambos assentiram com certa deferência, como se isso tivesse sido ensinado a eles em meio a todos os outros treinamentos pelos quais devem ter passado.

— Como eu disse, estaremos lá fora. E o meu número está no seu telefone, no contato "Segurança".

Agradeci aos dois, educadamente, antes de entrar no meu quarto e fechar a porta com gratidão atrás de mim. Eu pretendia ligar para James; minha mente estava focada nele enquanto eu tirava a roupa e caía de bruços sobre as cobertas.

Capítulo 38

Uma confusão de barulhos estranhos me acordou. Demorei muitos minutos desorientados para classificá-los.

O ruído mais persistente veio da minha mesa de cabeceira, na forma de um iPad que eu nem sabia que existia. Reconheci o objeto fino, mas certamente não sabia o que ele estava fazendo no meu quarto, ou como eu não o tinha notado antes de dormir. Acabei desmaiando bastante rápido, lembrei. O aparelho estava soltando um ruído agudo, repetidamente.

Decidi que esse não era meu maior problema quando alguém bateu, freneticamente, na porta do meu quarto. Senti o medo fazer uma bola no meu estômago até perceber que qualquer ameaça real dificilmente iria estar batendo em uma porta destrancada.

— Sim? — chamei, minha voz ainda cheia de sono.

A porta se escancarou, e Blake apareceu emoldurada nela. Aparentemente, ela havia aceitado meu "sim" como um convite para entrar. Seus olhos percorreram o meu quarto, em busca de ameaças. Quando ela deduziu que não havia nenhuma, seus olhos se voltaram para mim. Ela rapidamente os desviou, um tanto desconfortável.

Percebi que eu estava basicamente nua, vestindo apenas calcinha e uma meia errante. Eu tinha conseguido puxar um canto das cobertas sobre a maior parte do meu corpo durante o sono, graças a Deus, mas era óbvio que eu estava praticamente nua por baixo.

Um som abafado na minha bolsa de viagem atraiu minha atenção brevemente, e me dei conta de que meu celular tinha tocado constantemente, assim como meu misterioso iPad.

— O que está acontecendo? — perguntei a Blake. Achei que ela teria uma ideia melhor do que eu.

— O Sr. Cavendish não está conseguindo entrar em contato com a senhora. Ele estava… preocupado. Ele disse que a senhora deveria ter entrado em contato com ele quando chegou em casa, e a senhora não o fez.

— A voz dela trazia um mundo de condenação, como se esquecer de dar um telefonema fosse o pior tipo de ofensa.

Eu a observei. Ela vestia apenas uma camiseta justa azul-marinho e bermuda de atleta, e seu coldre no ombro estava claramente visível com uma arma dentro. Percebi que, ao invés de ser robusta, como eu pensava originalmente, sua silhueta era fortemente coberta de músculos rígidos. Eu não conseguia me lembrar de ter visto uma mulher tão cheia de músculos. Ela poderia ter sido uma fisiculturista.

— Eu meio que apaguei. Acho que estava mais cansada do que percebi.

Ela soltou um suspiro pesado.

— Bem, por favor, ligue para o Sr. Cavendish agora. Ele está muito aborrecido.

Antes que eu pudesse responder, um Stephan sem camisa e desgrenhado apareceu atrás de Blake, parecendo perturbado.

— Você está bem, Bi? James acabou de me acordar. Ele está desesperado, dizendo que era para você ter ligado para ele há horas e que não está conseguindo falar com você. Ele me fez sentir culpado por ter adormecido antes de convencer você a ligar. — Enquanto falava, Stephan passou por Blake e veio até a minha cama. Ele subiu na cama comigo vestindo apenas a cueca boxer e passou a mão no meu cabelo. Achei que os olhos de Blake iam pular para fora do rosto.

— Isto é altamente impróprio, Sr. Davis. Eu gostaria de pedir que o senhor faça a gentileza de se retirar da cama da Srta. Karlsson.

Dei-lhe um olhar perplexo, e Stephan foi francamente hostil.

— Stephan é meu irmão adotivo — expliquei para Blake, mesmo que não lhe devêssemos uma explicação. Ainda assim, não vi por que ela teria a necessidade de ter a ideia errada. E ele realmente era meu irmão adotivo; se não tecnicamente, pelo menos emocionalmente.

Ela parecia aliviada.

— Isso é um alívio. Ainda assim, terei que informar isso ao Sr. Cavendish. Só para a senhora ficar sabendo.

Dei de ombros. Stephan se inclinou e me beijou na testa.

— Vou voltar para a cama, princesinha. Ligue para o James antes de ele entrar em um avião.

Stephan saiu, mas Blake continuava na porta.

Comecei a ficar irritada, tanto com James quanto com minha guarda-costas severa.

— Entendi. Vou ligar para o James assim que você me der um pouco de privacidade. — Me senti sem educação no instante em que as palavras saíram da minha boca, mas ela apenas assentiu e saiu.

Abri a capa abóbora do iPad barulhento e me sentei. Fiquei assustada ao me ver de topless por um momento sem fim, antes de aparecer uma imagem de James, vestido com o terno daquela manhã e com uma enorme janela onde se tinha uma visão matadora de Nova York no fundo, ocupando a maior parte da tela. Ele parecia agitado, seu cabelo despenteado como se tivesse passado a mão nele impacientemente. A curva da sua linda boca me dava uma boa ideia do seu mau humor.

— Por que você não me ligou quando disse que o faria? E por que está meio nua? — ele perguntou. Seu tom era áspero, e eu não vi nem um toque de suavidade em seu rosto irritado.

— Adormeci antes de perceber. Eu não queria. Não tinha ideia de que estava tão cansada.

— Você disse que ligaria. Por acaso está brincando comigo? É isso que está acontecendo? Você gosta de me deixar louco?

Deixei meu aborrecimento transparecer claramente no meu rosto.

— Isso é ridículo. Ocorreu exatamente como que eu disse, e você está exagerando. Era óbvio que estava tudo bem comigo. Você mandou patrulharem a casa toda dia e noite. O que achou que tinha acontecido?

Sua mandíbula se apertou com tanta força que pareceu doer.

— Eu não sei. E não saber é pior do que qualquer coisa. Você podia ter ficado com raiva de mim novamente, ou surtado por ter concordado em morar comigo. Talvez você fosse me deixar outra vez. E, no fundo da minha mente, fiquei até mesmo preocupado que seu pai tivesse, de alguma forma, te encontrado novamente. — Ele não se preocupou em esconder sua vulnerabilidade durante o pequeno discurso, e me senti involuntariamente amolecendo por ele. Era um talento que ele tinha.

Suspirei.

— Oh, James. Desculpe por não ter ligado quando disse que ligaria, mas eu não estava sendo deliberadamente ofensiva. Só percebi que estava exausta quando Paterson terminou de verificar a minha casa. Eu mal tinha tirado a roupa antes de desmaiar.

Seu rosto relaxou um pouco, e vi seu olhar encontrar meus seios nus, que tinham ficado descobertos quando me sentei na cama. Ele engoliu em seco. Eu senti uma onda de pura luxúria disparar pelo meu corpo.

— Estou vendo. Me desculpe por ter exagerado. Você é mais preciosa para mim do que a minha própria vida, Bianca, e saber que você está sã e salva é minha primeira prioridade.

Senti meu rosto, droga, meu corpo inteiro, amolecer. Ele me dizia as coisas mais doces, as mais românticas. Tentei me lembrar de que ele nunca tinha dito que me amava, mas eu mesmo assim sentia um sentimento primitivo por ele penetrar o meu sistema.

— Estou sentindo sua falta — falei baixinho.

Suas pálpebras ficaram muito pesadas.

— Mal posso esperar pela segunda-feira. Sua metade inferior está nua como a superior?

Não pude evitar o rubor.

— Você está no escritório? Em um sábado?

Sua boca bonita torceu em um sorriso irônico.

— Sim, mas estou completamente sozinho. A indústria hoteleira funciona sete dias por semana. Não mude de assunto. Abaixe a câmera para eu ver. Quero ver o que você está vestindo.

Corei mais ainda, mas fiz conforme ele pediu. É que era mais natural obedecê-lo do que enfrentá-lo quando ele falava assim. Mostrei minha metade inferior, meu colo coberto por uma colcha fina, uma perna de meia claramente exposta. Eu não podia mais ver seu rosto com o ângulo do aparelho.

— Tire a colcha.

Eu a retirei, mostrando-lhe o tecido pequeno de calcinha cor da pele que eu estava vestindo. Ouvi seu gemido gutural de aprovação e deixei minhas pernas se abrirem.

— Use a capa magnética para escorar o iPad na sua mesa de cabeceira. Aponte para a cama.

Assim eu fiz e pude vê-lo claramente outra vez. Ele também tinha se arrumado na cadeira, empurrando-a o máximo possível da mesa para que eu conseguisse ver seu colo.

Ele ainda estava totalmente vestido, mas eu podia ver sua ereção dura esticando a calça cinza clarinha de um jeito obsceno. Diante dos meus olhos, ele abriu a calça, usando as duas mãos para libertar o membro. Ele saltou para fora e para cima com um movimento que me fez perder o fôlego.

James se mexeu, abaixando a calça o suficiente para dar liberdade total ao pênis. Então ele abriu os últimos três botões da camisa e a afastou. Em seguida, jogou a gravata longa e branca sobre o ombro, fora do caminho. Eu tinha uma visão direta de suas mãos o masturbando.

— Tire a calcinha e deite de costas na cama.

Obedeci, minha face se tornando cor-de-rosa ao mesmo tempo.

— Apoie-se nos travesseiros e abra bem as pernas. Mais. Abra-se para mim. Perfeito, sim, assim mesmo. Coloque dois dedos dentro de você. Mais fundo. Isso. Com a outra mão, acaricie o seio. Massageie, mas não toque no mamilo. — Enquanto ele falava e eu atendia às suas exigências, ele bombeava o membro com movimentos vigorosos, quase brutais. — Você é tão linda, Bianca. Cada centímetro seu é pura perfeição. Estou vendo que você está molhada. É a coisa mais deliciosa que eu já vi na vida. Comece a usar os dedos mais forte e mais rápido. Me imite comendo você.

— Não é a mesma coisa — ofeguei, acariciando-me mais e mais rápido. Não era de jeito nenhum o mesmo de quando ele me tocava; era uma imitação pobre, na verdade, mas mesmo assim eu estava chegando perto do clímax, mais pela sua voz e pela visão das suas lindas mãos sobre o pau perfeito do que por causa do que eu estava fazendo, sem jeito, em mim mesma.

Ele me deu um olhar doloroso.

— Eu sei que não é. Nem de perto. Não podemos ficar separados assim. Nunca. Mas vamos usar o que temos. Agora tire a mão desse peito lindo e desça para o clitóris. Sim, perfeito. Acaricie bem de leve, fazendo pequenos círculos com o dedo. Me fale quando você estiver perto, amor. Eu poderia gozar em questão de segundos, mas quero que aconteça ao mesmo tempo. Hum, isso, enfie esses dedos o mais rápido e o mais forte que você aguentar. Se nos separarmos assim muitas vezes, vamos ter que comprar um vibrador para você ter em casa. Ou um que seja uma réplica perfeita do meu pau.

Sua voz e suas palavras me levaram mais e mais perto do clímax, enquanto eu o via se masturbar tão fortemente. A visão de James se tocando era incrivelmente erótica para mim.

— Estou perto — ofeguei.

Ele mordeu os lábios ao se bombear. James curvou o pescoço, mas seus olhos nunca deixaram os meus quando ele gozou nas mãos com um grunhido áspero. Vê-lo gozar em jorros que não atingiram nada a não ser o ar me levou com ele, e eu soltei um soluço e fui tomada pelo orgasmo. Foi gostoso, mas nem de perto tão intenso quanto o que James geralmente provocava em mim. Eu me sentei e o observei, fascinada, limpar a sujeira que tinha feito, me dando um sorriso triste o tempo todo.

— Foi bom para você, amor? — ele perguntou, seus olhos ternos apesar do sorriso.

Eu queria chorar por alguma estranha razão. Não queria analisar o sentimento de jeito nenhum, mas não podia deixar de me preocupar com o quanto eu estava começando a depender do James. Senti uma necessidade viciante de estar perto dele.

— Foi bom. Eu adorei ver você se tocar, mas só me fez querer ter você comigo ainda mais.

Seu rosto mudou tão drasticamente que eu pisquei. Havia um cálculo agora e uma determinação que me deixaram tensa.

— Nunca precisamos ficar separados. Você pode trabalhar de casa e ter uma carreira com as suas pinturas. Não vou apressá-la, mas é algo que eu queria que você começasse a pensar a respeito.

Fiquei ainda mais tensa e ergui a mão de forma conciliatória.

— Deixa pra lá, amor. Paterson me disse que você ofereceu seu quarto de hóspedes para a Blake dormir. Você está mesmo disposta a isso? Por motivos de segurança, seria o ideal, mas quero que você se sinta confortável na sua própria casa.

Dei de ombros, e seus olhos desceram para os meus seios. Ele começou a arrumar as calças, fazendo um esforço visível de desviar os olhos para o meu rosto. Eu não estava totalmente confortável com isso, mas achei que, com todas as outras coisas bizarras com as quais eu precisaria me acostumar, era algo muito pequeno no grande esquema das coisas.

Ele me lançou um olhar quase agradecido. Desviei um pouco do seu rosto perfeito demais.

— Obrigado. Isso vai me ajudar a dormir melhor quando você tiver que ficar longe de mim. — Eu me mexi enquanto ele falava, sentando-me de pernas cruzadas e puxando a ponta da colcha sobre o meu colo. Seu sorriso se transformou em um risinho irônico. — Tire a colcha do colo. Adorei essa meia solitária, diga-se de passagem. Você apagou mesmo, hein?

Conversamos por um longo tempo, ambos em um humor mais leve quando ele finalmente tinha voltado ao trabalho. Fiquei me perguntando como meu coração poderia ficar tanto leve de felicidade quanto pesado de amor ao mesmo tempo.

R.F. Lilley

Capítulo 39

Eu estava indo do meu quarto para a cozinha, vestida apenas com o roupão, quando ouvi uma comoção na minha porta da frente. Me aproximei para ver o que era antes que pudesse pensar no que estava fazendo e pisquei para a visão inesperada que me recebeu.

Uma estranha mulher de meia-idade estava bem na frente da porta, com Paterson atrás dela e Blake na frente. Ela tinha o cabelo tingido de um vermelho berrante, com maquiagem exagerada que não conseguia disfarçar a aparência de exaustão de seu rosto magro demais. Minha opinião era que ela parecia uma dançarina de boate aposentada, com um corpo magro e seios grandes demais que pareciam prejudicar sua postura.

Sua coluna endureceu quando ela me viu. Seus olhos não eram amigáveis nem hostis, mas transpareciam um tipo de atração desesperada que eu não conseguia entender direcionada a uma completa estranha.

Ela se dirigiu a mim imediatamente.

— Não estou aqui para te machucar, como essas pessoas parecem pensar. — Ela ergueu um envelope branco simples. — Eu só queria te dar isso. Há algumas coisas que você precisa saber. Eu teria dito antes, mas seu pai não me deixou entrar em contato com você. Agora que ele desapareceu, não vi razão para adiar. Por favor, apenas leia isso. Entendo por que você não quer falar comigo, mas isso aqui não é sobre mim. — Seu discurso era um pouco desesperado, e reconheci o medo nervoso que parecia pesar em seus ombros, um medo com que ela tinha de viver por cada segundo de sua vida, na companhia do meu pai. Eu me lembrava bem disso.

— Sharon Karlsson — eu disse, minha boca tensa ao pronunciar as palavras. O nome parecia muito errado para mim.

Ela assentiu, seu braço tremendo violentamente quando me entregou o envelope. Avancei para pegá-lo.

Blake se adiantou para me bloquear.

— Ela ainda não nos deixou revistá-la, Srta. Karlsson.

Estudei Sharon. Ela usava um vestidinho fino florido desbotado depois de muitas lavagens. Eu não via como ela poderia esconder alguma coisa no vestido, mas eu não era a especialista.

— Pode me passar o envelope, então? — pedi para Blake, tentando ser prática.

Blake pegou o envelope de Sharon, e a mulher de cabeça vermelha começou a se afastar imediatamente da porta. Lembrei-me de que eu tinha algo para dizer, mas ela estava se retirando rapidamente. Tive que passar pelos meus guarda-costas para vislumbrá-la entrando em um sedã velho que estava parado na frente da casa.

— Espere, Sharon — eu chamei. Ela me lançou um olhar de pânico, mas não parou. Cheguei mais perto. — Preciso lhe dizer algo importante — gritei, mas ela já estava se afastando da minha casa como uma louca.

— Por favor, Srta. Karlsson. Volte para dentro. Pode ser algum tipo de armadilha — disse Paterson, verificando visualmente a rua com rigor concentrado.

Colaborei, voltando para dentro com um suspiro. Agora eu teria que ligar para ela. Eu só queria acabar com isso. Eu tinha uma aversão quase irresistivelmente forte em falar com aquela mulher. Estendi a mão para Blake quando passei por ela.

— Pode me entregar a carta?

Ela pareceu hesitante, mas a entregou para mim.

Paterson fez um ruído na garganta para chamar atenção.

— Posso inspecioná-la primeiro, Srta. Karlsson?

Eu já tinha aberto o envelope e podia ver que ele não continha nada mais do que um fino pedaço de papel. Mostrei-lhe.

Ele fez uma careta, estendendo a mão.

— Estou pedindo para lê-la primeiro.

Balancei a cabeça. Eu cooperaria com eles pelo bem da minha segurança, mas não tinha nenhuma intenção de compartilhar meus assuntos pessoais com eles.

— Não, me desculpe, mas isso é particular. — Fui para meu quarto sem mais uma palavra.

Eu podia ouvir a voz de Paterson pela porta.

— Vou ter que contar ao Sr. Cavendish sobre isso, Srta. Karlsson.

— Faça isso — eu disse, abrindo a carta. Era curta e ia direto ao ponto.

Bianca,

Entendo por que você não quer ter nada a ver comigo, mas eu tenho um filho. Ele é seu meio-irmão, filho do seu pai. É apenas um ano mais novo do que você. O nome dele é Sven Karlsson e ele vive em Manhattan. O telefone dele está no pé da página. Acho que ele gostaria de ter notícias suas. Não temos outra família, e ele está distante de mim e do seu pai há muitos anos.

Atenciosamente,

Sharon Karlsson

Minha visão ficou um pouco confusa depois das primeiras frases. *Eu tenho um irmão?* Apenas um ano mais novo do que eu? As ramificações levaram minutos para serem assimiladas enquanto eu me empoleirava na beirada da cama.

Eu tinha catorze anos quando meu pai assassinou minha mãe. Ele estava se relacionando com essa outra mulher o tempo todo e tinha um filho com ela. Era por isso que ele tinha matado a minha mãe? O tiro tinha sido ainda mais calculado do que eu havia percebido?

Pensei na minha mãe, na minha linda mãe. Aquela Sharon não poderia chegar nem aos pés da minha mãe, com seu visual chamativo e vulgar, e obviamente era muito mais velha do que minha mãe seria se estivesse viva. Minha mãe era a epítome da classe, com sua graciosidade discreta e reservada em cada linha do seu corpo elegante.

Parecia impossível que alguém pudesse matar uma mulher assim, que dirá por causa de uma mulher como Sharon. Eu me vi odiando a mulher com um ímpeto geralmente reservado ao meu pai. Mas meu meio-irmão... Eu não tinha ideia do que pensar sobre isso.

Meu telefone me distraiu do devaneio, embora estivesse tocando já havia algum tempo, eu percebi. Vi que era James quando atendi.

— O que está acontecendo, Bianca? Paterson me disse que você não quis deixá-lo ver uma carta misteriosa. — Sua voz estava mais preocupada do que com raiva, mas eu me senti exasperada mesmo assim.

— É a *minha* carta, James. Mas que mal pode haver em uma carta?

— Quem era a mulher?

Suspirei. Claro que ele tinha obtido um relatório detalhado de tudo.

— A esposa do meu pai, Sharon Karlsson.

Ele xingou.

— O que ela queria?

Observei a carta curta.

— Nada de mais. Ela estava em completo pânico e não disse muito. Também não tive a chance de dizer nada a ela, então agora vou ter que ligar. Quanto mais cedo melhor, então preciso desligar agora.

— Espera. O que dizia a carta?

Apertei os lábios, discutindo internamente o que dizer a ele. Por que não tudo? Seus investigadores provavelmente sabiam mais do que eu, neste momento.

— Ela só queria me dizer que eu tenho um meio-irmão. Ela e meu pai tiveram um filho.

Ele ficou em silêncio por algum tempo.

— Tudo bem. Obrigado por me dizer. Vou te deixar à vontade porque tenho que dar um telefonema. Você me liga antes de ir dormir? — Concordei em ligar e ele desligou.

Voltei para minhas chamadas não atendidas e retornei a ligação para o número que eu sabia que era dela. Tocou cinco vezes e foi para a caixa postal. Eu estava a segundos de deixar uma mensagem, quando me dei conta de como poderia colocá-la em perigo. Não podia dizer nada sobre meu pai ou ela teria que responder a ele por isso. Finalmente, decidi que qualquer mensagem da minha parte seria ruim se meu pai tivesse acesso, o que ele muito bem poderia ter. Tentei ligar de novo, mas tive o mesmo resultado. Percebi com resignação que eu teria que continuar ligando até conseguir que ela atendesse.

Eu havia tirado um cochilo tão longo que, apenas trinta minutos depois, eu me encontrava na casa de Stephan, vestida com uma camiseta larga demais e uma bermudinha de líder de torcida. Stephan me lançou um olhar contrariado quando viu o meu traje.

— Aposto que você não seria pega nem morta usando essa roupa com James por perto.

Eu lhe dei um meio-sorriso e entrei na sua casa.

— James não está por perto, agora, está?

Stephan, Javier e eu tivemos um jantar muito agradável, rindo e falando enquanto todos comíamos muito o frango à *cacciatore* de Stephan. Estava tão fabuloso como sempre, uma de suas melhores receitas com certeza.

Depois do jantar, Javier escapuliu sem criar um momento constrangedor para nos dar um pouco de privacidade para conversar.

— Preciso fazer umas ligações — ele murmurou e fugiu. Stephan lhe deu um sorriso muito afetuoso.

Colocamos tudo em dia, quase falando um por cima do outro. Ele ficou chocado ao saber do meu meio-irmão misterioso.

Eu fiquei chocada quando ele olhou para a porta por onde Javier tinha saído e depois se aproximou para sussurrar:

— Estou totalmente apaixonado por ele, Bianca. Caidinho. Parece que não consigo me segurar com Javier. Me apaixonar por ele é fácil demais quando eu não me contenho.

Seus olhos eram tão sérios e vulneráveis que eu queria chorar. Eu esperava com todo o meu coração que desse tudo certo entre eles. Ele suspirou e sorriu, feliz em curtir o momento, em vez de analisar tudo até a morte como eu parecia fazer.

— E quanto a você? Você acha que ama James?

Olhei para minhas mãos. Estavam de repente com os punhos cerrados no meu colo. Fiz que sim.

— Irremediavelmente. Não sei quanto ao resto, mas sei que o amo. Droga, eu nem sei se ele me ama também. Nem tenho certeza se ele é capaz disso, ou se sou capaz de permitir que ele me ame, sabe?

Seus olhos suaves quase acabaram comigo.

— Ah, ele ama você bastante. Acho que ele te amou desde o início. Esse homem faria qualquer coisa por você. Eu sei disso em meu coração.

Pensei em como o coração de Stephan era lindo, sempre vendo as coisas boas apesar da confusão em que ele estava mergulhado.

Eu queria lhe perguntar uma coisa, mas só de pensar já fiquei corada. Mas Stephan e eu tínhamos estabelecido um padrão de abertura há muito tempo e estava tão arraigado em mim quanto meu amor por ele, então não demorou muito até eu ter coragem.

— Você e Javier parecem ter um tipo de *vibe*, hum, dominador/submisso. É assim que é entre você?

Estudei seu rosto, mas não vi nenhuma relutância ou vergonha ali. Ele apenas sorriu alegremente.

— Nós não estamos nessa de BDSM, se é o que você quer dizer, mas eu sou o ativo. Não trocamos, nunca. Nenhum de nós tem vontade de mudar as coisas.

Ele tinha explicado a coisa de ativo/passivo para mim há muito tempo. Ele sempre era o ativo. Eu sabia disso. Eu simplesmente não tinha ligado sua preferência a uma relação dominador/submisso tão claramente, embora obviamente fosse isso mesmo.

Stephan limpou a garganta.

— Você e James curtem BDSM, não é? Ele é o seu dominador.

Confirmei, encontrando seus olhos diretamente, embora eu não tivesse coragem de sorrir, como ele.

— Eu sei que não é... normal, mas eu descobri que é isso que me alimenta. E basicamente ele só age desse jeito no quarto. Ele realmente não manda em mim fora do quarto, embora ele manipule toda a minha vida.

Ele acariciou meu cabelo.

— Você não precisa explicar suas preferências para mim. Eu quero o que faz você feliz, e vejo que James faz isso, quando você o deixa. Você não estava nem um pouco interessada em homens antes de conhecê-lo, então ele obviamente lhe dá algo que você precisa. Estou feliz que tenha encontrado alguém que pareça combinar tão bem com você.

Assenti, suspirando de alívio. Senti um certo medo de que ele ficaria bravo com James se eu contasse sobre as estranhas preferências sexuais, e era bom saber que ele não nos julgaria. Eu deveria ter adivinhado e, como sempre, Stephan só merecia minha fé cega.

Terminamos a noite assistindo a alguns episódios de *New Girl*, nós três, rindo e tomando sorvete. Stephan me acompanhou até em casa por volta das dez. Minha equipe de segurança estava esperando por mim, claro.

Liguei para James, e conversamos por quase uma hora antes que relutantemente nos déssemos boa-noite. Não havia passado nem bem um dia desde que tínhamos nos separado e só faltava mais um, mas enquanto eu tentava pegar no sono naquela noite, a sensação era de uma eternidade.

R.K. Lilley

Capítulo 40

O trabalho no dia seguinte foi além de movimentado, mas ainda assim me pareceu demorar séculos. Na verdade, estávamos chegando cedo na nossa escala em Washington. Liguei para James, mas ele não atendeu. Ele me disse que tinha algumas reuniões importantes naquele dia, então não fiquei surpresa. Só decepcionada.

Stephan falava animadamente com Javier ao celular, na cozinha, logo antes de decolarmos. Ele sorriu para mim quando desligou o telefone.

— O voo para o aeroporto JFK, em Nova York, está atrasado duas horas. Se continuarmos dentro do tempo, vamos poder pegar o voo noturno. Javier vai nos encontrar no aeroporto com minha mala de pernoite. James tem coisas para você na casa dele, não tem?

Assenti, sentindo-me de repente leve e feliz. Se tudo funcionasse perfeitamente, eu iria ver James umas boas oito horas antes do que eu esperava. Meu dia estava melhorando.

Quando finalmente chegamos em Las Vegas, desembarcamos com um propósito eficiente e determinado, ainda esperando pegar o voo para Nova York.

— Javier diz que é no D39, o portão ao lado. Ele está esperando lá agora. Já fez o check-in, e estamos na lista. Só precisamos chegar lá nos próximos vinte minutos.

E chegamos, saindo às pressas do avião no primeiro momento possível, mal nos despedindo do resto da tripulação. Stephan deixou sua papelada com Jake, que iria entregá-la por ele.

Javier sorriu quando nos viu nos aproximando.

Chegamos no avião, mesmo que por pouco. Não partiu nem dez minutos depois de embarcarmos. Só tive tempo de deixar uma breve mensagem para James dizendo que estávamos a caminho e a que horas chegaríamos.

Stephan e Javier adormeceram profundamente na fileira de trás do avião, mas me levantei para ajudar a tripulação da classe econômica com as bebidas, já que eu estava de uniforme. O voo estava quase lotado, e as pessoas estavam ranzinzas por causa do atraso. Como se uma varinha do sono tivesse sido balançada por cima dos passageiros, todos pareceram adormecer logo depois de terem recebido as bebidas. Eu estava removendo copos vazios das mãos de passageiros adormecidos quando notei a comissária que eu estava ajudando me observando com uma intensidade estranha.

Eu nunca a tinha visto antes, mas ela parecia amigável o suficiente quando percebeu que eu ia ajudá-la com o serviço de bordo, sem compromisso.

Ela era uma mulher muito pequena e muito discreta de vinte e poucos anos. Era hispânica e tinha longos cabelos negros e olhos tão escuros que pareciam pretos.

Estávamos de volta à cozinha, só nós duas, quando ela pareceu ter coragem de fazer a pergunta que com certeza estava na ponta da língua.

— Você é a comissária que está namorando James Cavendish, não é? — perguntou. Seu tom não era hostil, apenas curioso. Na verdade, era um pouco curioso demais para uma completa estranha, algo em sua voz sugerindo que ela sabia alguma coisa sobre ele, ou mesmo sobre mim. Eu não deveria ter ficado tão surpresa com isso, mas era a primeira vez que eu me deparava com esse tipo de interação estranha com uma colega de trabalho.

Suspirei.

— Sim, sou eu — respondi, por fim.

Ela não sorriu, apenas me deu aquele olhar fascinado. Era irritante.

— Não deve ser nada sério. Estou certa, não estou? Você não estaria mais trabalhando aqui se ele estivesse querendo algo sério com você.

Me senti instantaneamente na defensiva em relação ao meu emprego.

— Eu gosto do meu trabalho. Qual é o problema em trabalhar aqui?

Ela me deu um olhar direto demais para uma estranha falando sobre a minha vida pessoal.

— Fala sério. Ele deve ganhar mais dinheiro ao escovar os dentes de manhã do que esse emprego paga no mês. Só estou falando que, se ele quisesse morar com você ou se casar, sei lá, seria absurdamente sem sentido você passar todo o seu tempo ganhando uma mixaria enquanto ele ganha bilhões. Se ele estivesse falando sério, deixaria você se demitir.

Senti o rubor nas minhas faces, mas tentei manter o autocontrole.

— Para sua informação, nós estamos morando juntos e não me demiti porque eu *gosto* do meu emprego. E daí se ele ganha mais dinheiro do que eu? Tenho que trabalhar mesmo assim. Não vou ficar o dia todo sem fazer nada esperando por ele. — Percebi, no instante em que eu estava argumentando, que isso nunca aconteceria, quer eu tivesse esse emprego ou não.

Eu não precisava me preocupar em esperar por ele de jeito nenhum porque eu simplesmente não faria isso. E ele me conhecia bem demais para saber que também não deveria esperar isso de mim. *O que eu faria se pudesse fazer qualquer coisa que eu quisesse?*, me perguntei, meio atordoada que eu sequer estivesse me permitindo pensar nesse tipo de coisa.

Eu me lembrei de que estava no meio de uma conversa com uma mulher desagradável que parecia pensar que sabia alguma coisa sobre a minha vida.

— E por que diabos você acha que sabe alguma coisa sobre mim ou sobre ele?

Ela teve a audácia de me dar um sorriso conspiratório quando colocou a mão em sua bolsa de voo e me entregou uma revista enrolada.

— Estou acompanhando *todo* o drama — ela disse, como se fosse uma conquista.

Eu me encolhi ao ver a capa da revista de fofoca que ela me passou. Era uma foto minha usando uma camisola branca transparente, na frente da minha casa, com cara de surpresa e confusão. Dava para ver o contorno dos meus seios na camisola fina. Pelo menos não era óbvio que eu estava sem calcinha.

James estava atrás de mim na foto, obviamente caminhando em minha direção, mas dando ao fotógrafo um olhar assassino. Estava absolutamente lindo, vestindo apenas cueca. Até seu cabelo estava perfeitamente desarrumado. Meu cabelo parecia ter acabado de atravessar um túnel de vento.

Quando terminei de repassar meus sentimentos sobre as fotos horríveis publicadas, minha mente se voltou para James. Ele já devia saber a essa altura. Provavelmente alguém já tinha lhe dado ciência do acontecimento. Se eu estava tão perturbada, eu sabia que ele estaria lívido.

— Ele é maravilhoso. Você tem ideia de como ele é delicioso? — a estranha comissária me perguntou. Eu precisava muito me lembrar do nome dela.

Olhei muito diretamente nos seus olhos.

— Diga-se de passagem, eu sei exatamente o quanto ele é delicioso. Acredite em mim quando eu digo que *você* não tem a menor ideia do quanto ele é delicioso.

Ela fez um gesto como se estivesse desmaiando.

— Aquilo é incrível — ela disse com um suspiro, e me dei conta pela primeira vez de que, embora ela não tivesse educação nenhuma, era inofensiva. Na verdade, ela não parecia ter um grama de malícia quando olhou para James na capa da revista.

— Que bom para você, menina. Ele é um homem dos sonhos.

Dei uma trégua, sentindo-me cansada, mas de repente um pouco delirante sobre o fato de que eu poderia ver James dentro de algumas poucas horas, dependendo de se ele estaria ou não no trabalho quando chegássemos lá.

— Há uma chance de que ele possa ir me buscar no aeroporto. Se for, provavelmente vai estar ao lado da van da tripulação, então você vai poder dar uma olhada nele.

Ela sorriu para mim como se eu tivesse acabado de lhe fazer um grande favor.

— Isso é maravilhoso. Mas ele não pode ser tão lindo pessoalmente, então vou me preparar para a decepção.

Eu tive que retribuir o sorriso.

— Na verdade, ele é ainda mais lindo. Às vezes, eu o chamo de Sr. Magnífico.

Ela deu uma risadinha.

— Você é bonita e tudo mais, mas ele pode ter qualquer mulher do planeta. Sem ofensa, mas como você conseguiu conquistá-lo?

Encolhi um pouco os ombros, estranhamente sem me ofender pela sinceridade.

— Eu realmente não tenho ideia.

Nossa estranha conversa foi interrompida quando os outros dois membros da tripulação da classe econômica chegaram cruzando a cortina.

Foram menos incisivos, mas me deram olhares estranhos, inquisitivos, e eu me dei conta de que tinham ouvido ou visto algo sobre mim.

Perguntei educadamente se precisavam de mais ajuda. Quando disseram que não, voltei para a cabine e encontrei meu assento ao lado de Stephan. Deitei a cabeça para trás e tentei ao máximo tirar uma soneca.

Acordei com um sobressalto, quando o avião tocou o solo. Eu estava tão condicionada a ficar acordada nos voos noturnos que fiquei surpresa por ter conseguido dormir tanto tempo dentro de um avião.

Mandei uma mensagem para James enquanto o avião taxiava.

Bianca: Acabamos de pousar.

Ele respondeu imediatamente.

James: Há um carro à sua espera.

Isso não pareceu precisar de uma resposta, então desliguei meu telefone e desembarquei o mais rápido possível. Estávamos na última fila do avião, no entanto, e foi um processo frustrantemente lento.

Acabamos andando junto com a tripulação pelo aeroporto. Stephan pegou minha pequena bolsa de viagem sem uma palavra, como era seu costume.

A menina desconhecida, que se chamava Marie, como descobri quando ela se apresentou de novo, veio caminhando até o meu lado conforme andávamos. Ela conversou sem parar sobre fofocas de celebridades.

Marie parecia pensar que, porque estava nos tabloides, eu também gostaria de lê-los e ficar atualizada das últimas histórias. Ela me pareceu cabisbaixa quando eu desfiz essa ideia. Eu realmente não sabia de quem ela estava falando.

Ela já havia me deixado meio distraída com sua conversa sem fim quando saímos pela porta deslizante e começamos a seguir o caminho até onde ficava o transporte da tripulação. Mas eu não estava tão distraída que não visse instantaneamente a figura alta sair da limusine estacionada logo atrás da van da tripulação. Mesmo se ele não tivesse saído do carro, não havia nenhuma maneira de a figura imponente de Clark passar despercebida na calçada, esperando por nós. Mas James saindo do carro com o sorriso mais caloroso em seu rosto me fez instantaneamente esquecer que havia outras pessoas no mundo, muito menos que uma estivesse falando comigo.

Sem sequer pensar, meus passos aceleram até eu estar quase correndo para ele.

Ele não foi indiferente ao meu entusiasmo. Começou a andar rápido na minha direção, obviamente determinado a me encontrar pelo menos no meio do caminho.

Quando chegamos ao alcance do braço um do outro, ele me agarrou em um abraço apertado que além de doloroso era muito reconfortante para mim. Eu tinha jogado os braços em volta do seu pescoço no mesmo instante em que ele me pegou e me abraçou apertado, me levantando do chão, e voltamos para o carro com uma de suas mãos envolvida na minha cabeça firmemente. Senti como se tivesse cinco anos de idade, meus pés se dependurando a centímetros do chão. Quase dei risada.

— James, me ponha no chão — gaguejei.

Ele apenas me apertou mais forte, indo com determinação para onde o carro esperava.

— Não posso estar em público assim, Bianca. Me sinto exposto demais. Deus, senti sua falta. Parecia Natal quando eu soube que você voltaria antes do previsto.

Agarrei seu cabelo sedoso nos meus punhos.

— Também senti sua falta. É assustador o quanto não sei como isso aconteceu tão rápido, mas, quando te vejo, parece que estou em casa, James.

Um som rouco e aflito escapou de sua garganta.

— Sim — disse ele, sua voz carregada de emoção. — Parece que estamos em casa.

R.K. Lilley

Capítulo 41

James estava comigo no carro firmemente encaixada no seu colo quando Stephan e Javier finalmente se juntaram a nós, ambos com sorrisos amplos. Eles obviamente tinham achado divertido o nosso reencontro excessivamente entusiasmado.

— Preciso avisar vocês: essa tripulação vai contar ao mundo inteiro sobre essa cena. Aquela pequena atrevida, Marie, estava até fazendo barulhinhos sobre dar uma entrevista à imprensa — Stephan disse, sua voz mais divertida do que preocupada.

Revirei os olhos. Aquela bisbilhoteirazinha provavelmente faria isso mesmo. Eu tentei me lembrar se tinha dito a ela alguma coisa que não queria que se tornasse pública, mas mentalmente não dei importância a nada daquilo. Não havia nada que eu pudesse fazer agora, e era muito mais agradável me banhar na presença do Sr. Magnífico do que me preocupar com incertezas.

James cumprimentou os outros homens educadamente antes que começasse a se aconchegar no meu cabelo. Senti-o me respirar, e meus olhos se fecharam de prazer.

Seus braços estavam me envolvendo deliciosamente, mas de repente ficaram duros a ponto de causar dor quando o senti ficar tenso.

— Eu preciso te dizer uma coisa — ele sussurrou, sua boca no meu ouvido. Pela tensão no seu corpo e na sua voz, eu imediatamente soube que algo estava terrivelmente errado.

Endureci, virando-me para estudar seu rosto. Sua estranha mudança de humor era problemática, para dizer o mínimo. E seus olhos estavam assombrados. A mera visão deles fez meu peito se apertar de pavor.

— O que foi?

— Sharon Karlsson foi encontrada morta na casa dela ontem à noite. Ela foi assassinada. — Sua voz era calma, mas o carro caiu em um silêncio mortal em resposta à sua notícia.

Eu gelei, olhando-o, enquanto analisava suas palavras. Eu estava tentando ligar para ela, dizer-lhe sobre meu pai, mas não tinha conseguido.

Será que eu poderia ter impedido isso de acontecer? Eu era a culpada?

Eu não tinha dúvida de quem a tinha matado. A coincidência era grande demais, e eu tinha encarado profundamente demais os olhos assassinos do meu pai para não saber que ele era perfeitamente capaz de matar de novo. Seria ingenuidade minha achar que ele não tinha matado ninguém de novo antes disso, pois, até onde eu sabia, ele poderia muito bem ter matado.

— Como? — finalmente perguntei.

Ele passou a mão pelo meu cabelo, um gesto que eu achava que o confortava tanto quanto a mim.

— Ela levou um tiro na cabeça.

Pensei na forma como minha mãe tinha morrido, um falso suicídio em que ela havia "engolido a arma".

— Como a minha mãe? — perguntei, minha voz muito pequena.

Seus olhos eram impossivelmente carinhosos e infinitamente preocupados, fitando os meus.

— Sim, daquele jeito.

— Eu tentei dizer a ela. Tenho tentado ligar desde que descobri que ela existia, porque eu me sentia responsável. Ele é um assassino, e ele ficou livre porque eu menti por ele. Não sei por que, mas eu nunca imaginei que ele mataria novamente. Eu soube durante todos esses anos, mas, de alguma forma, nunca me ocorreu. Por que você acha isso? Eu deveria ter pensado nisso. — Minha voz estava baixa, mas pareceu quebrar o silêncio atordoado do carro.

Todos começaram a falar imediatamente.

— Você *não* é responsável por isso — James disse, sua voz firme, dura e cheia de dor.

— Você não poderia saber, princesinha — Stephan disse, sua voz apaixonadamente sincera.

— Por favor, não faça isso com você — Javier implorou baixinho.

Ignorei as palavras de conforto, sentindo o peso da morte dela como um fardo pesado na minha alma. E, vergonhosamente, ainda mais forte do que a culpa era o medo. Meu pai tinha matado pelo menos duas mulheres agora, algo que ele ameaçara fazer comigo mais vezes do que eu podia contar. Mesmo com o estado amortecido em que meu cérebro parecia estar depois da notícia perturbadora da morte de Sharon, o que eu sentia era o terror mais gelado, correndo tão fundo que eu não conseguia me lembrar de uma época em que ele não era parte de mim.

Troquei um longo olhar com James. Em seus olhos, vi um desamparo doloroso que espelhava o meu.

Continua em

Grounded

R.K. Lilley

Sobre a Autora:

R.K. Lilley é a autora da série bestseller Up In The Air, entre outros livros.

Mora no Texas com seu marido e seus dois filhos, e já trabalhou em vários lugares, mas jura que só soube o que era trabalho duro quando teve os filhos.

Sempre foi viciada, desde que ela consegue se lembrar, em ler e escrever histórias de ficção e romances. Gosta de viajar, ler, caminhar, pintar, jogar, assistir animações, e aproveitar ao máximo cada dia.

Atualmente está trabalhando em vários livros.

site: https://www.facebook.com/authorrklilley

twitter: twitter.com/authorrklilley

instagram: Authorrklilley

Entre em nosso site e viaje no nosso mundo literário.
Lá você vai encontrar todos os nossos
títulos, autores, lançamentos e novidades.
Acesse www.editoracharme.com.br

Além do site, você pode nos encontrar em nossas redes sociais.

https://www.facebook.com/editoracharme

https://twitter.com/editoracharme

http://instagram.com/editoracharme